ALICE
NO PAÍS DAS MARAVILHAS

Lewis Carroll

ALICE
NO PAÍS DAS MARAVILHAS

TRADUÇÃO
Márcia Feriotti Meira

ILUSTRAÇÕES
Sérgio Magno

MARTIN CLARET

© *Copyright* desta tradução: Editora Martin Claret Ltda., 2007.
Título original em inglês: *Through the looking-glass and what Alice found there* (1871)

Direção	Martin Claret
Produção editorial	Carolina Marani Lima
	Mayara Zucheli
Diagramação	Giovana Quadrotti
Projeto gráfico e direção de arte	José Duarte T. de Castro
Capa e ilustrações de miolo	Sérgio Magno
Revisão	Débora Tamayose Lopes
Impressão e acabamento	Lis Gráfica

Este livro segue o novo Acordo Ortográfico da Língua Portuguesa.

Dados Internacionais de Catalogação na Publicação (CIP)
(Câmara Brasileira do Livro, SP, Brasil)

Carroll, Lewis, 1832-1898.
    Alice através do espelho e o que ela encontrou por lá / Lewis Carroll; tradução: Pepita de Leão; ilustrações: Sérgio Magno. — São Paulo: Martin Claret, 2014. (Edição especial)

    Título original: *Through the looking-glass and what Alice found there.*

    ISBN 978-85-440-0024-3

    1. Literatura infantojuvenil I. Magno, Sérgio. II. Título. III. Série.

14-04904   CDD-028.5

Índices para catálogo sistemático:

1. Literatura infantil 028. 5
2. Literatura infantojuvenil 028.5

EDITORA MARTIN CLARET LTDA.
Rua Alegrete, 62 — Bairro Sumaré — CEP: 01254-010 — São Paulo — SP
Tel.: (11) 3672-8144
5ª reimpressão – 2024

SUMÁRIO

ALICE NO PAÍS DAS MARAVILHAS

	Naquele entardecer dourado	11
I	Pela toca do Coelho	17
II	Uma lagoa de lágrimas	23
III	Uma corrida maluca e uma longa história	31
IV	O Coelho Branco	39
V	Conselho de uma Lagarta	47
VI	Porco e pimenta	55
VII	Um chá maluco	65
VIII	O campo de *croquet* da Rainha	73
IX	A história da Tartaruga Falsa	81
X	A Quadrilha de Lagostas	89
XI	Quem roubou as tortas?	97
XII	O depoimento de Alice	103

Lewis Carroll

ALICE
NO PAÍS DAS MARAVILHAS

Naquele entardecer dourado[1]
O rio descemos
No barco desequilibrado,
Vão frouxos os remos.
A ternura é de mais... mas cuidado:
A direção é de menos.

Ah! Três cruéis, naquela hora
De sonho que envolvia,
Querendo um conto, mesmo embora
Lhe faltasse magia.
Perante a criança que implora,
O que Homero faria?

---

[1] Estes versos relembram a "tarde dourada" de 1862, quando Carroll e seu amigo reverendo Robinson Duckworth levaram as três encantadoras irmãs Liddell para uma excursão em um barco a remo no rio Tâmisa. "Prima" era a irmã mais velha, Lorina Charlotte, de 13 anos; Alice Pleasance, de 10, era "Secunda", e a irmã mais nova, Edith, de 8 anos, era "Tertia". Carroll tinha então 30 anos. O passeio começou em Folly Bridge, perto de Oxford, e terminou na aldeia de Godstow. Conforme registrou o próprio Carroll: "Tomamos chá às margens do rio e só regressamos ao Christ Church um quarto depois das 8, quando as levamos até os meus aposentos para ver minha coleção de microfotografias, e as devolvemos à residência do deão pouco antes das 9". Após sete meses ele acrescentou a esse registro a seguinte nota: "Ocasião em que contei a elas o conto de fadas das aventuras subterrâneas de Alice...". (N. E.)

Imperiosa, manda a Prima:
"Vamos logo, começa!".
Mais gentil, Secunda opina:
"Sê sem pé nem cabeça!".
Tertia é menos repentina
Mas se mete na peça.

Atentas, então, silenciosas
Ouvem, com delícia,
As aventuras maravilhosas
Da menina fictícia
Que fala com bichos ou rosas,
Dando trela à notícia.

E quando, da imaginação,
Chegava o poço ao fim,
Pressentindo minha intenção
De protelar o festim,
"Agora mais, mais tarde não!",
Bradavam para mim.

E assim nossa história crescia
Como cresce uma família:
Um conto do outro surgia
No País da Maravilha.
"Para casa!", que o sol já descia,
P'ra casa aponta a quilha.

Alice, que a fábula conte
Teu roteiro gigante
Como um sonho, ou o horizonte
Registrado no instante.
Que seja coroada tua fronte
Numa terra distante.

I
PELA TOCA DO COELHO

Alice estava começando a se cansar de ficar sentada ao lado de sua irmã, sem nada para fazer, à beira do riacho. Por uma ou duas vezes tinha dado uma olhadela no livro que sua irmã estava lendo, mas ali não havia gravuras nem conversas. Então, Alice pensou consigo mesma:

— E para que serve um livro sem gravuras nem conversas?

Dessa forma, estava pensando (da maneira como podia, porque o dia estava tão quente que ela se sentia meio sonolenta e burra) e tentando se decidir se o prazer de fazer uma coroa de margaridas valeria o sacrifício de ter de ir apanhá-las, quando, de repente, um Coelho Branco, de olhos cor-de-rosa passou correndo diante dela.

Não havia nada de extraordinário nisso; nem Alice achou assim *tão* estranho ouvir o Coelho dizer para si mesmo:

— Ai, ai, ai! Eu vou chegar atrasado!

Quando ela se lembrou disso mais tarde, achou que deveria ter ficado espantada, mas na hora achou tudo muito natural. Mas quando viu o Coelho *tirar um relógio de bolso do colete*, olhar as horas e apressar o passo, Alice deu um pulo, pois passou pela sua cabeça que nunca na vida tinha visto um coelho vestindo um colete, muito menos usando um relógio, e, morta de curiosidade, saiu correndo pelo campo atrás dele e chegou bem a tempo de vê-lo se enfiar apressadamente dentro de uma toca enorme embaixo de uma cerca.

Logo após, lá estava Alice se metendo dentro da toca atrás dele, sem nem sequer parar para pensar de que jeito sairia de lá.

A toca de coelho dava direto numa espécie de túnel que de repente descia terra adentro, tão de repente que Alice não teve nem um segundo para pensar em parar, antes de despencar em algo que parecia ser um poço muito fundo.

Ou o poço era mesmo muito fundo, ou era ela que caía muito devagar, porque enquanto caía teve tempo de sobra para ficar olhando tudo ao seu redor e imaginar o que aconteceria em seguida. Primeiro, tentou olhar para baixo e descobrir o que a esperava, mas estava muito escuro para se ver qualquer coisa. Depois, olhou para as laterais do poço e notou que elas estavam repletas de armários de cozinha e estantes de livros. Aqui e ali, viu mapas e quadros pendurados em pregos. Enquanto passava, pegou um pote de vidro de uma das prateleiras; no rótulo estava escrito: "Geleia de laranja". Mas, para sua grande frustração, o pote estava vazio. Ela não quis jogar o pote fora, por medo de acertar em alguém que podia estar lá embaixo, então deu um jeito de colocá-lo num dos armários de cozinha, assim que passou por ele em sua queda.

— Nossa! — pensou Alice. — Depois de uma queda dessas, qualquer tombo de escada vai parecer que não é nada! Lá em casa todos vão me achar muito corajosa! Bem, eu não contaria nada a eles, mesmo que caísse do telhado de casa! (O que muito provavelmente era verdade).

E continuava caindo, caindo, caindo. Será que essa queda *nunca* teria fim?

— Quantos quilômetros devo ter caído até agora? — perguntou, em voz alta. — Acho que já estou chegando perto do centro da terra. Deixe-me ver: isso seria uns seis mil quilômetros de profundidade, eu acho... — (porque, como você pode perceber, Alice já tinha aprendido muitas lições desse tipo na escola, e embora esta não fosse uma oportunidade *muito* boa para exibir seus conhecimentos, até porque não tinha ninguém para escutá-la, pelo menos era um bom exercício de memória) — é... deve ser isso mesmo, mas a que latitude e a que longitude será que cheguei? (Alice não tinha a menor ideia do que fosse latitude, nem longitude, mas lhe pareceram palavras muito apropriadas para se dizer naquele momento.)

E prosseguiu, dizendo:

— Será que vou sair do outro lado da Terra? Como seria divertido aparecer do outro lado, onde as pessoas andam de cabeça para baixo! Os *Antídopas*, eu acho que é esse o nome... — (e, dessa vez, ficou bem feliz que ninguém a tivesse escutado, porque essa não parecia ser a palavra correta) — mas de qualquer maneira, vou ter de perguntar a eles qual é o nome desse país. Por favor, senhora, saberia me dizer se aqui é a Nova Zelândia ou a Austrália?

E tentou fazer um gesto de cortesia enquanto falava. Imagine, *fazer cortesia* enquanto se despenca pelo ar! Você acha que ela ia conseguir?

— E que menina mais ignorante ela vai pensar que sou por perguntar uma coisa dessas! Não, é melhor eu não perguntar nada. Talvez eu veja o nome escrito em algum lugar.

Caindo, caindo, caindo. Como não tinha mais nada para fazer, Alice começou a falar de novo:

— Acho que Dinah vai sentir minha falta hoje à noite...

Dinah era a gatinha dela.

— Espero que lembrem de dar a ela um pires de leite na hora do chá. Ah, Dinah, minha querida! Eu queria tanto que você estivesse aqui comigo... Sabe, não existem ratos no ar, mas você poderia pegar um morcego, que é muito parecido com rato. Mas será que gatos comem morcegos?

A essa altura, Alice começou a ficar com muito sono e começou a dizer coisas, como se estivesse sonhando:

— Será que gatos comem morcegos? Será que gatos comem morcegos?

E às vezes:

— Será que morcegos comem gatos?

E como não conseguia responder a nenhuma dessas perguntas, a maneira como as fazia não tinha lá grande importância. Ela percebeu que estava cochilando, e estava justamente começando a sonhar que caminhava de mãos dadas com Dinah, e que perguntava a ela, muito compenetrada, se ela já tinha comido morcegos quando, de repente, plaft!, plaft!, caiu em cima de um monte de gravetos e folhas secas, e a queda terminou.

Alice não se machucou nem um pouquinho e levantou-se num instante. Olhou para cima e estava tudo escuro; mas diante dela abria-se uma longa passagem, através da qual ainda dava para ver o Coelho Branco correndo, apressado. Não havia nem um segundo a perder: Alice saiu em disparada, rápida como o vento, e chegou bem a tempo de ouvi-lo dizer, enquanto ele dobrava a esquina:

— Por minhas orelhas e bigodes, está ficando muito tarde!

Alice estava bem atrás dele, mas quando ela virou a esquina, nem sinal do Coelho. Foi então que se viu num salão comprido e de teto baixo, iluminado por uma fileira de lâmpadas penduradas no teto.

Havia muitas portas ao redor do salão inteiro, mas estavam todas trancadas. Depois de ter percorrido todo o salão e tentado abrir cada uma das portas, caminhou desolada até o centro, pensando como é que iria sair dali.

De repente, deparou-se com uma mesinha de três pernas, toda feita de vidro maciço. Não havia nada em cima dela, a não ser uma pequenina chave de ouro. Alice logo pensou que talvez ela abrisse uma das portas do salão, mas, infelizmente, ou as fechaduras eram todas muito grandes, ou a chave é que era muito pequena, porque não servia para abrir nenhuma delas. No entanto, ao dar uma segunda volta pelo salão, Alice topou com uma cortina baixa, que não tinha notado antes. Atrás dessa cortina havia uma portinha, que media, mais ou menos, uns dois palmos de altura. Alice, então, experimentou a chave na fechadura e, para sua grande alegria, servia direitinho!

Alice abriu a porta e viu que ela dava para uma pequena passagem, não muito maior que um buraco de rato. Ela se ajoelhou, deu uma espiada lá dentro, e viu um jardim. Era o jardim mais gracioso que já se viu! Ah, como ela gostaria de sair daquele salão escuro e passear naquele jardim, por entre os canteiros de flores e fontes de água fresca... Mas como é que ela iria atravessar aquela porta tão pequena, em que mal dava para passar a cabeça?

— E mesmo que a minha cabeça passasse — queixou-se a pobre Alice — não adiantaria muito sem meus ombros. Puxa, eu gostaria tanto de ser dobrável, como um telescópio. E acho até que conseguiria, se soubesse ao menos por onde começar.

Sabe, é que havia acontecido tanta coisa diferente ultimamente, que Alice já começava a pensar que pouquíssimas coisas eram realmente impossíveis.

Bom, ficar ali parada diante da pequena porta não adiantaria nada, então ela voltou para perto da mesa, meio na esperança de encontrar uma outra chave sobre ela, ou pelo menos um manual de instruções para encolher pessoas como telescópios. Mas dessa vez ela achou uma garrafinha ("que com certeza não estava aqui antes", pensou) com uma etiqueta de papel amarrada no gargalo, e as palavras "Beba-me" impressas com letras grandes e vistosas.

Parece muito fácil dizer "beba-me", mas acontece que Alice era muito esperta e não ia fazer aquilo, assim, precipitadamente.

— Primeiro tenho que verificar direitinho — disse — para ver se está escrito *veneno* ou não.

É que ela já havia lido muitas histórias sobre crianças que se queimaram, foram devoradas por animais selvagens, ou outras coisas meio desagradáveis, tudo porque elas não se lembraram de regras simples que tinham aprendido — que um ferro atiçador de brasa, por exemplo, usado para acender lareira, pode queimar sua mão se você segurar por muito tempo, e que se você cortar o dedo com uma faca, pode sair sangue, coisas desse tipo. E ela nunca iria esquecer de que, se você beber algo que esteja dentro de uma garrafa com um rótulo escrito *veneno*, é quase certo que, mais cedo ou mais tarde, você terá problemas.

No entanto, nessa garrafa não estava escrito *veneno*, então Alice se arriscou a provar. Como gostou muito (na verdade, tinha um sabor agradável de uma mistura de torta de cereja, creme, abacaxi, peru assado, caramelo e torrada quente com manteiga derretida), logo bebeu até a última gota.

— Que sensação estranha! — exclamou Alice. — Parece que estou encolhendo como um telescópio!

E estava mesmo. Agora ela já estava apenas com um palmo de altura e seu rosto se iluminou com a ideia de que já estava no tamanho ideal para passar pela portinha e ir até o lindo jardim. Mas antes esperou alguns minutos para ver se não ia mesmo encolher mais, e essa ideia a deixou um pouco nervosa, porque, raciocinou:

— Se continuar diminuindo desse jeito, poderei acabar sumindo de vez, como uma vela que vai se consumindo até o fim. Nesse caso, o que aconteceria comigo?

E ficou imaginando o que acontecia com a chama de uma vela depois que se apaga, e não conseguia se lembrar de já ter visto algo assim.

Pouco depois, vendo que nada mais acontecera, decidiu ir logo para o jardim. Mas, pobre Alice! Quando chegou perto da pequena porta, percebeu que tinha esquecido a chavinha de ouro. E quando retornou à mesa para pegá-la, descobriu que não podia mais alcançá-la. Dava para vê-la perfeitamente através do vidro. A menina, então, deu o melhor de si na tentativa de resgatar a chavinha. Tentou subir por uma das pernas da mesa, mas era muito escorregadia. E quando ela já estava muito cansada de tanto tentar, a coitadinha sentou-se no chão e começou a chorar.

— Ora, não adianta nada chorar desse jeito! — repreendeu-se Alice a si mesma, um tanto brusca. — É melhor parar com isso agora mesmo!

Ela normalmente dava bons conselhos a si mesma (embora raramente os seguisse) e, às vezes, se repreendia tão severamente, que ficava com os olhos cheios de lágrimas. Certa vez (e disso ela se lembrava muito bem), tentou puxar as próprias orelhas por ter trapaceado num jogo de *croquet*[1] que estava disputando contra si mesma, porque era o tipo de criança que gostava de brincar de ser duas pessoas.

— Mas agora não adianta nada fingir ser duas pessoas — lamentou-se. — Porque restou muito pouco de mim para ser *uma* pessoa apresentável!

Mas logo seus olhos se depararam com uma caixinha de vidro que estava debaixo da mesa. Ela abriu a caixinha e achou um bolo bem pequenininho, com as palavras "Coma-me" escritas com passas.

— Vou comer! — decidiu. — Se eu crescer, poderei alcançar a chave. Se diminuir, poderei passar por debaixo da porta. Então, de qualquer modo, conseguirei entrar no jardim. Para mim tanto faz...

Ela deu uma mordidinha no bolo e ficou se perguntando, ansiosa:

— Será que vou crescer ou diminuir?

Colocou a mão sobre a cabeça para sentir em que direção estava indo, mas ficou muito surpresa ao constatar que continuava do mesmo tamanho. Normalmente, é isso que acontece quando a gente come um pedaço de bolo. Mas é que tantas coisas estranhas aconteceram ultimamente, que Alice já estava se acostumando com elas, e agora as coisas comuns pareciam muito chatas e sem graça.

Então, mãos à obra, e num segundo acabou com o bolo inteiro.

---

[1] Jogo que consiste em fazer uma bola de madeira atravessar aros de ferro fincados no chão. Para movimentar a bola, usa-se uma espécie de malho. (N. E.)

II
UMA LAGOA DE LÁGRIMAS

Cada vez mais esquisitíssimo! — exclamou Alice (ela estava tão surpresa, que por um momento chegou a esquecer como se fala corretamente). — Agora estou espichando como se fosse o maior telescópio do mundo! Adeus, pés! — porque, quando olhou para seus pés, eles pareciam tão distantes, que quase se perdiam de vista. — Ó, meus queridos pezinhos, quem será que vai calçar sapatos e meias em vocês agora? Com certeza, eu é que não vou conseguir, pois estarei muito longe para me preocupar com vocês. Vão ter que se virar sozinhos... Mas, pensando bem, tenho que ser gentil com eles, ou não vão caminhar para onde quero. Deixa eu ver... Já sei! Todo Natal vou dar a eles um par de botas novinhas.

E prosseguiu fazendo planos:

— E vão ter de ir pelo correio. Vai ser muito engraçado mandar presentes para os próprios pés. E o endereço também vai parecer estranho:

Ao Excelentíssimo Senhor Pé Direito da Alice,
Tapete da Sala,
Perto da grade da lareira
(com amor, Alice)

— Meu Deus! Quanta bobagem eu estou dizendo!

Exatamente nesse instante, bateu com a cabeça no teto do salão. Agora ela já estava com mais de três metros de altura. Pegou logo a pequena chave de ouro e saiu correndo para a portinha do jardim.

Mas, pobre Alice! O máximo que ela conseguia agora era deitar-se de lado no chão e observar o jardim com apenas um dos olhos. Entrar lá ficou mais impossível do que nunca. Então ela sentou-se no chão e começou a chorar novamente.

— Ora, devia sentir vergonha! — repreendeu-se. — Uma menina desse tamanho (e agora ela estava mesmo bem grandinha...), chorando desse jeito! Pare já com isso! Estou avisando!

Mas, que nada, continuou chorando cada vez mais, derramando baldes de lágrimas, até que se formou uma grande lagoa em volta dela, medindo cerca de meio palmo de profundidade, já avançando até a metade do salão.

Daí a pouco, ouviu o som de alguns passinhos vindo de longe e rapidamente enxugou os olhos para ver o que estava acontecendo. Era o Coelho Branco de volta, muito bem-vestido, com um par de luvas brancas de pelica em uma das mãos e um leque grande na outra. Vinha correndo, muito afobado, murmurando consigo mesmo enquanto se aproximava:

— Oh, a Duquesa, a Duquesa! Oh, ela vai ficar furiosa se eu chegar atrasado e a deixar esperando!

Alice estava tão desesperada, que já estava disposta a pedir ajuda a qualquer um. Então, quando o Coelho chegou mais perto, começou, com uma voz tímida e baixa:

— Senhor, por gentileza... Poderia...

O Coelho levou o maior susto, deixou cair as luvas branquinhas de pelica e o leque, e fugiu pela escuridão tão rápido quanto pode.

Alice pegou o leque e as luvas e, como o salão estava muito quente, ficou se abanando sem parar, enquanto murmurava:

— Tudo está tão esquisito hoje! E ainda ontem as coisas estavam tão normais... Será que durante a noite eu virei outra pessoa? Deixe-me pensar: Hoje de manhã, quando acordei, eu *era* a mesma pessoa? Tenho uma vaga lembrança de ter me sentido um pouquinho diferente. Mas se eu não for eu mesma, a próxima pergunta é: Quem eu sou? *Essa* é que é a questão!

E começou a pensar em todas as crianças que conhecia, que tinham a mesma idade que ela, para ver se poderia ter virado alguma delas.

— Bom, a Ada, tenho certeza que não sou — disse —, porque o cabelo dela tem cachos bem compridos, e o meu cabelo é bem lisinho. Também não posso ser a Mabel, porque sei um monte de coisas e ela... bem, ela não sabe quase nada! Além do mais, ela é ela, e eu sou eu. Nossa, que confusão na minha cabeça! Vou tentar ver se consigo me lembrar de todas as coisas que eu sabia antes. Deixe-me ver: quatro vezes cinco é igual a doze, e quatro vezes seis é igual a treze, e quatro vezes sete é... Ai, desse jeito, eu nunca vou chegar a vinte! Mas a tabuada não conta. Vou tentar geografia: Londres é a capital de Paris, e Paris é a capital de Roma, e Roma... não, está *tudo* errado! Tenho certeza! Vai ver que virei a Mabel! Vou tentar recitar aqueles versos do "Como pode"...

Cruzou as mãos no colo como se fosse uma boa aluna numa chamada oral, e começou a recitar os versos, mas sua voz saiu rouca e estranha, e as palavras não saíam como antes:

Como pode o crocodilo
Erguer a cauda brilhante,
Espirrando água do Nilo
Como ouro radiante?

Que sorriso largo tem
Espichando a garra bela,
Quando os peixes caem bem
Para dentro da goela!

— Não, está tudo errado. Tenho certeza de que errei os versos — concluiu a pobrezinha. E seus olhos se encheram de lágrimas de novo enquanto falava:

— Devo mesmo ter virado a Mabel. Agora vou ter de morar naquela casinha dela, quase sem nenhum brinquedo com que brincar e sempre com tantas lições para aprender, porque ela não sabe nada. Não, já me decidi: se eu for mesmo a Mabel, é melhor ficar por aqui. Não vai adiantar nada eles enfiarem a cabeça naquele buraco e gritarem aqui para baixo: "Volte para cá, querida!". Vou apenas olhar para cima e dizer: "Então, quem sou eu? Primeiro me respondam, e depois, se eu gostar de ser essa pessoa, eu subo; se eu não gostar, fico aqui embaixo até virar outra pessoa". Mas... ai meu Deus... — chorou Alice, numa explosão de lágrimas — eu queria tanto que alguém colocasse a cabeça naquele buraco e me chamasse... Estou *tão* cansada de ficar aqui sozinha!...

Enquanto falava isso, olhou para suas mãos e reparou, com espanto, que tinha acabado de colocar uma das luvas brancas de pelica do Coelho Branco.

— Como *posso* ter feito isso? — assustou-se. — Devo estar diminuindo de novo.

Levantou-se, foi para perto da mesinha para medir seu tamanho por ela e descobriu que, tanto quanto podia calcular, agora estava com uns sessenta centímetros de altura e continuava a encolher rapidamente. Logo percebeu que era por causa do leque que estava segurando. Então, ela o jogou apressadamente no chão, escapando por um triz de sumir de vez.

— Dessa escapei por pouco! — exclamou, bastante assustada com a mudança instantânea, mas muito feliz por ainda existir. — E agora, para o jardim!

Correu depressa em direção à pequena porta, mas, como pode! A portinha estava fechada novamente e a chavinha de ouro estava em cima da mesa de vidro, tudo exatamente como antes, só que agora "as coisas estão piores do que nunca", pensou, "porque nunca na minha vida fui tão minúscula. E posso garantir que isso é péssimo!".

Assim que disse essas palavras, seu pé escorregou e, num instante, *tchibum*!, estava com água salgada até a altura do queixo. A primeira coisa que pensou foi que, de algum jeito, tinha caído no mar.

— E nesse caso, dá para voltar de trem... — disse consigo mesma. (Alice tinha ido à praia apenas uma vez na vida e tinha chegado à conclusão de que, aonde quer que se vá pelo litoral da Inglaterra, é tudo igual: uma porção de "máquinas de banho" no mar, algumas crianças brincando na areia com baldinhos e pás, uma fileira de pousadas e, atrás delas, uma estação de trem). Mas logo se deu conta de que não estava no mar e sim mergulhada na lagoa formada por suas próprias lágrimas, que chorara quando estava com três metros de altura.

— Gostaria de não ter chorado tanto — disse, enquanto nadava, tentando achar a saída. — E agora vou ser castigada por isso, me afogando nas minhas próprias lágrimas. Vai ser muito estranho, com certeza. Mas hoje está tudo estranho mesmo.

Nesse instante ela ouviu um barulho, um pouco mais adiante, como se fosse alguém se debatendo na água. Nadou até lá para descobrir o que era. Primeiro pensou que poderia ser um leão marinho, ou um hipopótamo. Mas depois se lembrou de quão pequenina estava agora e logo percebeu que se tratava apenas de um camundongo que tinha escorregado na água, assim como acontecera com ela.

— Adiantaria de alguma coisa falar com esse rato agora? — pensou Alice. — Está tudo tão estranho aqui embaixo que é bem capaz de ele me responder. De qualquer maneira, não custa tentar...

Assim, começou:

— Ó Rato, você conhece algum jeito de sair daqui? Estou muito cansada de ficar nadando para lá e para cá, ó Rato!

(Alice pensou que essa deveria ser a maneira correta de se dirigir a um rato. Ela nunca tinha feito uma coisa dessas antes, mas se lembrava de ter visto no livro de Gramática Latina de seu irmão algo assim: "Um rato — de um rato — para um rato — um rato — ó rato!").

O Rato olhou com cara de quem não estava entendendo nada e até pareceu ter piscado para ela com um de seus olhinhos, mas não disse nada.

— Talvez ele não fale a minha língua — pensou Alice. — Talvez seja um ratinho francês, que chegou até aqui com Guilherme, o Conquistador... (Pois, apesar de ser boa em história, Alice não tinha muita noção sobre o tempo em que as coisas aconteceram).

Então, começou novamente:

— *Où est ma chatte?*[1] — que era a primeira frase do seu livro em francês.

O Rato deu um pulo para fora da água e parecia estar tremendo de medo.

— Oh, desculpe-me! — disse Alice prontamente, com medo de ter ofendido os sentimentos do bichinho. — Eu esqueci-me de que você não gosta de gatos.

— Não gostar de gatos? — gritou o Rato, com voz estridente e carregada de emoção. — *Você* gostaria deles, se estivesse no meu lugar?

— Bem, talvez não — concordou, com voz suave. — Mas não fique zangado. Eu até gostaria de poder lhe mostrar nossa gatinha Dinah. Eu acho que você passaria a gostar de gatos se a visse. Ela é tão lindinha... — continuou, falando mais para si mesma, enquanto nadava lentamente — e se senta ronronando tão bonitinho perto da lareira, lambendo as patinhas e limpando a carinha... é uma coisa tão fofa de se acarinhar... e é tão eficaz para pegar camundongos... Ih, desculpe-me!

---

[1] Em francês, no original, "Onde está minha gata?". (N. T.)

O Rato já estava com o pelo todo eriçado, e ela achou que dessa vez ele deveria estar mesmo ofendido.

— Mas, se preferir, nós não falamos mais sobre ela.

— Nós, é mesmo? — gritou o Rato, tremendo todo, do focinho até o rabo. — Até parece que eu tocaria num assunto desses! Nossa família sempre *odiou* gatos. São uns bichos nojentos, baixos e vulgares. Não me faça ouvir esse nome de novo!

— Prometo que não! — concordou Alice, aflita para mudar de assunto. — E você... gosta de... cachorros?

O Rato não respondeu, então Alice prosseguiu, animada:

— Perto da minha casa tem um cachorro tão bonitinho! Eu gostaria de lhe mostrar. É um *terrier* pequeno, de olhos bem brilhantes, sabe, com pelo marrom, bem comprido e encaracolado. E quando você atira as coisas ele vai buscar, e ele se senta para pedir o jantar, e todas essas coisas... nem consigo me lembrar de metade delas... O dono dele é um fazendeiro, sabe, e ele diz que o cachorro é muito útil, que vale umas cem libras. Diz que ele mata todos os ratos e... ai meu Deus! Acho que o ofendi de novo...

A essa altura, o Rato já estava nadando para longe dela tão rápido quanto podia e causando a maior ondulação nas águas. Ela, então, o chamou bem baixinho:

— Ratinho querido! Volte, e não falaremos mais sobre gatos ou cachorros, se você não gosta deles!

Ouvindo isso, o Rato deu meia-volta e nadou vagarosamente em direção a ela. Estava pálido (de susto, pensou Alice) e disse, com voz baixa e trêmula:

— Vamos para a beira e eu lhe conto minha história. Aí você vai entender porque é que odeio gatos e cachorros.

E já estava mesmo na hora de sair dali, porque a lagoa estava ficando cheia de pássaros e animais que tinham caído nela. Tinha um Pato, um Dodô, uma Arara, um filhote de Águia, além de outras espécies de bichos bem interessantes. Alice liderou o grupo e a turma toda nadou para a margem.

III
UMA CORRIDA MALUCA E UMA LONGA HISTÓRIA

Era mesmo um grupo esquisito aquele reunido ali na margem — os pássaros com suas penas encharcadas, os animais com seus pelos grudados no corpo, e todos ensopados, mal-humorados e indispostos.

A primeira questão a ser resolvida era, obviamente, como se secariam. Fizeram uma assembleia para discutir o assunto e, após alguns minutos, parecia muito natural para Alice estar conversando na maior intimidade com eles, como se os tivesse conhecido a vida inteira. Para se ter uma ideia, ela chegou a discutir com a Arara, que acabou emburrada, dizendo:

— Eu sou mais velha do que você e, portanto, devo saber mais.

E isso Alice não poderia admitir, principalmente sem saber a idade dela. Mas a Arara se recusava terminantemente a revelar quantos anos tinha, e ponto-final.

Finalmente o Rato, que parecia ter certa autoridade entre a bicharada, ordenou:

— Todos sentados, e prestem atenção ao que vou dizer! Brevemente cuidarei para que todos estejam secos!

Todos se sentaram de uma só vez, formando um grande círculo, com o Rato no meio. Alice mantinha seus olhos fixos nele, ansiosamente, porque tinha certeza de que pegaria uma gripe daquelas se não se secasse bem rapidinho.

— Hum, hum! — fez o Rato, com um ar solene. — Todos prontos? Esta é a coisa mais seca que eu conheço. Silêncio todos, por favor! "Guilherme, o Conquistador, cuja causa era apoiada pelo papa, em pouco tempo submeteu-se aos ingleses, que precisavam de líderes e estavam acostumados com usurpação e conquista. Edwin e Morcar, os condes de Mércia e Nortúmbria...".

— Brrrr! — fez a Arara, num arrepio.

— Perdão? — perguntou o Rato educadamente, porém, franzindo as sobrancelhas. — Você disse alguma coisa?

— Eu não! — respondeu a Arara prontamente.

— Pensei que sim — retrucou o Rato. — Mas, prosseguindo: "Edwin e Morcar, os condes de Mércia e Nortúmbria, manifestaram seu apoio a ele. E até mesmo Stigand, o arcebispo patriota de Canterbury, achou isso oportuno"...

— Achou o quê? — interrompeu o Pato.

— Achou isso oportuno — replicou o Rato, um tanto quanto mal-humorado. — Suponho que saiba o que "isso" significa.

— Claro que sei o que "isso" significa, principalmente quando *eu* acho alguma coisa — disse o Pato. — E geralmente é uma rã ou uma minhoca. Mas a questão é: o que foi que o arcebispo achou?

O Rato desconsiderou a pergunta e prosseguiu, apressadamente:

— "... achou isso oportuno e foi com Edgar Atheling ao encontro de Guilherme para oferecer-lhe a coroa. No começo, Guilherme agiu com moderação. Mas a insolência de seus normandos"... Como está se sentindo, queridinha? — interrompeu, virando-se para Alice.

— Mais molhada do que nunca — respondeu Alice, meio desanimada. — Não parece que essa conversa está me deixando mais seca.

— Nesse caso — disse o Dodô solenemente, levantando-se — proponho que essa assembleia seja interrompida para a adoção imediata de providências mais enérgicas...

— Fale a nossa língua! — ironizou o filhote de Águia. — Não dá para entender metade do que você diz. E acho que nem você entende...

E abaixou a cabeça para disfarçar uma risadinha. Alguns dos outros pássaros presentes também soltaram risinhos contidos.

— O que eu ia dizer — argumentou o Dodô, num tom ofendido — era que a melhor coisa para nos secar seria uma corrida do seca-seca.[1]

---

[1] O termo original empregado pelo autor é *caucus-race*, que permite uma série de possíveis traduções. A palavra *caucus* pode significar reunião ou convenção política, ou ainda facção eleitoral. Estudiosos da obra atribuem a adoção desse termo por Lewis Carroll ao seu desejo de inferir que tais convenções ou reuniões políticas não levam a lugar algum. Optamos pela expressão mais óbvia, "corrida do seca-seca", já que nessa passagem da história os personagens estão molhados e precisam fazer algo para se secar. (N. T.)

— Mas o que é uma corrida do seca-seca? — perguntou Alice. Não que ela estivesse muito interessada em saber, mas é que o Dodô tinha dado uma pausa como se esperasse *alguém* dizer alguma coisa, e parecia que ninguém estava muito disposto a falar.

— Bom — disse o Dodô —, a melhor maneira de explicar é executar. (E como você pode também querer experimentar, num dia de inverno, vou lhe contar como foi que o Dodô fez).

Primeiramente, ele traçou no chão uma pista de corrida, uma espécie de círculo ("a forma exata não tem importância", explicou), e depois a turma toda foi espalhada pela pista, uns aqui e outros ali. Não teve esse negócio de se contar "um, dois, três e já!": cada um começou a correr quando bem quis e também parou quando quis, de maneira que ficava bem difícil saber se a corrida tinha terminado ou não. No entanto, depois de terem corrido mais ou menos meia hora e já estarem bem sequinhos de novo, o Dodô de repente anunciou:

— A corrida terminou!

E todos se juntaram em volta dele, ansiosos, perguntando:

— Mas quem ganhou?

O Dodô não conseguiu responder a essa pergunta sem antes pensar muito e ficou sentado um tempão com um dos dedos apoiados na testa (a posição na qual costumamos ver Shakespeare nas pinturas), enquanto o resto esperava em silêncio. Por fim, o Dodô disse:

— *Todo mundo* ganhou, e todos devem ser premiados.

— Mas quem vai dar os prêmios? — perguntaram todos, em coro.

— Ora, *ela*, é claro! — assegurou o Dodô, apontando o dedo para Alice. E a turma toda se agrupou em volta dela, gritando, na maior confusão:

— Prêmios! Prêmios!

Alice não tinha a menor ideia do que fazer. Em desespero, meteu a mão no bolso, tirou uma caixinha de confeitos (por sorte a água salgada não tinha entrado) e distribuiu para todos, como se fossem prêmios. Havia exatamente um para cada animal na roda.

— Mas ela também deve ganhar um prêmio, ora! — opinou o Rato.

— Claro! — respondeu o Dodô, solenemente. — O que mais você tem aí no seu bolso? — prosseguiu ele, virando-se para Alice.

— Só um dedal — disse a menina, meio tristonha.

— Passe o dedal para cá — pediu o Dodô.

Então, todos se reuniram novamente em volta dela, enquanto o Dodô a presenteava com o dedal, dizendo solenemente:

— Pedimos que aceite esse elegante dedal.

Quando terminou seu pequeno discurso, todos o aplaudiram.

Alice achou tudo aquilo um absurdo, mas todos a olhavam tão seriamente, que ela não se atreveria a rir. E como não conseguiu pensar em nada mais para dizer, simplesmente curvou-se em reverência e aceitou o dedal, com o ar mais solene que pôde fazer.

Depois, todos começaram a comer os confeitos. E isso provocou muito barulho e confusão: as aves grandes reclamavam que não conseguiam sentir o gosto dos confeitos, por serem muito pequenos para elas; as aves pequenas se engasgaram, porque para elas os confeitos eram muito grandes, e tiveram de levar tapinhas nas costas.

No entanto, tudo terminou, e eles se sentaram novamente em círculo e pediram ao Rato que lhes contasse mais alguma coisa.

— Você prometeu me contar sua história, lembra? — disse Alice.

— E também porque detesta... G e C — acrescentou baixinho, com medo de que ele se ofendesse de novo.

— Pois bem, vou contá-la de cabo a rabo! — disse o Rato, virando-se para Alice e dando um suspiro.

— De cabo a rabo... claro... — replicou Alice, olhando perplexa para o rabo do Rato.

— Minha história é muito triste e tem um longo repertório... — prosseguiu o Rato.

— Longo ele *é* mesmo... — respondeu Alice, ainda com os olhos fixos no rabo do Rato, que lhe parecia tão comprido! — Mas por que diz que é triste? — perguntou a menina, envolta em seus pensamentos.

Então, o Rato começou a falar, a falar... De maneira que a ideia que a menina fez da história foi mais ou menos essa:

— Fúria disse para o Rato
Ao encontrá-lo, no ato:
"Vamos já ao tribunal,
lá te darei um processo.
Vamos, não venhas
com lamento,
Vamos ao teu
julgamento.
Esta manhã
eu estou,
só para isso,
em recesso".
— Disse o Rato
ao Cachorro:
"Tal julgamento,
socorro!
Sem júri
e sem juiz,
é desperdício
de corte".
"Serei o júri
e o juiz.
Eu, caçador
de perdiz,
Julgarei
a causa
toda e a
sentença
é a
morte."[2]

---

[2] A estrutura do poema do camundongo de Carroll tem sua origem no *tail rhyme* — dois versos curtos rimados seguidos de um outro não rimado e mais alongado. O autor adaptou o "poema-cauda" em uma forma mais alegórica. Em inglês, os vocábulos *tale* (conto) e *tail* (rabo) têm pronúncia semelhante, são homófonos, por isso optamos pelo formato de rabo de rato na diagramação da história contada pelo Rato. Se fosse impresso

— Ei, menina, você não está prestando atenção! — advertiu o Rato.

— Desculpe-me! — disse Alice humildemente. Eu estava prestando atenção... Você parou no "fio", eu acho...

— Fio! Que fio? — gritou o Rato, irritadíssimo.

— Você disse: "Sua vida está por um fio!". — explicou a menina.

— Está bem, está bem... Prosseguindo, então... Vejamos... Onde estávamos nós...

— Nós?! — exclamou a menina, sempre muito solícita e olhando ansiosamente ao seu redor. — Eu sou ótima nisso! Pode deixar que ajudo a desembaraçar todos os nós!

— Não vou deixar coisíssima nenhuma! — irritou-se o Rato, já se levantando para se retirar dali. — Você me ofende dizendo tanta besteira!

— Mas foi sem querer... — desculpou-se a menina. — Você também se ofende à toa, sabia?

O Rato saiu resmungando.

— Por favor, volte e termine a sua história! — suplicou Alice.

E os outros se uniram a ela em coro:

---

na maneira tradicional, o poema se assemelharia a um camundongo com sua cauda comprida, como mostram as figuras a seguir:

— Fúria disse para o Rato
Ao encontrá-lo, no ato:
"Vamos já ao tribunal, lá te darei um processo.

Vamos, não venhas com lamento,
Vamos ao teu julgamento.
Esta manhã eu estou, só para isso, em recesso".

— Disse o Rato ao Cachorro:
"Tal julgamento, socorro!
Sem júri e sem juiz, é desperdício de corte".

"Serei o júri e o juiz.
Eu, caçador de perdiz,
Julgarei a causa toda e a sentença é a morte." (N. E.)

— Sim, por favor, volte!

Mas o que o Rato fez foi sacudir a cabeça, num sinal de impaciência, e caminhou um pouco mais depressa.

— Que pena que ele não quis ficar! — lamentou a Arara, tão logo ele desapareceu.

E uma Carangueja mais idosa não perdeu a oportunidade para dar conselhos à jovem filha:

— Viu só, querida? Que isso lhe sirva de lição: Nunca perca a sua calma.

Ao que a jovem respondeu, meio mal-humorada:

— Segure a língua, mãe! Você faz até uma ostra perder a paciência!

— Eu queria tanto que a Dinah estivesse aqui! — balbuciou Alice, sem se dirigir a ninguém em especial. — Ela traria esse Rato de volta num instante!

— E quem é essa Dinah? Se me permite o atrevimento da pergunta... — disse a Arara.

Alice respondeu toda animada, porque ela sempre estava bem disposta para falar sobre sua gata de estimação:

— Dinah é a nossa gatinha. E ela é muito eficaz para caçar ratos, vocês nem imaginam! E eu gostaria que vocês pudessem ver como ela é rápida para perseguir passarinhos. Mal vê um por perto e não sobra uma pena!

Essas palavras causaram grande desconforto entre a passarada. Uns se retiraram imediatamente. Uma velha Gralha foi logo se enrolando num xale, cuidadosamente, enquanto observava os outros pássaros saírem, e disse:

— Eu realmente tenho de ir para casa, sabe... O sereno frio da noite não faz bem para a minha garganta...

Uma Canária chamou os filhotes com a voz trêmula:

— Venham, meus queridos! Já passou da hora de ir para a cama!

Com desculpas diferentes, cada um foi saindo e Alice logo ficou sozinha.

— Eu não deveria ter falado sobre a Dinah! — disse para si mesma num tom melancólico. — Parece que ninguém gosta dela por aqui... Mas tenho certeza de que ela é a melhor gata do mundo! Ai, minha querida Dinah! Será que algum dia eu vou ver você de novo?

E a pobrezinha começou a chorar novamente, porque se sentia muito sozinha e deprimida. Mas daí a pouco começou a ouvir novamente o som de alguns passinhos vindos de longe e levantou os olhos, meio ansiosa, com uma pontinha de esperança de que fosse o Rato de volta. Talvez ele tivesse mudado de ideia e fosse terminar de contar sua história.

IV
O COELHO BRANCO

Mas não era o Rato... Era o Coelho Branco de volta, que se aproximava devagarzinho, aos pulinhos, e olhando ansiosamente ao redor como se tivesse perdido alguma coisa importante. A menina ouviu que ele murmurava consigo mesmo:

— A Duquesa! A Duquesa! Ai, minhas patinhas queridas! Ai, meus pelos e meus bigodes! Ela vai mandar me executar, tão certo quanto furões são furões! Onde posso tê-los deixado cair?

Alice adivinhou na mesma hora que ele estava procurando pelo leque e pelo par de luvas brancas de pelica. E com a maior boa vontade começou também a procurar por eles, mas não os viu em nenhum lugar. Tudo parecia ter mudado desde seu nado na lagoa de lágrimas. O grande salão, a mesa de vidro e a pequena porta também tinham sumido por completo.

O Coelho logo reparou na presença de Alice, enquanto ela procurava pelos objetos, e disse num tom zangado:

— Mariana, o que você está fazendo aqui? Corra já para casa e me traga um par de luvas e um leque! Rápido, agora!

Alice estava tão assustada que saiu correndo apressada na direção que ele apontou, sem nem tentar explicar ao Coelho que ele estava equivocado.

— Acho que ele me confundiu com a empregada dele — concluiu, enquanto corria. — Como vai ficar surpreso quando descobrir quem eu sou! Mas é melhor eu ir pegar logo esse leque e essas luvas... Isto é, se eu conseguir encontrá-los...

Tão logo disse essas palavras, deparou-se com uma casa bem pequena e toda arrumadinha. Na porta havia uma placa de bronze reluzente com o nome "Coelho B". gravado nela. Alice foi logo abrindo a porta e entrando, sem bater e nem pedir licença. Subiu a escadaria às pressas, temendo dar de cara com a verdadeira Mariana e ser expulsa antes mesmo de achar o leque e o par de luvas.

— Que coisa mais estranha! Eu, recebendo ordens de um coelho! — disse a menina com seus botões. — Desse jeito, logo é a Dinah que vai acabar mandando em mim!

E começou a imaginar como seria se isso acontecesse:

— Senhorita Alice, apronte-se imediatamente porque já está na hora do seu passeio.

— Sim, senhora, já estou indo! Mas tenho que vigiar esse buraco para o rato não fugir.

— Só que eu acho — continuou pensando Alice — que lá em casa ninguém ia querer a Dinah por perto, se ela começasse a mandar nas pessoas desse jeito.

A essa altura ela tinha chegado num pequeno quarto todo arrumado, com uma mesa perto da janela, e em cima dela (como Alice esperava) um leque e três pares de luvas de pelica brancas bem pequenas.

Ela pegou o leque e um par de luvas e já estava saindo do quarto quando viu uma garrafinha de vidro perto do espelho. Desta vez não tinha nenhum rótulo dizendo "Beba-me", mas mesmo assim ela tirou a rolha e levou a garrafa até a boca.

— Tenho certeza de que alguma coisa interessante vai acontecer — pensou — porque cada vez que eu bebo ou como alguma coisa, algo surpreendente acontece. Então, vamos ver o que essa garrafinha me reserva. Tomara que me faça crescer novamente, porque já estou cansada de ser uma coisinha tão pequenininha.

E foi isso mesmo que aconteceu, e mais rápido do que ela esperava: antes mesmo de ter bebido metade do conteúdo da garrafa, já estava com a cabeça batendo no teto e teve que se encolher toda para não quebrar o pescoço. Então, soltou a garrafa de repente, dizendo para si mesma:

— Chega! Isso já é mais que suficiente. Espero que não cresça demais, porque do jeito que estou já não consigo passar pela porta. Eu acho que não deveria ter bebido tanto!

Mas já era tarde demais, porque a menina continuou crescendo e crescendo, e logo teve de se ajoelhar no chão. Pouco depois, já não havia espaço nem para isso e ela resolveu se deitar no chão com um cotovelo encostado na porta e o outro braço em volta da cabeça. Mas continuou crescendo mais e mais e, como último recurso, enfiou um braço pela janela e um pé pela chaminé acima, dizendo:

— Bom, agora não posso fazer mais nada, aconteça o que acontecer. Mas, e agora, o que vai ser de mim?

Por sorte, a garrafinha mágica já tinha esgotado todo seu efeito, e ela não cresceu mais. Mas ainda estava numa posição muito desconfortável e, como parecia não haver nenhuma chance de sair dali, não é de se admirar que se sentisse infeliz.

— Lá em casa era muito mais agradável — lembrou-se a menina. — Lá eu não ficava crescendo e diminuindo a toda hora, nem recebendo ordens de ratos e coelhos. Chego quase a me arrepender de ter entrado por aquela toca de coelho. Mas... no entanto... é muito interessante esse tipo de vida! Fico imaginando o que será que realmente aconteceu comigo e não chego a nenhuma conclusão. Antigamente, quando eu lia contos de fadas, eu achava que essas coisas não aconteciam na vida real. E aqui embaixo parece que estou bem no meio de uma dessas histórias. Acho que deveriam escrever um livro sobre mim! Deveriam mesmo! E quando eu crescer, eu vou escrever um... Bem que eu já estou bem crescidinha agora... — acrescentou, num tom tristonho. — Pelo menos não há mais espaço sobrando para eu continuar crescendo aqui.

— Mas, nesse caso, será que nunca vou envelhecer? — pensou. — Por um lado é um consolo saber que nunca ficarei velha, mas, por outro lado, vou ter que estudar e fazer lições de casa para sempre! Ai, eu não iria gostar disso!

— Ai, Alice, sua tola! — respondeu a si mesma. — Como é que você vai estudar por aqui? Pois se não há espaço suficiente nem para você, como haveria para cadernos e livros?

E assim prosseguiu falando sozinha: primeiro assumindo um papel e depois outro, como acontece num diálogo completo. Porém, passados alguns minutos, a menina ouviu uma voz que vinha de fora e ficou atenta para escutar tudo direitinho.

— Mariana! Mariana! — disse a voz. — Pegue já minhas luvas!

Depois ouviu o barulho das patinhas subindo pela escada afora. Alice sabia que era o Coelho que vinha à sua procura e estremeceu toda de medo. Tremeu tanto, que fez a casa sacudir, quase esquecendo de que agora ela era umas mil vezes maior do que o Coelho e, por isso, não tinha razão alguma para sentir medo.

Dali a pouco, o Coelho chegou perto da porta e tentou abri-la, mas como a porta só abria de fora para dentro, e o cotovelo de Alice estava encostado contra a porta, a tentativa não deu certo. Alice, então, ouviu o Coelho dizer para si mesmo:

— Nesse caso, o jeito é dar a volta e entrar pela janela.

— Não vai não! — sussurrou Alice. E esperou um tempo até que teve a impressão de ter ouvido o Coelho bem debaixo da janela. Daí ela abriu e fechou a mão de repente, num movimento de agarrar, como se fosse pegar algo no ar. Mas não conseguiu pegar nada, apenas ouviu um guincho, uma queda e um barulho de vidro quebrado. Pelo barulho, chegou à conclusão de que era bem possível que o Coelho tivesse caído em cima da estufa de pepinos, ou algo assim.

Em seguida, ouviu uma voz irritada — a do Coelho:

— Pat! Pat! Onde você está?

E depois, uma voz que ela nunca tinha ouvido antes:

— Estou bem aqui! Colhendo maçãs, *'sa majestadia*.

— Colhendo maçãs, francamente! — disse o Coelho, muito zangado. — Venha até aqui e me ajude a sair disso! (Mais barulho de vidro quebrado).

— E agora, me diga, Pat, o que é aquilo na janela?

— Certamente é um *brass*, *'sa majestadia*.

— Um braço, seu pateta! Onde já se viu um braço daquele tamanho? Tão grande que enche a janela toda!

— Enche mesmo, *'sa majestadia*: mas não deixa de ser um *brass*, não é *mess*?

— É, mas ali não é lugar de braço ficar. Vá e dê um sumiço nele!

Depois disso, um longo silêncio se fez, e Alice só conseguia ouvir uns cochichos aqui e ali, assim:

— *'Sa majestadia*, não gosto nada disso, nada, nada!

— Faça como mandei, seu covarde!

Até que Alice novamente esticou a mão e fez outro movimento de agarrar no ar. Dessa vez ouviu apenas dois guinchinhos e mais barulho de vidro quebrado.

— Nossa, quantas estufas de pepino por aqui! — admirou-se Alice. — O que será que vão aprontar agora? Vai ver que vão me puxar pelo braço até eu sair pela janela... E quem me dera que conseguissem... Garanto que não quero ficar aqui nem mais um segundo!

Esperou um pouco, mas não ouviu nada. Finalmente escutou um ranger de rodas de carroça e o som de muitas vozes falando ao mesmo tempo. Conseguiu distinguir as seguintes palavras:

— Cadê a outra escada?
— Mas eu só tinha de trazer uma. A outra está com o Bill.
— Bill, traga isso logo, rapaz!
— Aqui, coloque as duas nesse canto.
— Não, primeiro amarre uma na outra!
— Mesmo assim ainda não vão dar nem na metade.
— Que nada. Vai dar certinho. Não seja tão perfeccionista.
— Aqui, Bill, segure esta corda!
— Será que o telhado aguenta?
— Cuidado com aquela telha solta!
— Opa! Vai cair! Sai de baixo! (Barulho de algo quebrando).
— Mais essa! Quem fez isso?
— Foi o Bill, eu acho.
— Quem vai descer pela chaminé?
— Eu é que não vou! Vai você!
— Então eu também não vou!
— O Bill é que tem de ir!
— Ei, Bill, o chefe está dizendo que é para você descer pela chaminé!

Alice disse para si mesma:

— Então é o Bill que tem que descer pela chaminé, não é? Por que é que eles jogam tudo nas costas do Bill? Eu não gostaria de estar no lugar dele por nada nesse mundo. Essa chaminé é bem estreita, mas *acho* que ainda consigo dar uns bons chutes através dela!

E meteu o pé chaminé adentro, até onde dava, esperou um pouco, até que ouviu um bichinho (que ela não conseguiu identificar de que tipo era) arranhando e se arrastando pela chaminé, logo acima dela. Então, disse para si mesma:

— É o Bill!

E deu um forte pontapé. Depois ficou esperando para ver o que ia acontecer.

A primeira coisa que ouviu foi um coral geral, dizendo:

— Lá vai o Bill!

E logo em seguida, a voz do Coelho em solo:

— Ei, vocês aí perto da cerca! Segurem-no!

Depois, fez-se silêncio, e então mais uma confusão de vozes:
— Ergam a cabeça dele!
— Agora, um trago de conhaque!
— Mas cuidado para ele não engasgar!
— Tudo bem com você, campeão?
— Mas o que foi que aconteceu?
— Vamos, conte!

Por fim ouviu-se uma voz, assim, de taquara rachada, meio fraquinha ("É ele, o Bill", pensou Alice):

— Bom, é difícil de saber... Não, já chega, muito obrigado. Estou melhor agora... Mas ainda estou meio atrapalhado, não dá para explicar... Só sei que alguma coisa veio lá de baixo e bateu em mim, como se fosse um boneco de mola, desses que saltam de dentro de uma caixa-surpresa, e lá fui eu para o espaço, como um foguete!

— É, foi mesmo, campeão! — disseram alguns.
— Temos que botar fogo na casa! — disse a voz do Coelho.

E Alice gritou tão alto quanto pode:
— Se fizerem isso, solto a Dinah atrás de vocês, hein!

Fez-se um silêncio fúnebre! E Alice pensou: "Que será que vão fazer agora? Se raciocinassem direito, tirariam o telhado".

Depois de um minuto ou dois, eles começaram a se movimentar novamente, e Alice ouviu o Coelho dizer:

— Um carrinho cheio deve dar para o começo.
— Um carrinho cheio de quê? — pensou Alice.

Mas não ficou na dúvida por muito tempo, porque logo a seguir uma chuva de pedrinhas miúdas veio janela adentro, e algumas bateram bem no rosto dela.

— Eu vou já dar um jeito nisso! — disse consigo mesma.

E gritou, em alto e bom som:
— É melhor que isso não se repita!

O resultado foi um outro silêncio fúnebre.

Mas Alice reparou, com surpresa, que as pedrinhas, assim que batiam no chão, se transformavam em bolinhos. E uma ideia brilhante lhe veio à mente. "Se eu comer um bolinho desses, é certo que vou mudar de tamanho de novo. E como não tenho mais espaço para crescer, pode ser que eu diminua."

Dessa forma, engoliu um dos bolinhos e ficou felicíssima ao perceber que começou a diminuir na mesma hora. Assim que ficou pequena o suficiente para passar pela porta, correu para fora da casa e se deparou com um bando de animaizinhos e pássaros esperando ali. O pobrezinho do lagarto, Bill, estava bem no meio da multidão, sustentado por dois porquinhos-da-índia que lhe davam algo para beber numa garrafa. Todos correram na direção de Alice assim que ela apareceu. Mas a menina correu o mais rápido que pôde e logo se viu sã e salva num bosque fechado.

— A primeira coisa que tenho de fazer — disse consigo mesma, enquanto caminhava pelo bosque — é voltar ao meu tamanho normal. E a segunda é encontrar novamente o caminho daquele lindo jardinzinho. Acho que esse é um plano perfeito!

E parecia mesmo um plano excelente, sem dúvidas, e muito bem elaborado. O único problema era que ela não tinha a menor ideia do que devia fazer e nem por onde começar. E enquanto espiava ansiosa por entre as árvores, um latidinho agudo bem acima de sua cabeça fez com que olhasse para o alto, bem depressa.

Um enorme filhote de cachorro, de olhos grandes e redondos, estava olhando na direção dela e esticava uma pata, tentando tocá-la.

— Pobre criaturinha! — disse a menina num tom carinhoso.

Em seguida, tentou assobiar para ele, mas ao mesmo tempo tinha medo só de pensar que ele poderia estar faminto, e nesse caso era bem provável que resolvesse fazer dela sua refeição, apesar de todas as manifestações de carinho.

Sem saber o que fazer, apanhou um pequeno graveto e estendeu ao cachorrinho. Diante disso, o bichinho saltou com as quatro patas no ar, latindo de felicidade, e correu na direção do graveto, fazendo de conta que estava com medo dele. Alice, então, escapou para trás de um grande espinheiro para evitar que fosse atropelada por ele. Quando ela apareceu do outro lado, o filhotinho fez outra investida contra o graveto e acabou dando uma cambalhota no ar na euforia de agarrá-lo. Então, Alice, achando que aquilo era como brincar com um cavalinho, e esperando ser pisoteada a qualquer momento, correu novamente para trás do espinheiro. Em seguida, o cachorrinho começou novos ataques em direção ao graveto: ora correndo um pouquinho para frente; ora correndo muito para trás, para ganhar impulso. E latia o tempo todo, até que finalmente se sentou, ofegante, com a língua para fora da boca e os grandes olhos semifechados.

Alice achou que era uma boa oportunidade para escapar dali, então saiu correndo, partindo imediatamente. Correu até ficar bem cansada e sem fôlego, e até que os latidos do cachorrinho ficassem bem distantes.

— Mesmo assim, ele era uma gracinha de cachorro! — disse Alice, enquanto se recostava numa margarida para descansar e se abanava com uma das folhas. — Eu bem que gostaria de ter ensinado muitos truques para ele, se... se pelo menos estivesse do tamanho certo para isso! Ai, meu Deus, eu já ia me esquecendo de que tenho que crescer novamente! Deixa eu ver... Como é que eu faço mesmo? Eu acho que tenho que comer ou beber alguma coisa. Mas a grande questão é: o quê?

A questão era, certamente, "o quê?". Alice olhou para as flores e para a relva ao redor, mas não achou nada que parecesse a coisa certa para se comer ou beber naquelas circunstâncias. Perto dela havia um cogumelo gigante, quase da sua altura. A menina, então, deu uma olhada debaixo dele, dos dois lados, e atrás. E depois lhe ocorreu que talvez fosse uma boa ideia ver o que havia em cima dele.

Esticou-se toda na pontinha dos pés e deu uma espiada por cima do cogumelo. Seus olhos imediatamente se depararam com os de uma grande lagarta azul, que estava sentada no topo com os braços cruzados, fumando tranquilamente um longo narguilé e sem dar a mínima atenção a ela ou a qualquer outra coisa.

V
CONSELHO DE UMA LAGARTA

Alice e a Lagarta ficaram se entreolhando por algum tempo em silêncio. Finalmente, a Lagarta tirou o cigarro da boca e perguntou, com voz lânguida e sonolenta:

— Quem é você?

Não se pode dizer que esse foi um começo de conversa muito animador. Alice respondeu, meio encabulada:

— Não estou bem certa, senhora... Quero dizer, nesse exato momento não sei quem sou... Quando acordei hoje de manhã, eu sabia quem eu *era*, mas acho que já mudei muitas vezes desde então...

— O que você quer dizer com isso? — inquiriu a Lagarta, severamente. — Explique-se melhor!

— Acho que não posso *me* explicar, senhora — respondeu a menina. — Porque eu não sou eu mesma, entende?

— Não, não entendo — replicou a Lagarta.

— Acho que não consigo ser mais clara, senhora — Alice respondeu com toda a educação. — Porque, para começar, nem eu mesma consigo entender. Esse negócio de mudar de tamanho tantas vezes num só dia é muito confuso.

— Não, não é — afirmou a Lagarta.

— Bom, talvez a senhora ainda não tenha passado por isso — argumentou Alice. — Mas quando a senhora tiver que se transformar numa crisálida — e isso vai acontecer um dia desses, sabe? — e depois numa borboleta, acho que a senhora também vai se sentir um pouco esquisita, não vai?

— Nem um pouquinho — assegurou a Lagarta.

— Bom, talvez seus sentimentos sejam diferentes — disse a menina. — Mas tudo que sei é que isso seria muito esquisito para mim.

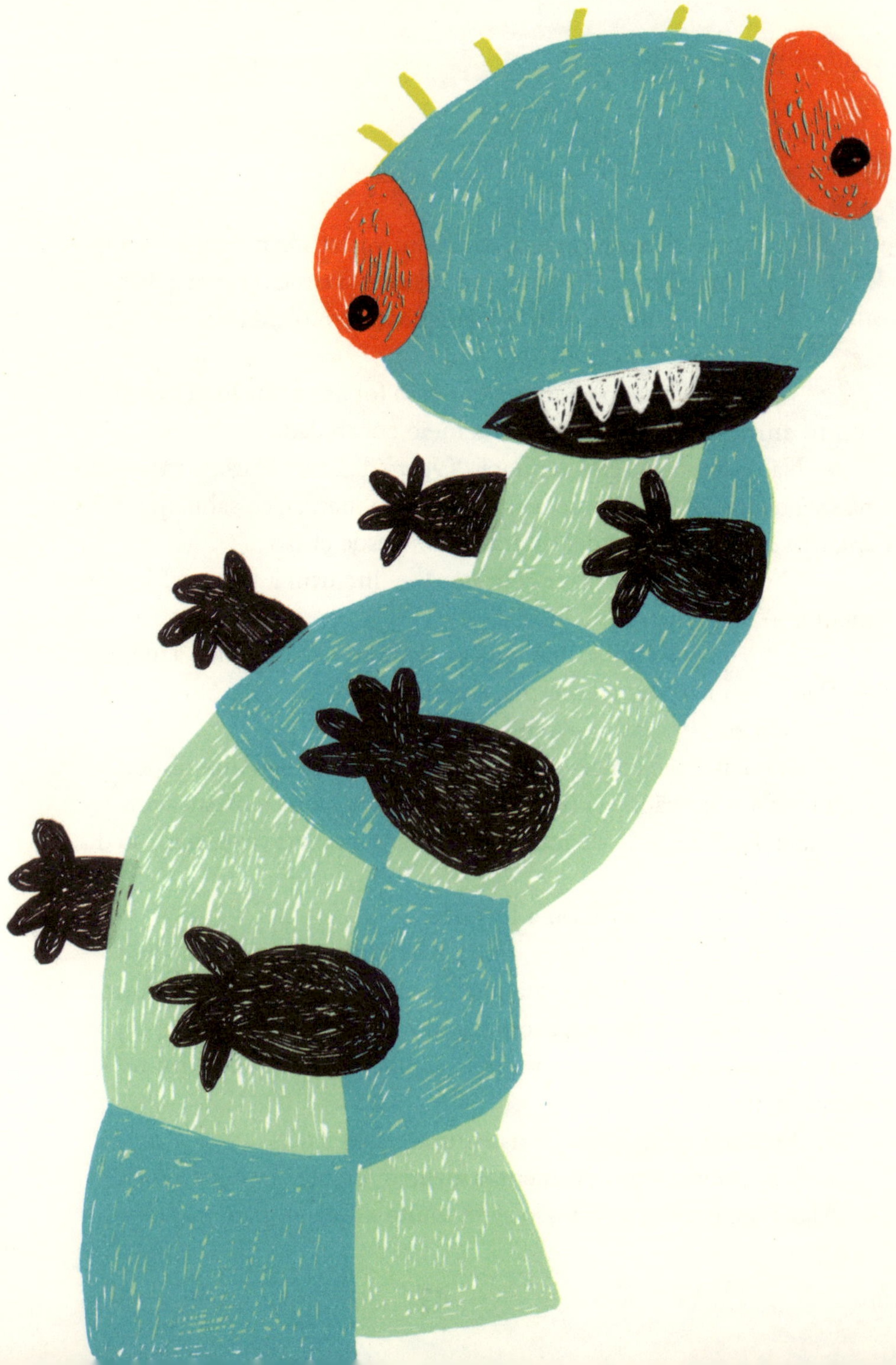

— Para você? — perguntou a Lagarta, insolentemente. — Mas quem é você?

Quer dizer, a conversa voltou ao seu ponto inicial. Alice já estava meio irritada com a Lagarta e suas respostas curtas e secas. Por isso, resolveu mudar de atitude. Empinou-se toda e disse, com ares de pessoa séria:

— Eu acho que *você* deveria se apresentar primeiro.

— Por quê? — questionou a Lagarta.

E essa era outra pergunta difícil de responder. Como Alice não conseguia pensar numa boa resposta, e a Lagarta parecia não estar num de seus melhores dias, ela virou-se e foi embora.

— Volte! — chamou a Lagarta. — Tenho algo importante para lhe dizer!

Isso parecia realmente mais promissor, sem dúvida. Alice deu meia-volta e retornou.

— Mantenha a calma — disse a Lagarta.

— Só isso? — perguntou a menina, engolindo seco para conter sua raiva da melhor maneira que podia.

— Não — respondeu a Lagarta.

Alice pensou que podia muito bem esperar, já que não tinha mais nada para fazer. No final das contas, poderia até ser que a Lagarta dissesse alguma coisa que se aproveitasse. Por alguns minutos, a Lagarta ficou soltando umas baforadas de fumaça, sem dizer uma palavra. Por fim, descruzou os braços, tirou o cigarro da boca novamente e disse:

— Você acha que está mudada, não acha?

— Receio que sim, senhora — respondeu Alice. — Eu não consigo mais me lembrar das coisas como antes... e não consigo ficar do mesmo tamanho por mais de dez minutos.

— Não consegue lembrar de *que* coisas? — perguntou a Lagarta.

— Bom, tentei recitar "Como pode", mas saiu tudo diferente — respondeu Alice, meio tristonha.

— Recite "Está velho, Pai William" — pediu a Lagarta.

Alice juntou as mãos, e começou:

"Está velho, Pai William",
  Disse o moço admirado.
"Como é que ainda faz
  Cabriola em seu estado?"

"Fosse eu moço, meu rapaz,
  Podia os miolos afrouxar;
Mas agora já estão moles,
  Para que me preocupar?"

"Está velho", disse o moço,
  "E gordo como uma pipa;
Mas o vi numa cambalhota...
  Não teme dar nó na tripa?"

"Quando moço", disse o sábio,
  "Fui sempre muito ágil; usava esta pomada:
É só um xelim a caixa, não
  Não quer dar uma experimentada?"

"Está velho", disse o moço,
  "Seus dois dentes já estão bambos,
Mas gosta de chupar cana,
  Como então não caem ambos?"

"Quando moço", disse o pai,
  "Sempre evitei mastigar.
Foi assim que estes dois dentes
  Consegui economizar."

"Está velho", disse o moço,
  "Já não enxerga de dia,
Como então inda equilibra
  No seu nariz uma enguia?"

"Já respondi a três perguntas,
Parece mais que o bastante,
Suma já ou eu lhe mostro
Quem aqui é o importante."

— Está tudo errado — afirmou a Lagarta.

— Nem tudo... — replicou Alice, timidamente. — Mas acho que algumas palavras saíram um pouco diferentes.

— Pois foi errado do começo ao fim — disse a Lagarta, decidida.

Fez-se silêncio por alguns minutos.

A Lagarta foi a primeira a falar.

— De que tamanho você quer ser? — perguntou.

— Não tenho nenhuma preferência — respondeu Alice, prontamente. — Só não queria ficar mudando de tamanho toda hora, sabe...

— Não, eu não sei — assegurou a Lagarta.

Alice preferiu ficar calada. Ela nunca tinha sido tão contrariada em toda a sua vida e sentia que já estava a ponto de perder a paciência.

— Está satisfeita agora? — questionou a Lagarta.

— Bom, eu gostaria de ser um *pouquinho* maior, se a senhora não se importasse — respondeu Alice. — Sete centímetros é uma altura desprezível para se ter.

— Pois para mim é uma altura e tanto! — objetou a Lagarta, irritada, esticando-se toda enquanto falava (ela media exatamente sete centímetros).

— Mas eu não estou acostumada! — protestou a pobrezinha, num tom que dava pena. E pensou consigo mesma: "Seria tão bom se as criaturas não se ofendessem com tanta facilidade!".

— Com o tempo você se acostuma — disse a Lagarta, colocando o narguilé na boca e começando a fumar de novo.

Dessa vez, Alice esperou pacientemente antes de falar qualquer coisa. Depois de um ou dois minutos, a Lagarta tirou o narguilé da boca, bocejou uma ou duas vezes e se sacudiu. Aí, desceu do cogumelo e saiu rastejando pela relva. Enquanto se afastava, dizia o seguinte:

— Um lado fará você crescer; o outro lado fará você diminuir.

— Um lado de quê? Outro lado de quê? — Alice ficou pensando.

— Do cogumelo — explicou a Lagarta, como se a pergunta tivesse sido em voz alta. E daí a pouco desapareceu.

Por um instante, Alice ficou pensativa olhando para o cogumelo, tentando identificar qual lado era qual. E como era perfeitamente redondo, achou que esse era um problema difícil de resolver. No entanto, acabou esticando seus braços ao máximo ao redor do cogumelo e pegou dois pedacinhos da beirada dele. Um pedacinho com a mão direita e outro com a esquerda.

— E agora, qual é qual? — perguntou a si mesma, dando uma mordidinha no pedaço que estava na mão direita para ver o que acontecia. Logo sentiu uma pancada violenta em baixo do queixo, que tinha caído até o pé!

Ficou muito assustada com essa mudança tão súbita, mas percebeu que não tinha mais tempo a perder, porque estava encolhendo muito depressa. Sendo assim, tratou logo de comer um pouco do outro pedaço. Seu queixo estava agora tão pressionado contra o pé que mal havia espaço para abrir a boca. Mas no final ela conseguiu engolir um bocado do pedaço que estava na mão esquerda.

— Oba! Minha cabeça está livre de novo! — comemorou alegremente.

Mas a alegria durou pouco, porque agora ela não conseguia mais ver os próprios ombros. Quando olhava para baixo, o que enxergava era um pescoço muito comprido, que parecia se elevar como uma haste perante um mar de folhas verdes que se estendia ao longe.

— O que pode ser toda aquela coisa verde lá embaixo? — perguntou Alice. — E onde é que foram parar os meus ombros? E as minhas mãos, coitadinhas! Onde vocês estão, que não consigo achar?

Na verdade ela estava movimentando as mãos enquanto falava, mas parecia que isso não surtia nenhum efeito, a não ser uma pequena agitação por entre a folhagem verde lá embaixo.

E como parecia não ter a menor chance de erguer as mãos até a cabeça, tentou abaixar a cabeça até elas. Ficou toda feliz ao descobrir que seu pescoço podia se curvar em todas as direções com facilidade, como se fosse uma cobra. Ela teve sucesso numa manobra graciosa em zigue-zague e estava a ponto de mergulhar por entre as folhagens — que descobriu serem apenas as copas das árvores, debaixo das quais estivera caminhando — quando um som agudo a fez recuar rapidamente. Uma grande Pomba tinha voado até o seu rosto e nele batia violentamente com as asas.

— Cobra! — gritou a Pomba.

— Eu *não* sou uma cobra! — disse Alice, indignada. — Ora, deixe-me em paz!

— Cobra! Eu insisto! — repetiu a Pomba, agora num tom mais moderado, e acrescentou, quase soluçando: — Já tentei de todas as formas, mas nada parece satisfazê-las!

— Não tenho a menor ideia do que está falando — retrucou Alice.

— Já tentei as raízes das árvores, as margens dos rios e as cercas — continuava a Pomba, sem prestar atenção na menina. — Mas essas cobras! Elas não se contentam com nada!

Alice estava ainda mais confusa, mas pensou que não ia adiantar dizer mais nada enquanto a Pomba não terminasse.

— Como se não bastasse ter de chocar os ovos — reclamou a Pomba —, ainda tenho que ficar de plantão, dia e noite, vigiando, de olho nas cobras. Já faz três semanas que não prego os olhos!

— Puxa, sinto muito por você ter se aborrecido! — disse Alice, que estava começando a entender o que a Pomba queria dizer.

— E bem quando eu consigo chegar na árvore mais alta da floresta — prosseguiu a Pomba, levantando o tom da voz num guincho —, e pensando que finalmente estaria livre delas... lá vêm elas de novo, se retorcendo, descendo do céu em zigue-zague! Que asco! Cobra!

— Mas eu já disse que não sou uma cobra! — argumentou a menina. — Eu sou uma... sou uma...

— Diga! Você é uma... *o quê?* — retrucou a Pomba. — Já vi que você está tentando inventar alguma coisa!

— Eu... Eu sou uma garotinha — respondeu Alice, meio insegura, lembrando-se que tinha mudado muitas vezes naquele dia.

— Não é possível! — disse a Pomba, com profundo desprezo. — Já vi muitas garotinhas na minha vida, mas nunca com um pescoço tão comprido! Não, não! Você só pode ser uma cobra, e não adianta tentar me enganar. Aposto como daqui a pouco você vai me dizer que nunca experimentou um ovo!

— Claro que já! — afirmou Alice, que não sabia mentir. — Mas as meninas também comem ovos, assim como as cobras, sabia?

— Eu não acredito em você — irritou-se a Pomba. — E, se isso for mesmo verdade, acabo por concluir que as meninas são um tipo de cobra.

Essa ideia era tão nova para Alice, que ela ficou em silêncio por um minuto ou dois, o que deu à Pomba oportunidade de acrescentar:

— Você está procurando por ovos, isso eu sei muito bem! Então, que diferença faz se é uma garotinha ou uma cobra?

— Pois para mim faz muita diferença — Alice foi logo respondendo. — Além do mais, eu não estou procurando por ovos. E, se estivesse, eu não ia querer os *seus*: eu não gosto de ovo cru.

— Bem, fora daqui, então! — ordenou a Pomba, mal-humorada, enquanto pousava novamente em seu ninho.

Alice, então, foi se encolhendo toda por entre as árvores, da maneira como podia, porque seu pescoço ficava enganchando nos galhos e a todo momento ela tinha que parar para desembaraçá-lo. Depois de um tempo, ela se lembrou de que ainda tinha nas mãos os pedaços de cogumelo e se empenhou cuidadosamente em mordiscar um pedaço e depois o outro, ora crescendo; ora diminuindo. Até que conseguiu, com sucesso, chegar ao seu tamanho normal.

Já fazia tanto tempo que ela não ficava do tamanho certo, que se sentiu meio estranha no começo, mas logo se acostumou e começou a falar sozinha, como sempre fazia.

— Pronto, já cumpri metade do meu plano! Estou meio perdida com todas essas mudanças! Eu nunca sei o que vou ser de um minuto para o outro... Mas pelo menos agora voltei ao meu tamanho normal e a próxima coisa a fazer é tentar entrar naquele jardinzinho adorável. Mas o que será que tenho de fazer para conseguir isso?

Assim que disse essas palavras, viu-se de repente num lugar aberto. Nesse lugar havia uma casinha que media cerca de um metro e vinte centímetros de altura.

— Seja lá quem for que more aqui — refletiu —, não posso deixar que me vejam *deste* tamanho, porque morreriam de susto!

E começou novamente a dar mordidinhas no pedaço que estava na mão direita e não se aventurou a chegar mais perto até que diminuísse seu tamanho para pouco mais de um palmo.

VI
PORCO E PIMENTA

Por um minuto ou dois, ela ficou ali plantada, olhando para a casa e imaginando o que faria depois, quando de repente um lacaio de libré veio correndo pelo bosque (e ela supôs que se tratava de um lacaio porque ele estava de libré; do contrário, se fosse julgar pela cara dele, pensaria que era um peixe) e bateu na porta com os nós dos dedos.

A porta foi aberta por um outro lacaio de libré, de cara redonda e olhos esbugalhados como os de um sapo. Alice reparou que ambos usavam perucas encaracoladas e empoadas. Ela ficou muito curiosa para saber o que era aquilo tudo, e saiu um pouquinho do meio das árvores para ouvir melhor.

O Lacaio-Peixe tirou de debaixo do braço uma carta bem grande, quase do tamanho dele, e entregou para o outro, dizendo solenemente:

— Para a Duquesa. Um convite da Rainha para jogar *croquet*.

O Lacaio-Sapo repetiu, no mesmo tom solene, apenas mudando um pouco a ordem das palavras:

— Da Rainha. Um convite à Duquesa para jogar *croquet*.

Depois ambos fizeram uma reverência, curvando-se, e os cachos dos dois se embaraçaram uns nos outros.

Alice riu tanto desse episódio, que teve de correr de volta para o meio das árvores, com medo que eles a escutassem. E depois, quando ela espiou novamente, o Lacaio-Peixe tinha desaparecido e o outro estava sentado no chão perto da porta, olhando estupidamente para o céu.

Alice foi até a porta, timidamente, e bateu.

— Não adianta bater — disse o Lacaio. — E isso por duas razões. Primeiro, porque eu estou do mesmo lado da porta que você. Segundo, porque eles estão fazendo tanto barulho lá dentro que ninguém conseguiria ouvi-la bater.

E de fato estava uma barulheira lá dentro. Gritos, uivos e espirros constantes eram ouvidos, além de um barulho parecido com o de louça se espatifando em pedaços.

— Nesse caso, por favor — insistiu Alice. — Como faço para entrar?

— Até faria algum sentido bater — continuou o Lacaio, sem prestar a menor atenção —, se houvesse uma porta entre nós. Por exemplo, se você estivesse do lado de dentro, poderia bater e eu lhe deixaria sair, obviamente.

Enquanto falava, ficava olhando para o céu o tempo todo, e Alice considerou isso uma falta de educação. Mas, ponderou:

— Talvez não seja culpa dele. Porque tem os olhos bem no alto da cabeça... Bom, mas isso não o impede de responder à minha pergunta.

E repetiu em voz alta:

— Como faço para entrar?

— Vou ficar sentado bem aqui — disse o Lacaio — até amanhã...

Nesse instante, a porta da casa se abriu e um prato gigante veio zunindo bem na direção da cabeça do Lacaio, tirando-lhe uma fininha do nariz e depois chocando-se com uma das árvores que estavam atrás dele.

— ...ou talvez depois de amanhã — prosseguiu o Lacaio, no mesmo tom de voz, como se nada tivesse acontecido.

— E como faço para entrar? — repetiu Alice, num tom mais alto.

— E será que você vai entrar? — disse o Lacaio. — Essa é que é a questão.

E ele estava certo, mas Alice não queria ouvir isso.

— É realmente horrível — murmurou consigo mesma — o jeito como essas criaturas discutem. Isso deixa qualquer um maluco!

O Lacaio considerou que essa era uma bela oportunidade para repetir sua observação, mas com pequenas variações:

— Vou ficar sentado aqui — disse ele —, ora sim ora não, por dias e dias.

— Mas o que é que eu faço? — perguntou Alice.

— Pode fazer o que quiser — respondeu o Lacaio, e começou a assobiar.

— Não adianta falar com ele — disse a menina, já em desespero. — Ele é um perfeito idiota!

Abriu a porta e entrou.

A porta conduzia a uma cozinha bem grande, cheia de fumaça para todo lado. Bem no meio estava a Duquesa, sentada num banquinho de três pernas, ninando um bebê. A cozinheira estava debruçada sobre o fogo, mexendo um caldeirão enorme que parecia cheio de sopa.

— Com certeza puseram pimenta demais naquela sopa! — pensou Alice, enquanto espirrava muito.

Era tanta pimenta, que o ar estava pesado. Até mesmo a Duquesa espirrava de vez em quando. Quanto ao bebê, berrava e espirrava sem dar um minuto de trégua para os ouvidos. As duas únicas criaturas na cozinha que não estavam espirrando eram a cozinheira e um gato enorme que estava deitado perto da lareira, com um sorriso que ia de orelha a orelha.

— Por gentileza, poderia me explicar — perguntou Alice, timidamente, porque não estava certa se era educado ser a primeira a falar — por que é que seu gato está rindo desse jeito?

— É um gato de Cheshire — respondeu a Duquesa. — É por isso. Porco!

E disse essa última palavra com tanta violência que Alice deu um salto. Mas depois viu que tinha sido dirigida ao bebê, e não a ela. Então ela se armou de coragem e prosseguiu:

— Eu não sabia que os gatos de Cheshire sorriam. Para ser sincera, nunca ouvi falar que gatos pudessem sorrir.

— Todos eles podem — disse a Duquesa. — E a maioria deles sorri.

— Eu não conheço nenhum que sorria — disse a menina, muito educadamente, sentindo-se muito feliz por ter arranjado com quem conversar.

— Tem muita coisa que você ainda não sabe — observou a Duquesa. — E isso é um fato.

Alice não gostou nada do tom dessa observação e achou que seria melhor mudar de assunto. Enquanto pensava sobre isso, a cozinheira tirou o caldeirão de sopa do fogo e começou imediatamente a atirar tudo que estava a seu alcance na Duquesa e no bebê. Primeiro os ferros da lareira, depois uma chuva de panelas, travessas e pratos. A Duquesa nem ligava, mesmo quando algum a atingia. E o bebê a essa altura já estava berrando tanto que era impossível dizer se ele tinha se machucado ou não.

— Por favor, cuidado com o que está fazendo! — gritou Alice, pulando de um lado para o outro, aterrorizada. — Lá se vai o narizinho dele!

Uma panela enorme passou raspando tão perto que quase o arrancou fora.

— Se cada um tratasse de sua própria vida — resmungou a Duquesa —, o mundo giraria bem mais depressa.

— O que não seria nenhuma vantagem — disse a menina, muito satisfeita pela oportunidade de mostrar um pouco de sua sabedoria. — Pense só no que seria do dia e da noite! Veja bem, a Terra leva vinte e quatro horas para executar seu movimento de rotação...

— E por falar em executar — disse a Duquesa —, cortem-lhe a cabeça!

Alice olhou desesperada para a cozinheira para ver se ela ia se aproveitar da sugestão, mas estava muito ocupada mexendo a sopa e parecia não estar ouvindo. Então ela prosseguiu:

— Vinte e quatro horas, eu acho. Ou serão doze? Eu...

— Ora, não me aborreça! — disse a Duquesa. — Não suporto números!

E começou a embalar o bebê novamente, cantando uma espécie de canção de ninar e dando-lhe violentas sacudidas ao final de cada verso:

Fale grosso com seu bebezinho,
E espanque-o quando espirrar:
Porque ele é bem malandrinho,
Só o faz para azucrinar.

Coro
(com a participação da cozinheira e do bebê):
Oba! Oba! Oba!

Enquanto a Duquesa entoava a segunda estrofe da canção, continuava a jogar o bebê para cima e para baixo, e a pobre criança berrava tanto que Alice mal conseguia distinguir as palavras:

Falo bravo com meu garoto,
Bato nele quando espirra

*Pois só assim toma gosto
Por pimenta e não faz birra.*

Coro
Oba! Oba! Oba!

— Tome! Você pode niná-lo um pouco, se quiser! — disse a Duquesa para Alice, jogando o bebê no colo dela enquanto falava. — Agora preciso me arrumar para o jogo de *croquet* com a Rainha.

E saiu às pressas da sala. A cozinheira arremessou uma frigideira nela enquanto se retirava, mas não acertou o alvo.

Alice pegou o bebê com certa dificuldade, porque a pequena criatura tinha uma forma esquisita, e com pernas e braços esticados em todas as direções, "como se fosse uma estrela-do-mar", pensou Alice. O pobrezinho estava bufando como uma locomotiva e ficava se encolhendo e se esticando sem parar, de maneira que nos primeiros minutos tudo que ela conseguiu fazer foi segurá-lo para que ele não despencasse no chão.

Assim que descobriu a maneira mais adequada de segurá-lo (que era torcendo-o numa espécie de nó, e depois agarrando firme a orelha direita e o pé esquerdo, para que não desatasse), ela o carregou para fora, em busca de ar livre.

— Se eu não levar essa pobre criança comigo — pensou Alice —, vão acabar com ela logo, logo. Não seria uma espécie de assassinato deixá-la para trás?

Disse essas últimas palavras em voz alta, e a criaturinha soltou um grunhido como resposta (a essa altura já tinha parado de espirrar).

— Pare de grunhir! — disse Alice. — Não é uma maneira apropriada de se expressar.

O bebê grunhiu de novo, e Alice olhou preocupada para ver qual seria o problema dessa vez. Não havia a menor dúvida de que ele tinha um nariz *muito* arrebitado, mais parecido com um focinho do que com um nariz de verdade. Observou também que os olhos eram pequenos demais para um bebê. Resumindo, Alice não gostou nada do que estava vendo.

— Bom, pode ser de tanto chorar... — pensou.

E olhou novamente para os olhos dele para ver se havia lágrimas. Mas não havia.

— Se por acaso você estiver se transformando num porco, queridinho — disse a menina, seriamente —, não vou querer mais nada com você. Tome cuidado!

A pobre criaturinha soluçou novamente (ou grunhiu, porque era impossível distinguir), e depois ficaram em silêncio por um tempo.

— E agora, o que vou fazer com essa criatura quando voltar para casa? — pensou Alice.

Nesse instante, ele grunhiu de novo, mas tão fortemente, que ela olhou assustada. Dessa vez não havia mais dúvida nenhuma: a criatura era mesmo um porco. Nada mais, nada menos. E ela achou que era um absurdo continuar carregando um porco no colo. Então, colocou o bichinho no chão, e se sentiu bem aliviada ao ver que ele saiu trotando calmamente para o bosque.

— Se chegasse a crescer naquelas condições — disse para si mesma —, seria uma criança muito feia. Mas até que para um porco ele é bem bonitinho.

E começou a lembrar das crianças que conhecia, que ficariam muito bem como porquinhos, e estava justamente pensando "se alguém soubesse como transformá-las...", quando levou um susto ao ver o Gato de Cheshire sentado no galho de uma árvore bem perto dali.

Quando viu Alice, o gato somente deu um largo sorriso. Parecia amigável, pensou a menina. Mas como tinha longas garras e uma porção de dentes, ela achou melhor tratá-lo muito respeitosamente.

— Gatinho de Cheshire... — começou, meio timidamente, por não saber se esse nome iria agradá-lo. No entanto, ele sorriu mais.

"Bom, ele parece estar gostando", pensou Alice.

E prosseguiu:

— Poderia me dizer, por favor, que caminho devo tomar para ir embora daqui?

— Isso depende muito de onde quer ir — respondeu o gato.

— Para mim, acho que tanto faz... — disse a menina.

— Nesse caso, qualquer caminho serve — afirmou o gato.

— ... contanto que eu chegue a *algum lugar* — completou Alice, para se explicar melhor.

— Ah, mas com certeza você vai chegar, desde que caminhe bastante.

Como isso lhe pareceu incontestável, tentou lançar outra pergunta:

— Que tipo de gente mora por aqui?

— Naquela direção — disse o Gato, apontando com a pata para direita — mora um Chapeleiro. E naquela — apontou com a outra pata — mora uma Lebre de Março. Visite qual deles quiser: os dois são loucos.

— Mas não quero me meter com gente louca — ressaltou Alice.

— Mas isso é impossível — disse o Gato. — Porque todo mundo é meio louco por aqui. Eu sou. Você também é.

— Como pode saber se sou louca ou não? — disse a menina.

— Mas só pode ser — explicou o Gato. — Ou não teria vindo parar aqui.

Alice achou que isso não provava nada. No entanto, continuou:

— E como você sabe que é louco?

— Para começo de conversa — disse o Gato —, um cachorro não é louco. Concorda?

— É, acho que sim — disse Alice.

— Pois bem... — continuou o Gato. — Você sabe que um cachorro rosna quando está bravo e abana o rabo quando está feliz. Mas eu faço o contrário: eu rosno quando estou feliz e abano o rabo quando estou bravo. Portanto, eu sou louco.

— Mas isso não é rosnar, é ronronar — disse Alice.

— Seja o que for — disse o Gato. — Você vai jogar *croquet* com a Rainha hoje?

— Até que eu gostaria muito — explicou a menina. — Mas ainda não fui convidada.

— A gente se vê por lá — disse o Gato. E desapareceu.

Alice não se surpreendeu muito com isso, pois já estava se acostumando a ver coisas esquisitas acontecendo. Ela estava ainda olhando para o local onde o Gato estivera, quando de repente ele apareceu de novo.

— A propósito, o que aconteceu com o bebê? — perguntou o Gato. — Eu já ia me esquecendo de perguntar.

— Virou um porco — Alice respondeu bem tranquilamente, como se o retorno do Gato tivesse acontecido de um modo natural.

— Eu achava que ia virar — comentou o Gato, e desapareceu de novo.

Alice esperou um pouco, meio que esperando ele aparecer novamente, mas ele não apareceu, e passados uns dois minutos ela caminhou em

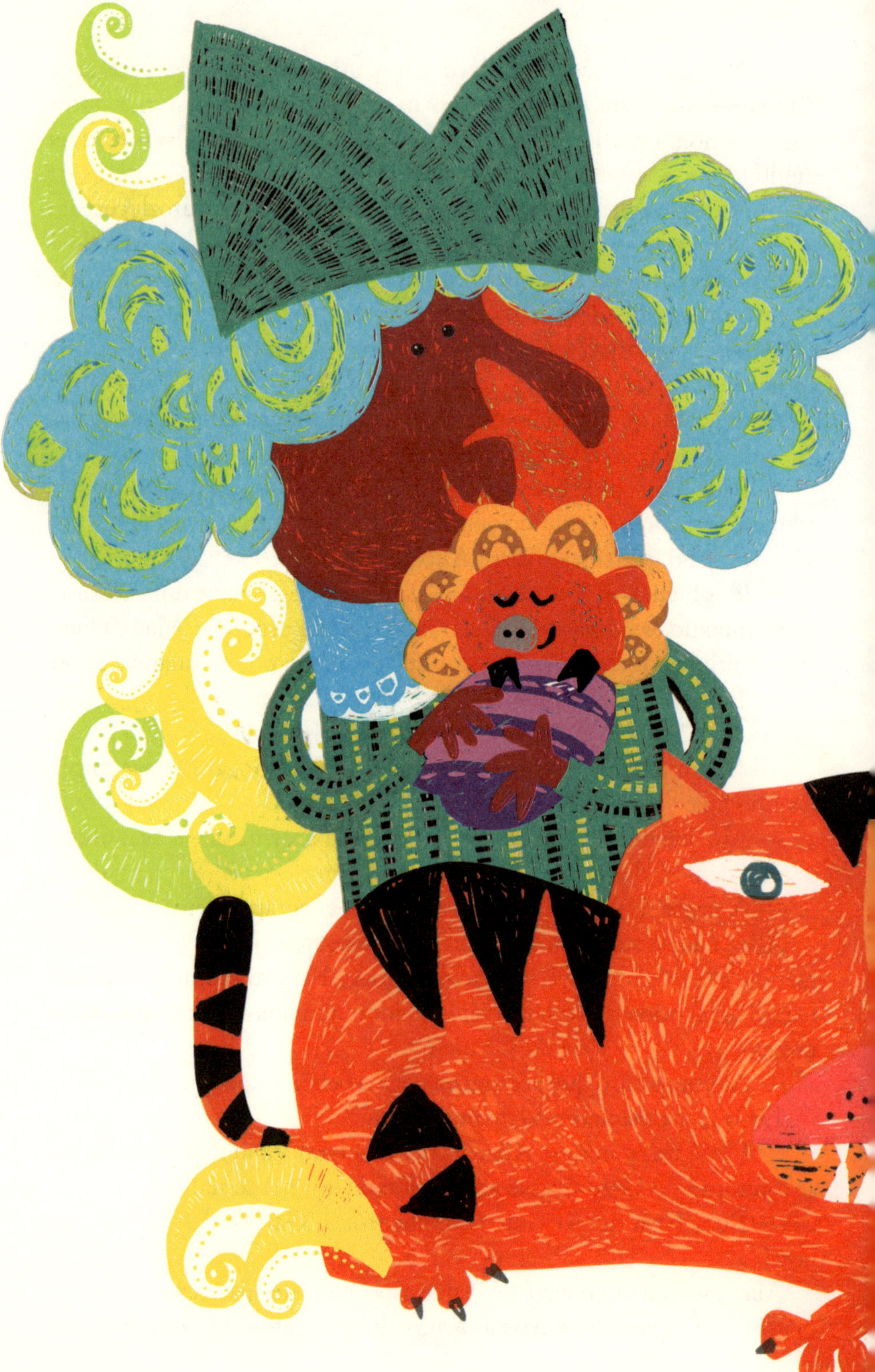

direção ao lugar onde a Lebre de Março deveria morar, segundo informações dadas pelo Gato.

— Já vi chapeleiros antes — pensou. — A Lebre de Março deve ser muito mais interessante! E, como estamos no mês de maio, pode até ser que ela já não esteja tão maluca da cabeça. Pelo menos, deve estar menos louca do que em março.

Dizendo isso, olhou para cima e lá estava o Gato de novo, sentado num galho de uma árvore.

— Você disse porco ou corpo? — perguntou o Gato.

— Eu disse porco — respondeu Alice — e gostaria que você não ficasse aparecendo e desaparecendo toda hora: deixa qualquer um zonzo.

— Está bem — concordou o Gato.

E dessa vez foi desaparecendo bem devagarinho, começando pela ponta do rabo e terminando com o sorriso, que ainda permaneceu por algum tempo, depois que o resto do corpo já tinha sumido.

— Bom, eu já vi muito gato sem sorriso — lembrou-se Alice —, mas um sorriso sem gato?! Essa é a coisa mais absurda que já vi em toda a minha vida!

Não tinha ido muito longe quando avistou a casa da Lebre de Março. Achou que a casa era aquela porque as chaminés tinham forma de orelhas e o telhado era coberto de pelo. A casa era tão grande que ela não quis arriscar chegar mais perto antes de dar uma pequena mordida no pedaço do cogumelo que estava na mão esquerda. Dessa maneira, cresceu até uns três palmos de altura. Mesmo assim, foi caminhando meio timidamente, dizendo consigo mesma:

— E se, no final das contas, ela ainda estiver doida da cabeça? Talvez fosse melhor eu ter escolhido a casa do Chapeleiro!

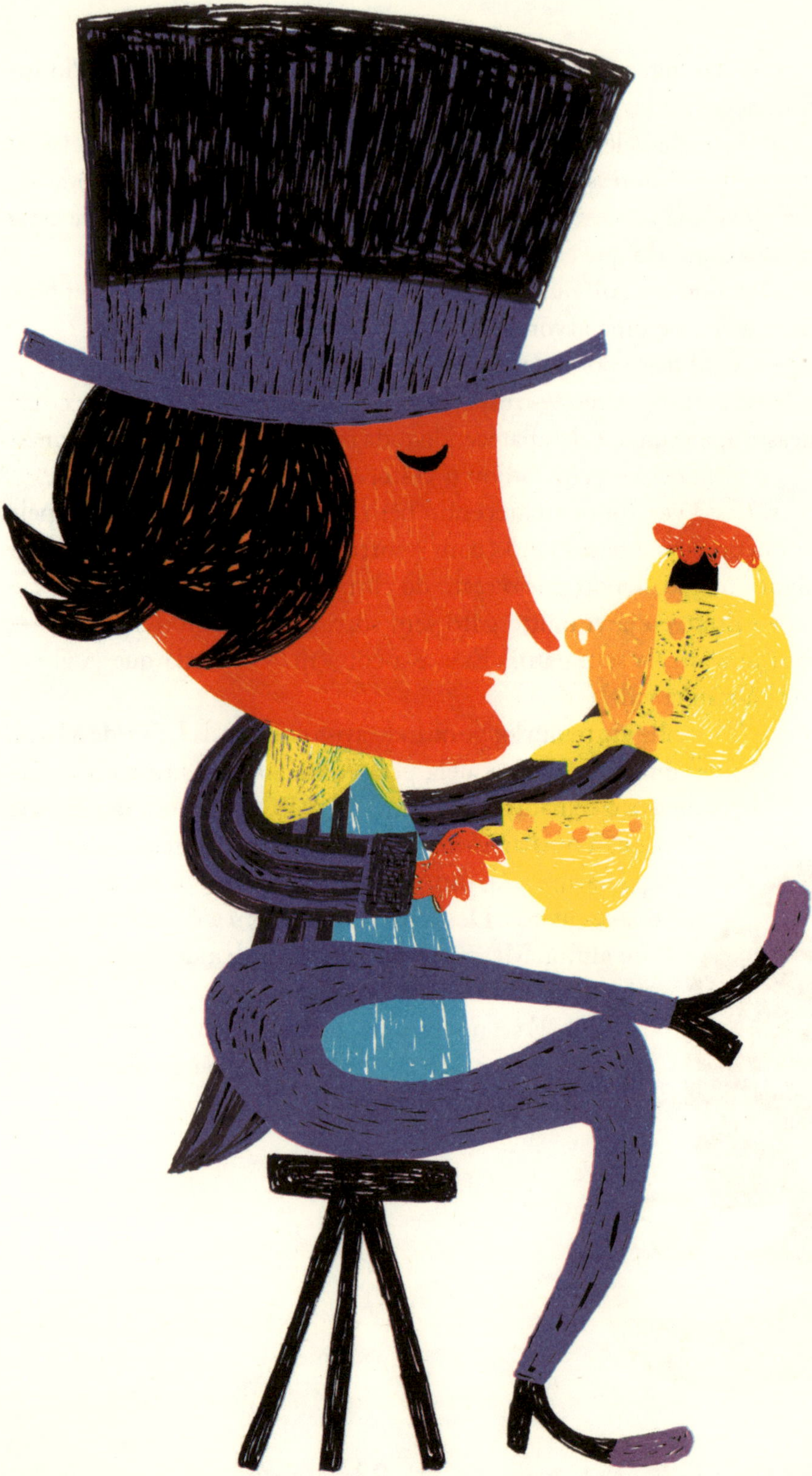

VII
UM CHÁ MALUCO

Diante da casa havia uma mesa posta debaixo de uma árvore, onde a Lebre de Março e o Chapeleiro tomavam chá. Entre eles estava sentado um Esquilo, que dormia profundamente, e os outros dois o usavam como almofada, descansando os cotovelos sobre ele e conversando por cima de sua cabeça.

— Muito desconfortável para o Esquilinho — pensou Alice. — Mas, como está dormindo, acho que não se incomoda.

A mesa era bem grande, mas os três estavam amontoados num dos cantos.

— Não tem lugar! Não tem lugar! — gritaram, logo que viram Alice chegando.

— Tem lugar sobrando! — disse Alice, indignada, e sentou-se numa poltrona grande à cabeceira da mesa.

— Tome um pouco de vinho — ofereceu a Lebre de Março num tom animador.

Alice passou uma olhada pela mesa toda, mas não havia nada além de chá.

— Não estou vendo nenhum vinho — observou.

— Mas não há nenhum — concordou a Lebre de Março.

— Então não foi muito educado de sua parte oferecer — disse Alice furiosamente.

— E não foi nada educado de sua parte sentar-se sem ter sido convidada — rebateu a Lebre de Março.

— Eu não sabia que a mesa era *sua* — retrucou Alice. — Está posta para muito mais do que três pessoas.

— Seu cabelo está precisando de um corte — disse o Chapeleiro. Fazia um bom tempo que ele estava olhando curiosamente para Alice, e essas foram as suas primeiras palavras.

— Devia aprender que não se deve fazer comentários pessoais — aconselhou a menina, num tom severo. — É muito indelicado.

Ao ouvir isso, o Chapeleiro arregalou os olhos e disparou:

— Qual é a semelhança entre um corvo e uma escrivaninha?

— Agora vamos nos divertir um pouco — alegrou-se Alice. — Gostei muito quando eles começaram a brincar de adivinhações!

E acrescentou em voz alta:

— Acho que posso adivinhar essa!

— Você quer dizer que consegue achar a resposta? — interrogou a Lebre de Março.

— Exatamente — concordou a menina.

— Então você deveria dizer o que está pensando — prosseguiu a Lebre de Março.

— Tudo bem, eu digo — respondeu Alice prontamente —, pelo menos... pelo menos eu estou pensando no que vou dizer... o que é a mesma coisa, não é?

— De maneira alguma! — exclamou o Chapeleiro. — É como se você dissesse que "vejo o que como" é a mesma coisa que "como o que vejo".

— Ou o mesmo que dizer que "gosto de tudo o que tenho" é o mesmo que "tenho tudo o que gosto" — explicou a Lebre.

— Ou o mesmo que dizer — acrescentou o Esquilo, que parecia estar falando dormindo — que "respiro quando durmo" é o mesmo que "durmo quando respiro".

— No seu caso, é a mesma coisa — afirmou o Chapeleiro.

E com isso a conversa murchou e o grupo ficou sentado em silêncio por um instante, enquanto Alice refletia sobre tudo que conseguia lembrar sobre corvos e escrivaninhas — o que não era muito.

O Chapeleiro foi o primeiro a quebrar o silêncio. Virou-se para Alice e perguntou:

— Que dia do mês é hoje?

Tinha tirado o relógio do bolso e estava meio inquieto olhando para ele, dando sacudidelas de vez em quando e levando-o à orelha.

Alice pensou um pouco e respondeu:

— Dia quatro.

— Dois dias errado! — suspirou o Chapeleiro. — Eu disse que manteiga não iria funcionar no mecanismo! — acrescentou, olhando zangado para a Lebre de Março.

— Mas a manteiga era da *melhor* qualidade — assegurou a Lebre de Março humildemente.

— Sim, mas com a manteiga devem ter entrado algumas migalhas de pão — retrucou o Chapeleiro. — Você não devia ter usado a faca de pão.

A Lebre de Março pegou o relógio e olhou para ele com tristeza. Depois, o mergulhou em sua xícara de chá e olhou novamente, porém, como não achou nada melhor para dizer, simplesmente repetiu sua primeira observação:

— Mas a manteiga era da *melhor* qualidade.

Alice estivera analisando tudo por cima do ombro dela, bastante curiosa.

— Que relógio mais engraçado! — observou a menina. — Ele mostra o dia do mês e não mostra a hora!

— E por que deveria? — replicou o Chapeleiro. — Por acaso o *seu* relógio mostra o ano?

— Claro que não — garantiu Alice prontamente. — Mas é porque demora muito para mudar de um ano para outro.

— Com o *meu* é a mesma coisa — concluiu o Chapeleiro.

Alice sentiu-se terrivelmente confusa. O comentário do Chapeleiro parecia não fazer nenhum sentido, embora eles estivessem certamente falando a mesma língua.

— Não estou entendendo muito bem — disse, com a maior educação possível.

— O Esquilo está dormindo de novo — notou o Chapeleiro, e derramou um pouco de chá quente no focinho dele.

O Esquilo sacudiu a cabeça impacientemente e falou, sem abrir os olhos:

— Claro, claro; é isso mesmo que eu ia dizer.

— Já adivinhou a charada? — perguntou o Chapeleiro, voltando-se para Alice novamente.

— Não, desisto — Alice respondeu. — Qual é a resposta?

— Não tenho a menor ideia — afirmou o Chapeleiro.

— Nem eu — concordou a Lebre de Março.

Alice suspirou, exausta.

— Eu acho que vocês poderiam fazer algo mais proveitoso do que ficar perdendo tempo com adivinhações sem resposta — opinou a menina.

— Se você conhecesse o Tempo tão bem quanto eu — disse o Chapeleiro —, não estaria falando dessa maneira sobre *ele*.

— Eu não entendo o que quer dizer — revelou Alice.

— Claro que não — respondeu o Chapeleiro, jogando a cabeça insolentemente para trás. — Atrevo-me a dizer que você nunca falou com o Tempo!

— Talvez não — respondeu Alice, com cuidado. — Mas eu sei que tenho de entrar no tempo certo quando eu estudo uma música.

— Ah! Isso explica tudo — disse o Chapeleiro. — Ele não suporta esse tipo de coisas, como entrar sem pedir licença. Mas, se você se entendesse bem com ele, conseguiria quase tudo o que deseja por meio do seu relógio. Por exemplo, imagine que fossem nove horas da manhã, hora de começar a aula; era só você pedir baixinho uma ajuda ao Tempo e ele adiantaria o relógio num instante: uma e meia, hora da merenda!

— Queria que fosse mesmo! — exclamou a Lebre de Março consigo mesma, num suspiro.

— Seria mesmo muito bom — pensou a menina. — Mas nesse caso eu não estaria com fome, estaria?

— Não necessariamente — explicou o Chapeleiro. — Mas você poderia manter o relógio nesse mesmo horário pelo tempo que desejasse.

— É assim que você faz? — perguntou Alice.

O Chapeleiro sacudiu a cabeça, tristemente, e respondeu:

— Eu não! Nós tivemos um desentendimento no mês de março... pouco antes de ela enlouquecer, sabe? — apontando com sua colher de chá para a Lebre de Março. — Foi no grande concerto oferecido pela Rainha de Copas, e eu tinha de cantar:

Pisca, pisca, morceguinho!
Pena que sejas ceguinho!

— Você deve conhecer essa música, não?

— Já ouvi algo parecido — disse Alice.

Prosseguiu o Chapeleiro:

— Tem mais um trecho, sabe... É assim:

Lá no céu alto ele voa,
Qual bandeja voadora.
Pisca, pisca...

A essa altura, o Esquilo deu uma estremecida e começou a cantar em pleno sono:

— Pisca, pisca, pisca, pisca...

E ficou repetindo, sem parar, até que levou um beliscão.

— Bom, eu mal tinha terminado o primeiro verso — queixou-se o Chapeleiro — quando a Rainha gritou: "Ele está matando o tempo! Cortem-lhe a cabeça!".

— Nossa, que violência! — assustou-se Alice.

— E desde então — prosseguiu o Chapeleiro, pesaroso — ele não faz mais o que peço! Agora está sempre marcando seis horas.

Alice compreendeu tudo de uma vez.

— É por isso que essa mesa está posta com um serviço de chá completo? — perguntou a menina.

— É isso mesmo — suspirou o Chapeleiro. — É sempre hora do chá, e não temos tempo para lavar a louça nos intervalos.

— Então, vocês ficam mudando de um lugar para o outro em círculos, não é? — disse Alice.

— Exatamente. Mudamos sempre que a louça está suja — explicou o Chapeleiro.

— Mas o que acontece quando vocês voltam de novo ao começo? — Alice se arriscou a questionar.

— Acho melhor a gente mudar de assunto — interrompeu a Lebre de Março, bocejando. — Já estou ficando cansada. Proponho que a jovem nos conte uma história.

— Acho que não sei nenhuma — lamentou-se Alice, meio alarmada com a proposta.

— Então, o Esquilo vai contar! — gritaram os dois. — Acorde, Esquilo!

E deram um beliscão de cada lado ao mesmo tempo.

O Esquilo abriu os olhos lentamente.

— Eu não estava dormindo — sussurrou com voz fraquinha e rouca. — Ouvi cada palavra que estavam dizendo.

— Conte-nos uma história! — pediu a Lebre de Março.

— Sim, por favor! — suplicou Alice.

— E tem de ser rápido — ordenou o Chapeleiro —, ou você vai acabar dormindo de novo, antes que termine.

— Era uma vez três irmãzinhas — começou o Esquilo, com grande pressa — que se chamavam Elsie, Lacie e Tillie e moravam no fundo de um poço...

— E como sobreviviam? — disse Alice, sempre interessada quando o assunto lembrava comida ou bebida.

— Comendo melado — respondeu o Esquilo, depois de pensar um pouco.

— Mas não deveriam, sabe? — observou Alice gentilmente. — Elas poderiam ficar doentes!

— E ficaram — disse o Esquilo. — Ficaram *muito* doentes.

Alice tentou imaginar como seria viver daquela maneira, mas ficou muito intrigada e resolveu prosseguir:

— Mas por que elas viviam no fundo de um poço?

— Tome mais um pouco de chá — ordenou a Lebre de Março para Alice, muito seriamente.

— Mas eu ainda não bebi nada... — replicou Alice, ofendida. — Como é que posso tomar mais?

— *Menos*, você quer dizer — disse o Chapeleiro. — É muito mais fácil tomar *mais* do que nada.

— Ninguém pediu a *sua* opinião — disparou Alice.

— Quem é que está fazendo comentários pessoais agora? — ironizou o Chapeleiro, triunfante.

Alice não sabia o que responder, então se serviu de um pouco de chá e pão com manteiga, depois virou-se para o Esquilo e repetiu a pergunta:

— Mas por que elas viviam no fundo de um poço?

O Esquilo novamente esperou um pouco e depois respondeu:

— Era um poço de melado.

— Mas isso não existe! — Alice estava começando a dizer, muito irritada, mas o Chapeleiro e a Lebre de Março logo fizeram "psiu! psiu!".

O Esquilo, muito mal-humorado, reclamou:

— Se não consegue ser educada, é melhor que você mesma termine a história.

— Não, por favor, prossiga! — suplicou Alice humildemente. — Eu não vou interrompê-lo outra vez. Ou, quem sabe, só mais uma vezinha...

— Mais uma vez? Ora, francamente! — indignou-se o Esquilo. Mesmo assim, resolveu continuar. — E essas três irmãzinhas... elas estavam aprendendo a tirar, compreendem...

— A tirar o quê? — perguntou Alice, esquecendo-se da promessa.

— Melado — disse o Esquilo, sem fazer nenhum comentário dessa vez.

— Quero uma xícara limpa — interrompeu o Chapeleiro. — Vamos todos mudar de lugar!

E, enquanto falava, sentou-se na cadeira seguinte. O Esquilo fez o mesmo, ocupando o lugar do Chapeleiro. A Lebre de Março foi para o lugar do Esquilo, e Alice, muito contrariada, sentou-se no lugar da Lebre de Março.

O Chapeleiro foi o único que levou vantagem com essa mudança. Alice ficou muito pior do que antes, porque a Lebre tinha despejado o leite da leiteira no pires.

Como Alice não queria ofender o Esquilo novamente, começou, com muito cuidado:

— Mas eu ainda não entendi uma coisa... De onde é que elas tiravam o melado?

— Pode-se tirar água de um poço de água, não pode? — interrogou o Chapeleiro. — Então, conclui-se que é possível tirar melado de um poço de melado, sua ignorante!

— Mas como? Elas não estavam *dentro* de um poço? — perguntou Alice ao Esquilo, preferindo não levar em conta o insulto.

— Claro que estavam — explicou o Esquilo. — E bem no fundo.

Essa resposta a deixou tão confusa que ela permitiu que o Esquilo continuasse sem fazer mais perguntas.

— Elas estavam aprendendo a tirar — prosseguiu o Esquilo, bocejando e esfregando os olhos, pois já estava ficando com sono. — E elas tiravam uma porção de coisas... Todas as coisas que começam com M...

— Por que com M? — perguntou Alice.

— E por que não? — adiantou-se a Lebre de Março.

Alice se calou.

A essa altura o Esquilo já tinha fechado os olhos e estava começando a tirar uma soneca. Mas, ao levar um beliscão do Chapeleiro, acordou novamente, soltando um guinchinho:

— Coisas que começam com M, como melancia, magnitude, memória e macaco. É como se diz por aí: "pode tirar o macaquinho da chuva"... Já viu coisa parecida, como tirar um macaco da chuva?

— Bom, já que perguntou — opinou Alice, muito confusa — eu acho que seria cavalinho em vez de macaquinho. Nunca pensei...

— Se não pensa, não deveria falar — disse o Chapeleiro.

Essa grosseria foi além do que Alice poderia suportar. Então, ela levantou muito aborrecida e se retirou. O Esquilo caiu no sono na mesma hora, e nenhum dos outros dois percebeu que ela tinha saído. Alice ainda olhou para trás uma ou duas vezes, meio na esperança de que a chamassem de volta. E na última vez que os viu, eles estavam tentando enfiar o Esquilo dentro do bule de chá.

— Seja como for, lá eu não volto nunca mais! — resmungou Alice, enquanto tomava seu rumo pela floresta afora.

— Esse foi o chá mais maluco que já vi na vida!

Mal dissera essas palavras, notou que uma das árvores tinha uma porta que conduzia para dentro dela.

— Nossa, que coisa esquisita! — pensou. — Mas como hoje está tudo esquisito mesmo, acho que vou entrar logo de uma vez.

E assim fez.

Novamente se viu num salão comprido e perto de uma mesinha de vidro.

— Dessa vez, vou me sair melhor — assegurou para si mesma. Pegou a pequena chave de ouro e destrancou a porta que dava para o jardim. Depois, mordiscou o cogumelo (tinha guardado um pedaço no bolso) até ficar com um palmo de altura e passou pela pequena passagem. Finalmente, encontrou-se no belo jardim, rodeada de canteiros de flores e fontes de água cristalina.

VIII
O CAMPO DE *CROQUET* DA RAINHA

Uma grande roseira crescia perto da entrada do jardim. As rosas eram brancas, mas três jardineiros estavam muito ocupados, pintando-as de vermelho. Alice achou isso muito interessante e chegou mais perto para observá-los. Assim que se aproximou, ouviu um deles ordenar:

— Cuidado, Cinco! Não fique respingando tinta em mim desse jeito!

— Desculpe, não deu para evitar — disse o Cinco, num tom mal-humorado. — O Sete esbarrou no meu cotovelo.

O Sete levantou a cabeça e disse:

— Parabéns, Cinco! Sempre colocando a culpa nos outros!

— É melhor ficar calado! — mandou o Cinco. — Ainda ontem ouvi a Rainha dizer que você merecia ser decapitado!

— Por quê? — perguntou o que tinha falado primeiro.

— Não é da *sua* conta, Dois! — disse o Sete.

— É da conta dele, sim! — retrucou o Cinco. — E eu vou contar para ele... é porque levou bulbos de tulipa para a cozinha em vez de cebolas.

O Sete atirou o pincel no chão e estava começando a dizer: "Bom, diante de todas essas injustiças...", quando seus olhos focalizaram Alice, ali, parada diante deles, observando-os. De repente, deu uma olhada ao redor. Os demais fizeram o mesmo, e todos se curvavam, com reverência.

— Poderiam me dizer — solicitou Alice, um pouco tímida — por que estão pintando essas rosas?

O Cinco e o Sete não disseram nada, mas olharam para o Dois, que começou, falando baixinho:

— Bom, senhorita, o fato é que aqui deveria ter sido plantada uma roseira de rosas *vermelhas*, e plantamos uma de rosas brancas por engano. Se a Rainha descobrir, todos nós seremos decapitados. Assim sendo, senhorita, estamos dando tudo de nós antes que ela chegue, para...

Nesse momento, o Cinco, que olhava apreensivamente para o jardim, gritou:

— A Rainha! A Rainha!

Imediatamente os três jardineiros se jogaram de bruços no chão. Ouviu-se um barulho de muitos passos, e Alice olhou ao redor, ansiosa para ver a Rainha.

Primeiro, vieram dez soldados carregando bastões. Tinham todos o mesmo formato dos três jardineiros: eram retangulares e achatados, com mãos e pés nos cantos. Em seguida vinham os dez cortesãos: estes estavam todos enfeitados com losangos e caminhavam de dois em dois, como soldados. Depois, vinham as crianças da família real: eram dez também, muito graciosas, e também vinham aos pares, mãozinhas dadas, saltitando alegremente. Estavam todas enfeitadas com corações. Atrás, seguiam os convidados, na maioria Reis e Rainhas, e entre eles Alice reconheceu o Coelho Branco. Ele falava apressadamente, como se estivesse nervoso, sorria para tudo que lhe era dito e passou por ela sem notar. Em seguida aproximou-se o Valete de Copas, carregando a coroa do Rei numa almofada de veludo vermelho. E no fim desse desfile formidável, vinham o Rei e a Rainha de Copas.

Alice estava meio na dúvida se deveria se deitar de bruços como fizeram os três jardineiros, e também não se lembrava de ter ouvido algo sobre regras de comportamento em cortejos reais.

— Além do mais, de que adianta um cortejo real — pensou — se todos têm de se deitar de bruços no chão, sem poder assistir?

Sendo assim, permaneceu onde estava e esperou.

Quando o cortejo passou diante de Alice, todos pararam e olharam para ela, e a Rainha interrogou com severidade:

— Quem é essa aí?

A pergunta foi feita para o Valete de Copas, que apenas se curvou e sorriu em resposta.

— Ora, seu idiota! — xingou a Rainha, jogando a cabeça para trás, impacientemente. E, voltando-se para Alice, perguntou:

— Qual é o seu nome, criança?

— Meu nome é Alice, para servi-la, Majestade — respondeu Alice muito educadamente. Mas pensou consigo mesma: "Ora, não passam de cartas de baralho, afinal. Não preciso ficar com medo deles!".

— E quem são esses? — inquiriu a Rainha, apontando para os três jardineiros que estavam deitados em volta da roseira. Porque, como estavam deitados de bruços, com as caras voltadas para o chão, e tinham todos o mesmo desenho nas costas que o restante do baralho, não dava para distinguir se eram os jardineiros, ou os soldados, ou os cortesãos, ou três dos seus próprios filhos.

— Como posso saber? — perguntou Alice, surpresa com a própria coragem. — Isso não é da minha conta.

A Rainha ficou vermelha de raiva e, depois de encará-la por um momento, como uma fera selvagem, começou a gritar:

— Cortem-lhe a cabeça! Cortem...

— Mas que tolice! — retrucou a menina, em voz alta e muito decidida, e a Rainha ficou calada.

O Rei colocou a mão em seu ombro e disse, timidamente:

— Leve em consideração, minha querida, que ela é apenas uma criança!

A Rainha esquivou-se, zangada, e ordenou ao Valete:

— Vire-os para cima!

O Valete obedeceu, virando-os cuidadosamente com o pé.

— Levantem-se! — mandou a Rainha, com voz alta e estridente. E os três jardineiros imediatamente ficaram de pé, e reverenciaram o Rei, a Rainha, as crianças reais, e todo mundo.

— Parem com isso! — berrou a Rainha. — Vocês me deixam tonta!

E, virando-se para a roseira, perguntou:

— O que andaram fazendo por aqui?

Respondeu o Dois, humildemente, ajoelhando-se enquanto falava:

— Para que tudo estivesse do agrado de Vossa Majestade... estávamos tentando...

Ao que, disse a Rainha, enquanto examinava as rosas:

— Compreendo... Cortem-lhes as cabeças!

E o cortejo prosseguiu, três dos soldados ficaram para trás para executar os infelizes dos jardineiros, que correram para Alice em busca de proteção.

— Vocês não serão decapitados! — garantiu a menina, e os colocou dentro de um vaso de flores bem grande que estava perto dela. Os três soldados procuraram por alguns minutos e em seguida marcharam calmamente para se reunir com os demais.

— Já lhes cortaram as cabeças? — gritou a Rainha.

— Suas cabeças rolaram, para a alegria de Vossa Majestade! — bradaram os soldados em resposta.

Gritou a Rainha:

— Muito bem! Você sabe jogar *croquet*?

Os soldados ficaram quietos e olharam para Alice, pois obviamente a pergunta era para ela.

— Sim! — exclamou Alice.

— Então, venha! — berrou a Rainha.

E Alice se juntou ao cortejo imaginando o que aconteceria a seguir.

— É... lindo dia, não? — falou uma voz tímida ao lado dela.

Ela estava caminhando emparelhada com o Coelho Branco, que a fitava meio aflito.

— Lindo mesmo... — concordou Alice. — Onde está a Duquesa?

— Psiu! — fez o Coelho, baixinho e bem depressa.

Enquanto falava, olhava ansiosamente por cima do ombro. Depois, ficou na ponta dos pés e cochichou no ouvido dela:

— Ela foi condenada à morte.

— Mas por quê? — perguntou Alice.

— Você disse "que pena"?! — perguntou o Coelho.

— Não — respondeu a menina. — Não sinto nenhuma pena dela. Só disse "por quê?".

— Ela deu um soco na orelha da Rainha... — explicou o Coelho.

Alice deu uma gargalhada.

— Psiu! Silêncio! — cochichou o Coelho, assustado. — A Rainha pode ouvir! Sabe, a Duquesa chegou atrasada e então a Rainha disse...

— Ocupem seus lugares! — esbravejou a Rainha, com voz de trovão.

E foi aquela correria. Era gente correndo para todo lado, tropeçando uns nos outros. No entanto, cerca de um ou dois minutos depois, todos já estavam acomodados, e o jogo começou.

Alice pensou que nunca tinha visto um campo de *croquet* tão interessante em toda sua vida. Era cheio de protuberâncias e buracos. As bolas eram ouriços vivos e os bastões eram flamingos vivos. Os soldados tinham de se dobrar e se apoiar sobre os pés e as mãos para formar os arcos.

No começo, o que Alice achou mais difícil foi manejar o flamingo dela. Até conseguiu ajeitar o corpo dele confortavelmente debaixo do braço, deixando as pernas penduradas, mas, na maioria das vezes, justamente quando conseguia esticar bem o pescoço dele para dar uma tacada no ouriço, o flamingo torcia-se todo e olhava para ela com uma expressão tão estranha, que Alice não conseguia evitar uma crise de risos. E quando finalmente ela conseguia abaixar a cabeça dele e começar tudo de novo, via que o ouriço tinha se desenrolado e já estava saindo fora do lugar em que estava. Era de dar nos nervos! Além disso, sempre havia um buraco ou uma saliência na direção em que queria lançar o ouriço, e, como os arcos formados pelos soldados dobrados estavam a todo instante se levantando e mudando de lugar, Alice logo concluiu que aquele era realmente um jogo muito difícil.

Os jogadores jogavam todos ao mesmo tempo, sem esperar pela sua vez. Ficavam discutindo sem parar e disputando os ouriços. A Rainha ficava furiosa. A cada instante batia o pé e gritava: "Cortem-lhe a cabeça!", pelo menos uma vez por minuto.

Por isso, Alice começou a ficar preocupada. Até agora não tinha tido nenhum desentendimento com a Rainha, mas sabia que isso poderia acontecer a qualquer momento e, "nesse caso", pensou, "o que vai ser de mim? Eles têm um prazer mórbido em decapitar as pessoas por aqui. Não sei como ainda resta alguém vivo!".

Ela estava olhando ao redor para ver se havia um meio de fugir e pensando se conseguiria fazê-lo sem ser notada, quando viu uma estranha aparição no ar. No começo não entendeu o que era, mas depois de observar por um tempo chegou à conclusão de que era um sorriso, e disse consigo mesma:

— É o Gato de Cheshire. Agora tenho com quem conversar.

— Como vão as coisas? — perguntou o Gato, assim que apareceu boca suficiente para falar.

Alice esperou até que os olhos aparecessem e então acenou com a cabeça.

— Não adianta falar com ele — pensou — até que as orelhas apareçam; pelo menos uma delas.

Mais um minuto e a cabeça toda já havia aparecido. Alice colocou seu flamingo no chão, e começou a narrar o jogo, sentindo-se muito feliz por ter quem a escutasse. O Gato deve ter achado que já estava exibindo o suficiente de si mesmo, porque nada mais dele apareceu.

— Acho que não estão jogando muito honestamente — Alice iniciou, num tom de reclamação — e ficam brigando tanto que não dá para se ouvir a própria voz... Também parece que não existem regras específicas; pelo menos, se existem, ninguém obedece... E você não faz ideia da confusão que é jogar com coisas vivas: por exemplo, eu estava tentando transpor aquele arco, mas ele acabou se movendo para a direção oposta do campo... Agora eu ia arremessar meu ouriço contra o da Rainha, mas ele saiu correndo quando viu o meu chegando!

— Está gostando da Rainha? — perguntou o Gato, em voz baixa.

— Nem um pouquinho — reclamou Alice. — Ela é tão...

Nesse exato momento notou que a Rainha estava logo atrás dela, escutando. Então, continuou: — ... é tão boa no jogo, que provavelmente vai ganhar... Nem vale a pena prosseguir.

A Rainha sorriu e seguiu adiante.

— Com quem está conversando? — perguntou o Rei, aproximando-se de Alice e olhando para o Gato com grande curiosidade.

— É um amigo meu... é um Gato de Cheshire — respondeu Alice. — Permita-me que eu lhe apresente.

— Não gosto nada do jeito dele — disse o Rei. — Contudo, ele pode beijar minha mão se assim desejar.

— Prefiro não fazê-lo — observou o Gato.

— Ora, não seja impertinente — ordenou o Rei. — E pare de me olhar desse jeito!

E escondeu-se atrás de Alice enquanto falava.

— Mas "olhar não arranca pedaço" — filosofou Alice. — Li isso em algum livro, mas não me lembro qual.

— Pois ordeno que o removam diante da minha presença — determinou o Rei, muito decidido, e chamou a Rainha, que estava passando nesse mesmo instante. — Querida! Gostaria que alguém desse um sumiço nesse gato!

A Rainha, que só tinha uma maneira de resolver todos os problemas, grandes ou pequenos, gritou sem perda de tempo:

— Cortem-lhe a cabeça!

— Eu vou buscar o carrasco pessoalmente — propôs o Rei, muito animado, e saiu apressadamente.

Alice achou que era melhor voltar e ver como estava o jogo, quando ouviu a voz da Rainha à distância, gritando com fúria. Ela, que já tinha presenciado a Rainha condenar três jogadores à execução por terem perdido a vez na partida, não estava gostando nada do rumo que as coisas estavam tomando, porque o jogo tinha virado uma confusão tão grande que ela jamais saberia se era a sua vez de jogar, ou não. Então, saiu em busca de seu ouriço.

O ouriço estava envolvido numa briga com outro ouriço, o que pareceu a Alice uma excelente oportunidade para lançar um contra o outro, numa só tacada. O único problema era que o flamingo dela já tinha ido para o outro lado do campo, onde Alice podia vê-lo, em desespero, tentando alçar voo para cima de uma árvore.

Quando conseguiu agarrar o flamingo e trazê-lo de volta, a briga já tinha acabado e os dois ouriços já haviam sumido de vista.

— Mas isso não tem lá muita importância — pensou Alice — porque os arcos também não estão mais deste lado do campo.

Então ela colocou o flamingo debaixo do braço, para que ele não fugisse novamente, e voltou para conversar um pouco mais com o amigo.

Quando se aproximou do Gato de Cheshire, ficou surpresa com a grande multidão aglomerada em volta dele. Havia uma grande discussão entre o carrasco, o Rei e a Rainha, que falavam todos ao mesmo tempo, enquanto os demais esperavam em silêncio e pareciam muito constrangidos com a situação.

Assim que Alice apareceu, os três apelaram para que ela resolvesse o problema. Ficaram repetindo seus argumentos para ela, mas como todos falavam ao mesmo tempo, achou realmente muito difícil entender o que estavam dizendo.

O argumento do carrasco era o de ser impossível cortar a cabeça de alguém a menos que houvesse um corpo do qual ela pudesse ser cortada, que nunca tinha feito uma coisa dessas na vida e não ia ser agora que ele iria fazer.

O argumento do Rei era que tudo que tivesse cabeça poderia ser decapitado, e que o resto não passava de conversa fiada.

O argumento da Rainha era que se nada fosse feito logo para resolver aquela situação, ela ia mandar cortar a cabeça de todo mundo. (E foi essa última observação que provocou ansiedade e preocupação entre os presentes).

Alice não conseguia pensar em nada melhor para dizer, além de:

— Ele pertence à Duquesa: é melhor perguntarem a ela.

— Ela está na prisão — disse a Rainha ao carrasco. — Traga-a aqui! — E o carrasco saiu, voando como uma flecha.

Assim que o carrasco partiu, a cabeça do Gato começou a desaparecer, e assim que ele estava de volta com a Duquesa, ela já tinha desaparecido completamente. O Rei e o carrasco começaram a correr de um lado para o outro, à procura dela, enquanto os demais voltavam para o jogo.

IX
A HISTÓRIA DA TARTARUGA FALSA

— Você nem imagina como estou feliz por revê-la, minha querida! — exclamou a Duquesa enquanto dava o braço afetuosamente para Alice. E assim saíram, caminhando juntas.

Alice ficou muito feliz por encontrar a Duquesa tão bem-humorada e pensou que talvez tivesse sido por causa da pimenta o extremo mau humor dela quando se encontraram na cozinha.

— Quando eu for Duquesa — prometeu Alice para si mesma (mas num tom não muito promissor) —, não vou querer *nenhuma* pimenta na minha cozinha. Dá muito bem para se tomar sopa sem pimenta. Talvez seja ela que deixe as pessoas tão zangadas.

E prosseguiu, muito satisfeita por ter descoberto uma espécie de regra nova:

— E o vinagre deixa as pessoas azedas... e a camomila as torna amargas... e... e as balas de cevada e coisas desse tipo é que fazem as crianças boazinhas. Eu gostaria tanto que as pessoas soubessem disso. Assim não seriam tão pão-duras, porque...

A essa altura, já tinha até esquecido da Duquesa, e levou um susto quando ouviu a voz dela perto do seu ouvido.

— Você está pensando em algo, querida, e isso faz você esquecer de conversar. Nesse exato momento, não posso lhe dizer qual é a moral disso, mas logo vou lembrar.

— Talvez não exista moral alguma — Alice ousou observar.

— Ora, criança, tudo tem uma moral, é só a gente descobrir — afirmou a Duquesa.

Enquanto falava, chegou mais perto de Alice, que não gostou nada disso: primeiramente porque a Duquesa era *muito* feia; e depois, porque tinha a altura exata para apoiar seu queixo pontiagudo no ombro dela, e isso era muito incômodo. Contudo, ela não queria ser mal-educada, e foi suportando até onde conseguia.

— O jogo está melhorando agora — disse, a fim de dar prosseguimento à conversa.

— É mesmo — concordou a Duquesa. — E a moral disso é: "Oh, é o amor, é o amor que faz o mundo girar".

— Alguém já disse — sussurrou a menina — que ele gira quando cada um cuida da sua própria vida!

— Bom, é quase a mesma coisa — concluiu a Duquesa, enterrando seu pequeno queixo pontiagudo no ombro de Alice, enquanto acrescentava: — E a moral disso é: "Cuide do sentido que os sons cuidam de si mesmos".

— Como ela gosta de achar moral em tudo! — pensou Alice.

— Aposto que você está se perguntando por que é que eu não coloco meu braço em torno da sua cintura — disse a Duquesa, após uma pausa. — O motivo é que estou meio receosa quanto ao temperamento do seu flamingo. Devo tentar?

— Ele *pode* dar uma bicada — replicou Alice, com cautela, não se sentindo nem um pouco ansiosa para que a tentativa fosse feita.

— É verdade — confirmou a Duquesa. — Flamingos e mostarda são picantes. E a moral disso é: "Diga-me com quem andas, e eu te direi quem és".

— Só que pássaro é um animal, e mostarda... — observou Alice.

— Você está certa, como sempre — interrompeu a Duquesa. — E sabe fazer suas colocações com muita clareza!

— Acho que é um mineral... — disse a menina.

— Mas é claro que é — concordou a Duquesa, que parecia sempre disposta a concordar com tudo que Alice dissesse. — E há uma grande mina de mostarda perto daqui. E a moral disso é: "Quanto mais mina, menos termina".

— Ah, já sei! — exclamou Alice, sem prestar atenção nesse último comentário. — É um vegetal. Não parece, mas é.

— Concordo plenamente — disse a Duquesa. — E a moral disso é: "Seja você mesma". Ou, simplificando: "Nunca imagine você mesma ser outra coisa diferente daquilo que possa parecer aos outros que você é ou poderia ter sido se não fosse diferente daquilo que você aparenta ser às outras pessoas".

— Acho que eu entenderia melhor — falou Alice, muito educada — se tivesse isso por escrito. Porque não consegui acompanhar bem o que a senhora disse.

— Isso não é nada comparado àquilo que eu poderia dizer, se quisesse — respondeu a Duquesa, muito satisfeita.

— Por favor, não se preocupe em dizer nada mais longo do que isso — solicitou Alice.

— Ora, preocupação nenhuma! — continuou a Duquesa. — Dou a você de presente tudo que disse até agora.

"Presente mais sem graça esse, não?", pensou Alice. "Ainda bem que as pessoas não costumam dar presentes de aniversário desse tipo!"

Mas é claro que ela não se atreveu a dizer isso em voz alta.

— Pensando outra vez? — perguntou a Duquesa, dando mais uma alfinetada com seu queixo pontiagudo.

— Tenho todo o direito de pensar — respondeu Alice rispidamente, porque já estava ficando um pouco preocupada.

— Da mesma forma — prosseguiu a Duquesa — que os porcos têm o direito de voar: e a mo...

Mas, nesse momento, para surpresa de Alice, a voz da Duquesa falhou bem quando ela ia pronunciar a sua palavra predileta — moral —, e o braço que estava ligado ao dela começou a tremer. Alice olhou para cima, e lá estava a Rainha diante delas, com seus braços cruzados e fazendo uma careta de dar medo.

— Lindo dia, Majestade! — cumprimentou a Duquesa, com a voz baixa e fraquinha.

— Vou lhe dar um aviso — gritou a Rainha, batendo o pé no chão enquanto falava. — Ou você ou a sua cabeça devem sumir daqui imediatamente. Você decide.

A Duquesa fez logo sua escolha e desapareceu num instante.

— Vamos prosseguir com o jogo — ordenou a Rainha para Alice.

A menina estava com tanto medo que não disse uma só palavra, apenas seguiu para o campo de *croquet*, logo atrás da Rainha.

Os outros convidados aproveitavam a ausência da Rainha para descansar na sombra. Mas assim que a viram, trataram logo de voltar ao jogo. Ela, porém, deixou bem claro que um segundo de atraso lhes custaria a vida.

Durante todo o tempo que jogavam, a Rainha não parava de discutir com os outros jogadores e gritava a toda hora: "Cortem-lhe a cabeça!".

Os sentenciados ficavam detidos sob a guarda de soldados, que obviamente tinham de abandonar seus postos no jogo, deixando de ser arcos. Dessa maneira, depois de meia hora já não restava mais nenhum arco, e todos os jogadores, com exceção da Rainha, do Rei e de Alice, estavam presos e condenados à execução. Então a Rainha resolveu parar de jogar, já quase sem fôlego, e perguntou para Alice:

— Você conhece a Tartaruga Falsa?

— Não — respondeu Alice. — E não faço a menor ideia do que seja.

— É uma coisa que se usa para fazer Sopa de Tartaruga Falsa — explicou a Rainha.

— Pois nunca vi e nem ouvi falar de coisa parecida — replicou Alice.

— Então venha — disse a Rainha —, e ela há de lhe contar sua história.

Enquanto se afastavam juntas, Alice ouviu o Rei dizer baixinho a todos os presentes:

— Considerem-se todos perdoados.

— Ora, até que enfim uma coisa boa! — pensou Alice, que estava bem triste por causa de tantas execuções que a Rainha tinha ordenado.

Logo toparam com um Grifo, deitado sob o sol, no maior sono. (Se você não souber o que é um grifo, dê uma olhadinha na ilustração).

— Levante-se, coisa preguiçosa! — mandou a Rainha. — Conduza esta jovem até a presença da Tartaruga Falsa para que ela a conheça e ouça a sua história. Quanto a mim, tenho de voltar para assistir a algumas execuções, que eu mesma ordenei.

E partiu, deixando Alice sozinha com o Grifo. Alice não gostou nada do aspecto daquela criatura, mas acabou chegando à conclusão de que estava tão segura ao lado do Grifo quanto estivera ao lado da Rainha malvada. Por isso, resolveu esperar.

O Grifo sentou-se e esfregou os olhos. Depois, ficou observando a Rainha partir, até ela sumir de vista. Então, deu uma risadinha e disse, meio para si mesmo e meio para Alice:

— Muito engraçado!

— O que é engraçado? — perguntou Alice.

— Ela é engraçada — disse o Grifo. — É tudo imaginação dela, pois nunca houve execução nenhuma. Vamos!

— Todo mundo aqui adora dizer "vamos!" — pensou Alice, enquanto andava vagarosamente atrás do Grifo. — Nunca recebi tantas ordens em toda minha vida!

Não tinham ido muito longe, quando viram a Tartaruga Falsa ao longe, sentada em cima de uma pedra, muito triste e solitária. Assim que se aproximaram, Alice pôde ouvi-la suspirar profundamente, como se estivesse com o coração partido. Alice ficou com muita pena.

— O que é que ela tem? — Alice perguntou ao Grifo, e o Grifo respondeu, quase com as mesmas palavras que usara antes:

— É tudo imaginação dela, sabe? Ela não está triste coisa nenhuma. Venha!

Então eles se aproximaram da Tartaruga Falsa, que olhou para eles com olhos enormes e cheios de lágrimas, mas sem proferir uma palavra.

— Essa jovem aqui — apresentou o Grifo —, bem... ela quer muito conhecer a sua história. Muito mesmo!

— Pois vou contar a ela! — concordou a Tartaruga Falsa, com voz abafada. — Sentem-se, vocês dois, e não digam uma palavra até que eu termine.

Então eles se sentaram, e ninguém disse nada por alguns minutos. Alice pensou: "Terminar, como? Pois se ela não começa nunca". — Mas acabou esperando pacientemente.

— Há muitos e muitos anos... — iniciou a Tartaruga Falsa, finalmente, com um suspiro profundo — eu era uma Tartaruga de verdade.

Essas palavras foram seguidas de um longo silêncio, quebrado apenas por um guincho ocasional do Grifo e pelo soluço constante e profundo da Tartaruga Falsa.

Alice já estava a ponto de se levantar e dizer: "Obrigada, senhora, pela sua história tão interessante", mas no fundo achava que dali poderia sair alguma coisa, e por isso permaneceu sentada, sem dizer nada.

— Quando éramos crianças — prosseguiu a Tartaruga Falsa, finalmente, já um pouco mais calma, mas ainda soluçando de vez em quando — fomos para a escola do mar. Nossa professora era uma Tartaruga bem velhinha... a qual costumávamos chamar de Professora Jabotina...

— Por que é que a chamavam de Jabotina, se era uma Tartaruga? — questionou Alice.

— Porque ela assim nos ensinou — respondeu a Tartaruga Falsa, irritada. — Ora, você é realmente muito inconveniente!

— Deveria se envergonhar de fazer uma pergunta dessas! — completou o Grifo.

E os dois ficaram sentados lado a lado, em silêncio, encarando a pobrezinha da Alice, que a essa altura queria mais era enterrar a cabeça na terra de tanta vergonha. Finalmente, o Grifo solicitou à Tartaruga Falsa:

— Vamos, amiga, continue! Não vamos passar o dia todo nisso!

E ela prosseguiu, com as seguintes palavras:

— Sim, nós fomos para a escola do mar, mesmo que você duvide disso...

— Mas eu não disse que duvidava! — interrompeu Alice.

— Disse sim! — argumentou a Tartaruga Falsa.

— Ora, cale a boca! — acrescentou o Grifo, antes que Alice falasse novamente.

A Tartaruga Falsa continuou:

— Tivemos a melhor educação possível. Para falar a verdade, íamos à escola todos os dias.

— Eu também ia à escola todos os dias — lembrou-se Alice. — Isso não é motivo suficiente para se orgulhar tanto...

— E você tinha aulas extras? — perguntou a Tartaruga Falsa, meio apreensiva.

— Claro! Tinha aulas de francês e de música.

— E de lavar roupa, tinha? — insistiu a Tartaruga Falsa.

— Claro que não! — respondeu Alice, indignada.

— Ah, então a sua escola não era tão boa assim... — concluiu a Tartaruga Falsa, aliviada. — Pois na nossa vinha bem no fim da conta da mensalidade: "Aulas extras: aula de francês, aula de música e aula de lavar roupa".

— E no seu caso, essas aulas eram desnecessárias — observou Alice — já que morava no fundo do mar...

— Mas não pude bancar essa aula... — lamentou-se a Tartaruga Falsa, com um suspiro. — Só tinha dinheiro para o curso regular.

— E quais matérias você tinha? — perguntou Alice.

— Para começar, *Lentura* e *Descrita*, claro — replicou a Tartaruga Falsa. — Depois, vinham as quatro operações aritméticas: *Ambição, Subcomissão, Diversão* e *Enfeiamento*.

— Nunca ouvi falar em Enfeiamento... — Alice se aventurou a dizer. — O que é isso?

O Grifo, surpreso, levantou as patas para o alto e indignou-se:
— Nunca ouviu falar em Enfeiar? Mas suponho que saiba o que é embelezar, não?
— Sei... — respondeu a menina, meio insegura. — Quer dizer... tornar... qualquer coisa... mais bela.
— Pois então — prosseguiu o Grifo — se você não sabe o que é Enfeiamento, é porque é mesmo uma burra.

Alice não se sentiu nada encorajada para prosseguir com esse assunto. Então, virou-se para a Tartaruga Falsa e questionou:
— E quais outras matérias vocês tinham?
— Bom, tínhamos aula de *Escória*... — respondeu a Tartaruga Falsa, contando as matérias com as patas. — *Escória* Antiga e Moderna... e *Mareografia*. Depois, aula de *Despenho*... A professora de *Despenho* era uma Enguia velha, que costumava aparecer uma vez por semana. Ela nos ensinava *despenho*, *endosso* e *tintura ao molho*.
— O que é isso? — perguntou Alice.
— Bem, não dá para mostrar agora, porque estou enferrujada. — respondeu a Tartaruga Falsa. — E o Grifo nunca aprendeu essas técnicas.
— Não tive tempo — desculpou-se o Grifo. — Mas, em compensação, estudei os Clássicos. Tive aulas com um Caranguejo que era muito cabeça dura, mas ensinava bem. Ah, ensinava!
— Nunca tive aulas com ele — suspirou a Tartaruga Falsa. — Diziam que ensinava *Latinhas* e *Bregas*.
— É mesmo, é mesmo — disse o Grifo, suspirando também, e as duas criaturas cobriram a cara com as patas.
— E quanto tempo passavam estudando diariamente? — perguntou Alice, com pressa para mudar logo de assunto.
— Dez horas no primeiro dia, nove no segundo, e assim por diante — respondeu a Tartaruga Falsa.
— Que maneira mais esquisita de estudo! — exclamou Alice.
— Mas é por isso que o nome é *ex-tudo*, porque vai diminuindo até no final acabar tudo.

Esse raciocínio era realmente novo para Alice, e ela ficou pensando sobre isso por um bom tempo, antes de fazer mais uma observação.
— Sendo assim, no décimo primeiro dia já estariam de férias?

— Claro que sim — concordou a Tartaruga Falsa.

— E o que vocês faziam no décimo segundo dia? — perguntou Alice ansiosa.

— Chega de falar sobre isso! — interrompeu o Grifo, muito decidido. — Conte a ela sobre os jogos.

X
A QUADRILHA DE LAGOSTAS

A Tartaruga Falsa suspirou fundo e passou as costas de uma de suas patas pelos olhos. Olhou para Alice e tentou falar, mas durante um ou dois minutos ficou com a voz embargada pelos soluços.

— É como se tivesse um osso atravessado na garganta — explicou o Grifo, e começou a sacudi-la e dar pancadas nas costas dela.

Finalmente, a Tartaruga Falsa recobrou a voz e, com lágrimas escorrendo pelas bochechas, recomeçou:

— Pode ser que você nunca tenha vivido no fundo do mar...

("E não vivi", pensou Alice.)

— E talvez nunca tenha sido apresentada a uma lagosta...

(Alice ia dizer: "Uma vez experimentei...", mas conteve-se a tempo e falou apenas: "Não, nunca".)

— Por isso, não pode imaginar que coisa deliciosa é uma Quadrilha de Lagostas!

— Não mesmo. Que tipo de dança é? — interessou-se Alice.

— Bem, primeiro se forma uma fileira ao longo da praia... — disse o Grifo.

— Duas fileiras! — exclamou a Tartaruga Falsa. — Focas, tartarugas, salmões, e por aí afora. Depois, quando você já tiver limpado o caminho, removendo todas as águas-vivas...

— O que demora algum tempo... — interrompeu o Grifo.

— Dá dois passos para a frente... — continuou a Tartaruga Falsa.

— E cada um formando par com uma lagosta! — gritou o Grifo.

— Mas é claro! — exclamou a Tartaruga Falsa. — Dois passos para frente, ficar na frente do par e balanceio!

— Trocar de lagosta e voltar ao seu lugar... — prosseguiu o Grifo.

— Agora — continuou a Tartaruga Falsa — cada um vai atirar...

— As lagostas! — gritou o Grifo, dando uma cambalhota.
— O mais longe que puder... Lá no fundo do mar!
— E atrás delas vamos nadar! — esgoelou-se o Grifo.
— Dando uma pirueta no mar! — bradou a Tartaruga Falsa, desvairada, fazendo mil travessuras.
— E trocar de lagosta de novo, comadre! — berrou o Grifo, com toda a força de seus pulmões.
— E voltar para a terra, compadre! E a primeira figura está formada, minha gente... — disse a Tartaruga Falsa, baixando a voz de repente.

E as duas criaturas, que durante todo esse tempo estiveram pulando para lá e para cá feito duas malucas, se sentaram novamente, muito tristonhas e quietas, e olharam para Alice.

— Deve ser uma dança muito bonita — elogiou ela, timidamente.
— Gostaria de assistir um pouquinho dela? — perguntou a Tartaruga Falsa.
— Gostaria muito mesmo! — respondeu Alice.
— Venha, vamos experimentar a primeira figura! — convidou a Tartaruga Falsa para o Grifo. — Dá para fazer sem lagostas, sabe? Quem vai cantar?
— Você canta — disse o Grifo. — Eu esqueci a letra.

E começaram a dançar solenemente, dando voltas e viravoltas em torno de Alice e, de vez em quando, pisando no pé dela quando passavam muito perto, enquanto acenavam com as patas da frente para marcar o compasso. Aí, a Tartaruga Falsa começou a cantar bem devagar e tristemente:

— *Vamos, vamos, ligeirinho!* — *disse a merluza ao caracol.* — *Lá vem o boto, apressado, pisando meu calcanhar.*
As lagostas e tartarugas também já dançam sob o sol.
A quadrilha das Lagostas nos espera! Quer comigo bailar?
Vai ou não vai; vai, vai, vai; venha comigo bailar!
Vai ou não vai; vai, vai, vai; venha comigo dançar!
— *Todo mundo aqui já sabe, que melhor que isso não há:*
Quando somos lançados com as lagostas lá no fundo do mar!
E o caracol responde: — *Não quando se cai de mau jeito!*
Muito agradecido, Dona Merluza, mas o convite eu não aceito.
Não vai ou vai; vai, vai, vai; venha comigo bailar!
Não vai ou vai; vai, vai, vai; venha comigo dançar!

— Nada tema, meu amor, você não vai se machucar!
Do outro lado tem outra praia. Não há com que se preocupar.
Se cair longe da Inglaterra, pertinho da França vai estar!
Coragem, caracol querido, e comigo venha bailar!
Vai ou não vai; vai, vai, vai; venha comigo bailar!
Não vai ou vai; vai, vai, vai; venha comigo dançar!

— Obrigada! É mesmo uma dança muito interessante de se ver — comentou Alice, muito contente por aquilo ter finalmente acabado. — E também gostei muito da música sobre a merluza.

— Bem, quanto às merluzas... — observou a Tartaruga Falsa. — Você já as conhece, não?

— Sim — disse Alice. — Vi merluzas muitas vezes no jant... — dessa vez, Alice se conteve a tempo.

— Não sei onde fica esse tal de *Jant* — argumentou a Tartaruga Falsa. — Mas se já as viu tantas vezes, então já sabe como são.

— Acho que sim — Alice respondeu cautelosamente. — Elas têm a cauda na boca... e são empanadas com farinha de pão.

— Está enganada quanto à farinha de pão — corrigiu a Tartaruga Falsa. — A farinha sairia toda no mar. Mas elas *têm* mesmo a cauda na boca; e isso é por causa... — aqui a Tartaruga Falsa bocejou e fechou os olhos. — Conte você a ela sobre isso e também sobre todo o resto — solicitou ao Grifo.

— Bem, as merluzas têm a cauda na boca porque elas *queriam* ir dançar com as lagostas. E aí, foram jogadas ao mar. Depois, foram lançadas muito longe. Seguraram a cauda com a boca e não conseguiram mais soltá-las. É isso aí! — concluiu o Grifo.

— Muito obrigada — agradeceu Alice. — É mesmo muito interessante. Nunca tinha aprendido tanto sobre merluzas.

— Posso lhe contar mais ainda, se quiser — disse o Grifo. — Sabe por que se chamam merluzas?

— Nunca parei para pensar sobre isso — admitiu Alice. — Por quê?

— Porque servem para *merluzir* botas e sapatos — respondeu o Grifo, muito solenemente.

Alice ficou perplexa. "Merluzir botas e sapatos!", repetiu abismada.

— Ora, como consegue que seus sapatos fiquem assim, reluzindo? — perguntou o Grifo. — Quero dizer, como faz para deixá-los tão reluzentes?

Alice olhou para seus sapatos e pensou um pouco antes de responder:
— São polidos, eu acho.
— Pois lá no fundo do mar, botas e sapatos são... — prosseguiu o Grifo com voz misteriosa — *merluzidos*. Entendeu?
— E quem os produz? — Alice questionou, muito curiosa.
— É uma grande equipe de estilistas liderada pelo famoso peixe-agulha! — explicou o Grifo.
— E de que são feitos? — perguntou Alice.
— De peixe-couro e peixe-cobra, dependendo da moda, é claro! — respondeu o Grifo, já meio impaciente. — Ora, até mesmo um peixe-do-mato sabe disso!
— Se eu fosse a merluza — disse Alice, com o pensamento ainda na música —, teria dito ao boto: "Dê o fora! Você não sabe dançar!".
— Mas são obrigados a tê-lo por perto — observou a Tartaruga Falsa. — Nenhum peixe que se preze consegue ir a qualquer parte sem um boto.
— É mesmo? — surpreendeu-se Alice.
— Claro! — exclamou a Tartaruga Falsa. — Se um peixe viesse me contar que estava indo viajar, eu perguntaria: "Com que boto?".
— E por quê? — insistiu a menina em perguntar.
— Porque ele está sempre *embotido* em tudo, ora... — respondeu a Tartaruga Falsa.
— Não quer dizer "embutido"? — disse Alice.
— Eu quero dizer o que digo e pronto! — replicou a Tartaruga Falsa, sentindo-se ofendida.
E o Grifo acrescentou:
— Vamos, agora é sua vez de falar sobre suas aventuras.
— Pois então vou contar a vocês sobre minhas aventuras, começando por hoje de manhã — falou Alice um pouco tímida. — Porque não adianta nada voltar ao dia de ontem... Eu era uma pessoa diferente, sabe?
— Como? Explique isso! — mandou a Tartaruga Falsa.
— Não, não! As aventuras primeiro! — ordenou o Grifo, com impaciência. — Explicações tomam um tempo terrível.
Então Alice começou a contar suas aventuras desde o instante em que viu o Coelho Branco pela primeira vez. No começo estava um pouco nervosa, porque as duas criaturas foram chegando muito perto dela para ouvir, uma de cada lado, e abriam *tanto* os olhos e as bocas;

mas aos poucos foi ganhando coragem. Seus ouvintes estavam totalmente quietos até ela chegar àquela parte em que recitara "Terezinha de Jesus" para a Lagarta e as palavras tinham saído todas diferentes. Aí a Tartaruga Falsa respirou fundo e disse:

— Isso é muito interessante!

— Eu diria que é tão interessante quanto possa ser — completou o Grifo.

— Saiu tudo diferente — repetiu a Tartaruga Falsa, pensativa. — Agora, gostaria de ouvi-la recitando alguma coisa. Mande-a começar.

Olhou para o Grifo, como se achasse que ele tinha algum tipo de autoridade sobre Alice.

— Levante-se e recite "Caranguejo não é peixe" — ordenou o Grifo.

— Como essas criaturas gostam de dar ordens e mandar a gente recitar! — pensou Alice. — Parece até que eu estou na escola.

Entretanto, ela se levantou e começou a recitar, mas a cabeça dela estava tão cheia com a tal da Quadrilha de Lagostas, que ela mal sabia o que estava dizendo, e as palavras saíram realmente muito esquisitas:

> *Caranguejo parece peixe.*
> *Parece peixe, mas não é.*
> *Caranguejo só é peixe,*
> *Se dançar na ponta do pé.*

— Está bem diferente do que eu costumava recitar quando era criança — comentou o Grifo.

— Bem, eu nunca ouvi isso antes — afirmou a Tartaruga Falsa. — Mas parece uma tolice sem tamanho.

Alice não disse uma palavra. Sentou-se e escondeu o rosto com as mãos, imaginando se *algum dia* as coisas voltariam ao normal.

— Eu gostaria de uma explicação — pediu a Tartaruga Falsa.

— Ela não sabe explicar — observou o Grifo impacientemente. — Prossiga! Passe para o verso seguinte.

— Mas, sobre o caranguejo dançar na ponta do pé... — insistiu a Tartaruga Falsa. — Se ele tem tantas pernas, como é possível?

— É que essa é uma posição obrigatória no balé — respondeu Alice, completamente desorientada com tudo aquilo e querendo mudar de assunto o mais rápido possível.

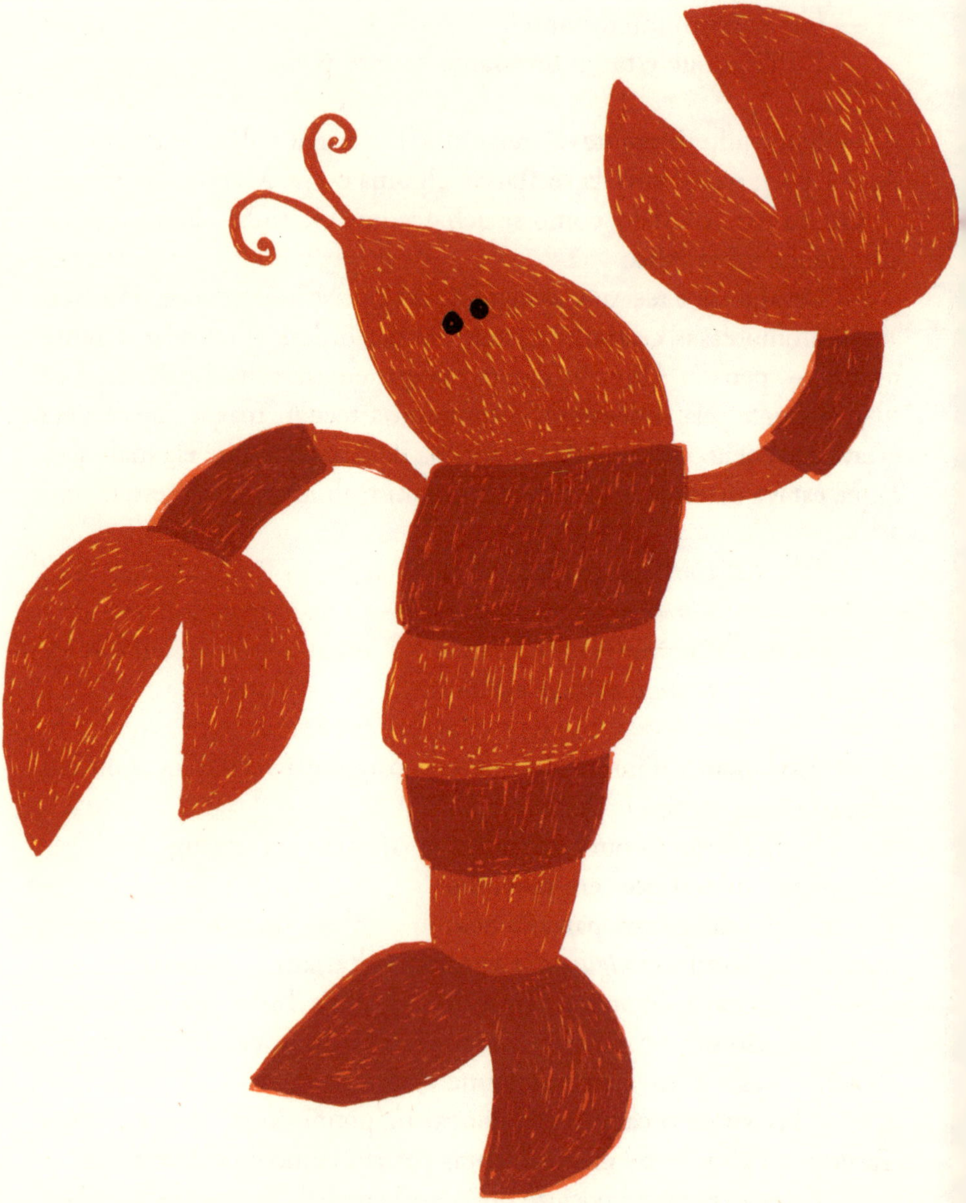

— Continue com o próximo verso — repetiu o Grifo, apressado —, comece com "palma, palma, palma".

Alice não se arriscou a desobedecer, embora estivesse certa de que sairia tudo errado de novo, e continuou com a voz trêmula:

> *Vamos bater palma,*
> *Vamos bater pé.*
> *Ao final da dança,*
> *Caranguejo faz* plié.[1]

— De que adianta ficar recitando toda essa baboseira — interrompeu a Tartaruga Falsa — se você não para para explicar cada verso? É a coisa mais confusa que já ouvi!

— É mesmo. Acho melhor você parar — concordou o Grifo. E se alguém ficou feliz com essa ideia, com certeza foi Alice.

— Vamos tentar mais uma figura da Quadrilha de Lagostas? — continuou o Grifo. — Ou você gostaria que a Tartaruga Falsa cantasse mais uma música?

— Ah, mais uma música, por favor, se ela puder fazer essa gentileza.

Alice respondeu tão animada que o Grifo disse, muito ofendido:

— Bem, gosto não se discute, não é... Vamos, companheira, cante "Sopa de Tartaruga". Pode ser?

A Tartaruga Falsa suspirou profundamente e começou a cantar, com a voz embargada de tanto soluçar:

> *Com o prato e a colher,*
> *Só não come quem não quer,*
> *Essa sopinha tão saborosa,*
> *Que é a nossa sopa do jantar.*
> *Quem é que pode dispensar?*
> *Quem é que po-o-o-de dispensar!*
> *Quem é que po-o-o-de dispensar!*
> *Essa soooopinha gostosinha!*
> *Essa soooopinha tão quentinha!*

---

[1] "Flexão". Movimento que se faz com o joelho no balé. (N. E.)

E com uma sopa dessas, minha gente,
Quem se importa com a sobremesa?
Quem se importa com a dor de dente?
Uma sopinha quentinha, ou, ou, ou...
E a dor de dente já passou.
Uma bela de uma sopa, ou, ou, ou...
E comer agora eu vou!

— Agora o refrão! — gritou o Grifo.

A Tartaruga Falsa estava justamente começando a repetir quando se ouviu uma voz clamar, à distância:

— O julgamento está começando!

— Vamos! — ordenou o Grifo.

E, segurando Alice pela mão, saiu correndo, sem esperar pelo fim da música.

— Que julgamento é esse? — perguntou Alice, ofegante, enquanto corria.

Mas o Grifo apenas respondeu:

— Vamos! — e acelerou ainda mais o passo.

Enquanto isso, mais e mais fraco se ouvia as palavras melancólicas da Tartaruga Falsa, levadas pela brisa, que também os acompanhava:

Quem é que po-o-o-de dispensar!
Quem é que po-o-o-de dispensar!
Essa soooopinha gostosinha!

XI
QUEM ROUBOU AS TORTAS?

Quando os dois chegaram, o Rei e a Rainha de Copas estavam sentados em seus tronos, com uma grande multidão em volta deles. Ali se encontrava presente todo tipo de ave e bicho, bem como o baralho completo. O Valete estava de pé, diante deles, acorrentado, com um soldado de cada lado para vigiá-lo. Perto do Rei estava o Coelho Branco, com uma trombeta em uma das mãos e um rolo de pergaminho na outra. Bem no centro do tribunal havia uma mesa, com uma travessa bem grande de tortas sobre ela. Pareciam tão deliciosas que Alice ficou com água na boca só de olhar.

— Seria bom se terminassem logo com esse julgamento — refletiu — e servissem um belo lanche!

Mas como isso não parecia muito possível, começou a observar tudo à sua volta, para ver se o tempo passava mais depressa.

Alice nunca estivera num tribunal de justiça antes, mas já tinha lido sobre isso em livros, e ficou muito contente por ver que sabia o nome de quase tudo ali.

— Aquele é o juiz — disse consigo mesma — por causa da peruca.

Bem a propósito, o juiz era o próprio Rei. Como ele usava a coroa por cima da peruca, não parecia estar muito à vontade e com toda certeza não estava vestido apropriadamente.

— E aquela é a banca dos jurados — pensou Alice —, e aquelas doze criaturas — (foi obrigada a dizer "criaturas", porque ali havia animais e aves) — suponho que sejam os jurados.

Ela repetiu essas últimas palavras umas duas ou três vezes, muito orgulhosa de si, pois achava, e com toda razão, que pouquíssimas garotas da idade dela sabiam o significado de tudo aquilo. Mas "membros do júri" também estaria correto.

Os doze jurados estavam todos muito ocupados escrevendo em suas tabuletas.

— O que é que estão fazendo? — Alice cochichou ao Grifo. — Não podem ter nada para escrever ainda, pois o julgamento nem começou...

— Estão escrevendo seus nomes — sussurrou o Grifo em resposta —, pois temem esquecê-los até o fim do julgamento.

— Mas que burrice! — Alice começou a dizer em voz alta e num tom de indignação, mas parou de repente, porque o Coelho Branco bradou:

— Silêncio no tribunal!

E o Rei colocou seus óculos e olhou ansioso ao redor para descobrir quem estava falando.

Alice pôde ver, tão bem como se estivesse olhando por cima dos ombros deles, que todos os jurados estavam escrevendo "mas que burrice!" em suas tabuletas. Dava até para ver que um deles não sabia escrever "burrice", e que teve de perguntar ao colega do lado.

— Que bagunça danada vão ficar essas tabuletas até o fim desse julgamento! — pensou Alice.

Um dos jurados tinha um giz que rangia. E isso, é claro, Alice não pôde suportar. E lá se foi ela: deu a volta no tribunal, pôs-se atrás dele e logo achou um jeito de dar um sumiço no giz. E fez isso tão rapidamente que o pobrezinho do jurado (era Bill, o lagarto) nem percebeu o que havia acontecido. Ficou meio perdido, procurando-o por toda parte e, afinal, viu-se obrigado a escrever com o dedo pelo resto do dia, o que foi totalmente inútil, porque não ficava marca nenhuma na tabuleta.

— Arauto, leia a acusação! — ordenou o Rei.

Nessa hora o Coelho Branco tocou três vezes a trombeta, desenrolou o pergaminho e leu o seguinte:

A Rainha de Copas
Fez algumas tortas
Num belo dia de verão.
O Valete de Copas
Roubou as tortas
E nem deu satisfação.

— E qual é o veredito? — questionou o Rei ao júri.

— Não! Ainda não! — interrompeu o Coelho, apressadamente. — Ainda não foram cumpridos todos os procedimentos!

— Que entre a primeira testemunha — mandou o Rei. O Coelho Branco tocou três vezes a trombeta e bradou:

— Primeira testemunha!

A primeira testemunha era o Chapeleiro. Ele entrou com uma xícara de chá numa das mãos e uma fatia de pão com manteiga na outra.

— Desculpe, Majestade — começou —, por trazer isso, mas ainda não tinha terminado meu chá quando recebi a convocação.

— Mas já deveria ter terminado — advertiu o Rei. — Quando foi que começou?

O Chapeleiro olhou para a Lebre de Março, que o havia acompanhado ao tribunal, de braço dado com o Esquilo, e respondeu:

— No dia catorze de março, creio eu.

— Quinze — corrigiu a Lebre de Março.

— Dezesseis — acrescentou o Esquilo.

— Anotem isso! — ordenou o Rei ao júri, e os jurados escreveram animadamente as três datas em suas tabuletas. Depois somaram tudo e converteram o resultado em Real e Dólar.

— Tire o seu chapéu! — mandou o Rei ao Chapeleiro.

— Mas não é meu — disse o Chapeleiro.

— Então, é *roubado*! — exclamou o Rei, virando-se para os jurados, os quais imediatamente registraram o fato.

— Eu vendo chapéus — explicou o Chapeleiro. — Nenhum deles me pertence. Eu sou um chapeleiro.

Nesse ponto, a Rainha colocou os óculos e começou a encarar o Chapeleiro, que ficou pálido e agitado.

— Apresente o seu depoimento — convocou o Rei. — E nada de nervosismo, do contrário será executado agora mesmo.

Isso parece não ter surtido nenhum efeito na testemunha, que olhava apreensiva para a Rainha e ficava apoiando o peso do corpo numa perna e na outra. Na confusão em que estava, acabou mordendo a xícara em vez de morder o pão com manteiga e arrancou um bom pedaço fora.

Nesse exato momento, Alice teve uma sensação estranha, que a deixou intrigada até descobrir o que era: ela estava começando a crescer novamente. Primeiro pensou que deveria se levantar e sair do tribunal.

Mas depois decidiu permanecer onde estava, enquanto houvesse espaço suficiente para ela.

— Pare de me apertar! — pediu o Esquilo, que estava sentado ao lado dela. — Eu mal posso respirar.

— Não posso evitar — desculpou-se Alice humildemente. — Estou crescendo.

— Você não tem permissão para crescer aqui dentro.

— Não diga besteiras — disse Alice, ousadamente. — Não sabe que também está crescendo?

— É, mas cresço num ritmo moderado — explicou o Esquilo. — E não dessa maneira escandalosa...

Ele se levantou, muito aborrecido, atravessou o tribunal de fora a fora e foi acomodar-se do outro lado.

Durante todo esse tempo, a Rainha não perdera o Chapeleiro de vista e, justamente quando o Esquilo estava atravessando o tribunal, disse a um dos funcionários:

— Traga-me a lista dos cantores do último concerto!

Ao ouvir isso, o infeliz do Chapeleiro ficou tão nervoso, que acabou arrancando os sapatos.

— Apresente seu depoimento — repetiu o Rei, muito zangado — ou o mando executar, esteja nervoso ou não.

— Sou um pobre coitado, Majestade — começou o Chapeleiro, com voz trêmula —, e ainda não tinha começado o meu chá... não tem nem uma semana... e com a escassez do pão com manteiga... e o bruxuleio da fumaça da chaleira...

— O bruxo veio? Que bruxo? — perguntou o Rei.

— Bruxuleio — corrigiu o Chapeleiro.

— Claro, o bucho cheio! Você queria mesmo era encher o bucho, não é? — disse o Rei rispidamente. — Pensa que sou um idiota? Prossiga!

— Sou um pobre coitado — continuou o Chapeleiro —, e muitas outras coisas ficaram estranhas depois daquilo... mas a Lebre de Março disse que...

— Eu não disse nada! — interrompeu a Lebre de Março, sem perda de tempo.

— Disse sim! — replicou o Chapeleiro.

— Eu nego! — exclamou a Lebre de Março.

— Ela nega! — repetiu o Rei. — Não registrem isso!

— Bom, de qualquer forma, o Esquilo disse que... — o Chapeleiro prosseguiu, olhando ansiosamente para os lados para ver se ele negaria também. Mas o Esquilo não negou nada, pois estava dormindo pesado.

— Depois daquilo — prosseguiu o Chapeleiro —, eu cortei mais algumas fatias de pão e passei manteiga...

— Mas o que foi que o Esquilo disse? — um dos jurados perguntou.

— Disso eu não me lembro — respondeu o Chapeleiro.

— *Tem* de se lembrar, ou será executado! — observou o Rei.

O pobre Chapeleiro deixou cair a xícara de chá e o pão com manteiga, ficou de joelhos e suplicou:

— Sou um pobre coitado, Majestade...

— E um pobre orador também... — acrescentou o Rei.

Nesse momento, um dos porquinhos-da-índia aplaudiu, mas foi imediatamente sufocado pelos funcionários do tribunal. (Como essa expressão pode deixar dúvidas, vou explicar como isso foi feito: eles tinham um saco de lona bem grande, que se fechava na boca com um barbante. Enfiaram o porquinho-da-índia dentro do saco, de cabeça para baixo, amarraram e sentaram em cima).

— Foi proveitoso ter presenciado essa cena — pensou Alice. — Já vi esse tipo de notícia em jornais e revistas: "No final do julgamento houve uma tentativa de manifestação, que foi imediatamente sufocada pelos funcionários do tribunal". Mas nunca entendi o que isso queria dizer.

— Se isso é tudo o que tem a declarar, pode descer — prosseguiu o Rei.

— Não posso descer mais, pois já estou no chão — observou o Chapeleiro.

— Então, pode se sentar — replicou o Rei.

Nesse momento, outro porquinho-da-índia manifestou-se com aplausos e foi também sufocado.

— Bom, acabaram-se os porquinhos-da-índia! — concluiu Alice. — Agora pode ser que as coisas caminhem.

— Eu gostaria de terminar o meu chá — disse o Chapeleiro, lançando um olhar de aflição para a Rainha, que já estava lendo a lista dos cantores.

— Pode ir! — concordou o Rei. E o Chapeleiro se retirou do tribunal com tanta pressa que mal parou para colocar os sapatos.

— E cortem-lhe a cabeça, lá fora mesmo... — acrescentou a Rainha a um dos funcionários. Mas o Chapeleiro já tinha sumido de vista antes que o funcionário conseguisse chegar até a porta.

— Que entre a próxima testemunha! — bradou o Rei.

A próxima testemunha era a cozinheira da Duquesa, que vinha trazendo na mão um vidrinho de pimenta. Mas Alice já adivinhara quem era, mesmo antes que ela entrasse no tribunal, porque todo mundo que estava perto da porta começou a espirrar.

— Apresente seu depoimento! — ordenou o Rei.

— Não quero! — retrucou a cozinheira.

O Rei olhou para o Coelho Branco, que disse baixinho:

— Vossa Majestade deve interrogar severamente essa testemunha.

— Bom, se devo, devo — disse o Rei, com um ar melancólico. Cruzou os braços e fechou tanto a cara, que os olhos quase desapareceram. Então, voltou-se para a cozinheira e perguntou, num tom grave:

— De que são feitas as tortas?

— De pimenta, principalmente — respondeu a cozinheira.

— De melado... — disse uma voz sonolenta atrás dela.

— Prendam esse Esquilo! — gritou a Rainha, com voz estridente.

— Cortem-lhe a cabeça! Sumam com ele daqui! Sufoquem-no! Belisquem-no! Arranquem-lhe os bigodes.

Por alguns minutos o tribunal virou uma balbúrdia. Todos saíram correndo atrás do Esquilo e, quando finalmente se aquietaram, a cozinheira já tinha sumido.

— Não faz mal — disse o Rei, aparentando grande alívio. — Que entre a próxima testemunha.

E acrescentou, baixinho, para a Rainha:

— Francamente, minha querida, *você* deve interrogar a próxima testemunha. Isso já está me dando dores de cabeça!

Alice ficou observando o Coelho Branco enquanto ele desenrolava a lista. Ela estava muito curiosa para saber quem seria a próxima testemunha. E disse consigo mesma:

— Isso porque eles *ainda* não reuniram provas suficientes...

Imaginem qual não foi sua surpresa quando o Coelho Branco leu, forçando sua vozinha o máximo que podia:

— Alice!

XII
O DEPOIMENTO DE ALICE

Estou aqui! — gritou Alice. Na empolgação do momento, saiu toda atrapalhada, se esquecendo do quanto tivera crescido nos últimos minutos, e acabou derrubando a banca dos jurados com a barra da saia, deixando todos de pernas para o ar. E lá ficaram, esparramados, fazendo com que ela se lembrasse de um aquário de peixinhos dourados que tinha derrubado acidentalmente na semana anterior.

— Desculpem-me, por favor... — suplicou Alice, desalentada, e começou a recolhê-los do chão o mais rápido que podia, pois não conseguia tirar da cabeça o incidente dos peixinhos, e lhe parecia que, se ela não os colocasse rapidamente na banca dos jurados, todos iriam morrer.

— O julgamento não pode prosseguir — bradou o Rei, num tom solene — até que os jurados retornem aos seus devidos lugares... *todos*! — repetiu com grande ênfase, olhando severamente para Alice enquanto falava.

Alice olhou para a banca dos jurados e notou que, na pressa, tinha colocado o Lagarto de cabeça para baixo, e o pobrezinho ficava abanando o rabo, em agonia, incapaz de mover qualquer outra parte do corpo. Ela rapidamente consertou o que fez, dizendo para si mesma:

— Mas isso não vai fazer muita diferença, porque, tanto de cabeça para cima como para baixo, acredito que ele não será muito útil nesse julgamento.

Assim que o júri se recuperou do choque da queda, e as tabuletas e gizes foram encontrados e devolvidos a cada um deles, começaram a trabalhar com afinco no relato do acidente, com exceção do Lagarto, que parecia abalado demais para fazer qualquer coisa a não ser ficar sentado com a boca aberta, olhando para o teto do tribunal.

— O que você sabe sobre esse caso? — perguntou o Rei para Alice.

— Nada — garantiu a menina.

— Nada *mesmo*? — insistiu o Rei.

— Nadinha — respondeu Alice.

— Isso é muito importante! — afirmou o Rei, virando-se para o júri.

Eles já iam começar a escrever isso em suas tabuletas, quando o Coelho Branco interrompeu, dizendo, com muito respeito, mas franzindo a testa e fazendo careta enquanto falava:

— *Des*importante, Vossa Majestade quer dizer, é claro.

— *Des*importante! É isso mesmo que eu quis dizer! — disse o Rei rapidamente. E continuou, falando mais baixo, consigo mesmo — importante... desimportante... importante... desimportante... — como se estivesse testando as palavras para ver qual soava melhor.

Alguns dos jurados escreveram "importante"; outros, "desimportante".

Alice podia ver muito bem porque estava perto o suficiente para dar uma olhadela nas tabuletas. E pensou consigo mesma: "Mas isso não tem o menor cabimento...".

Nesse momento, o Rei, que estivera um tanto quanto ocupado com umas anotações que vinha fazendo num pequeno livro, bradou:

— Silêncio!

E começou a ler algo que estava escrito no livro:

— Regra 42: *Todas as pessoas com mais de um quilômetro e meio de altura devem se retirar do tribunal.*

Todo mundo olhou para Alice.

— Mas eu *não tenho* um quilômetro e meio de altura! — disse a menina.

— Tem sim! — assegurou o Rei.

— Na verdade, quase três... — completou a Rainha.

— Mas, seja como for, não vou sair daqui — retrucou Alice. — Além do mais, esta é uma regra que vocês acabaram de inventar.

— Não. Esta é a regra mais antiga do livro — disse o Rei.

— Então deveria ser a Regra 1 — rebateu Alice.

O Rei ficou pálido e fechou seu livro rapidamente.

— E qual é o veredito? — perguntou para o júri, com voz baixa e trêmula.

— Se me permite, Majestade, existem mais provas a serem examinadas — acrescentou o Coelho Branco, muito apressado, dando um salto à frente. — Esse papel acaba de chegar até minhas mãos.

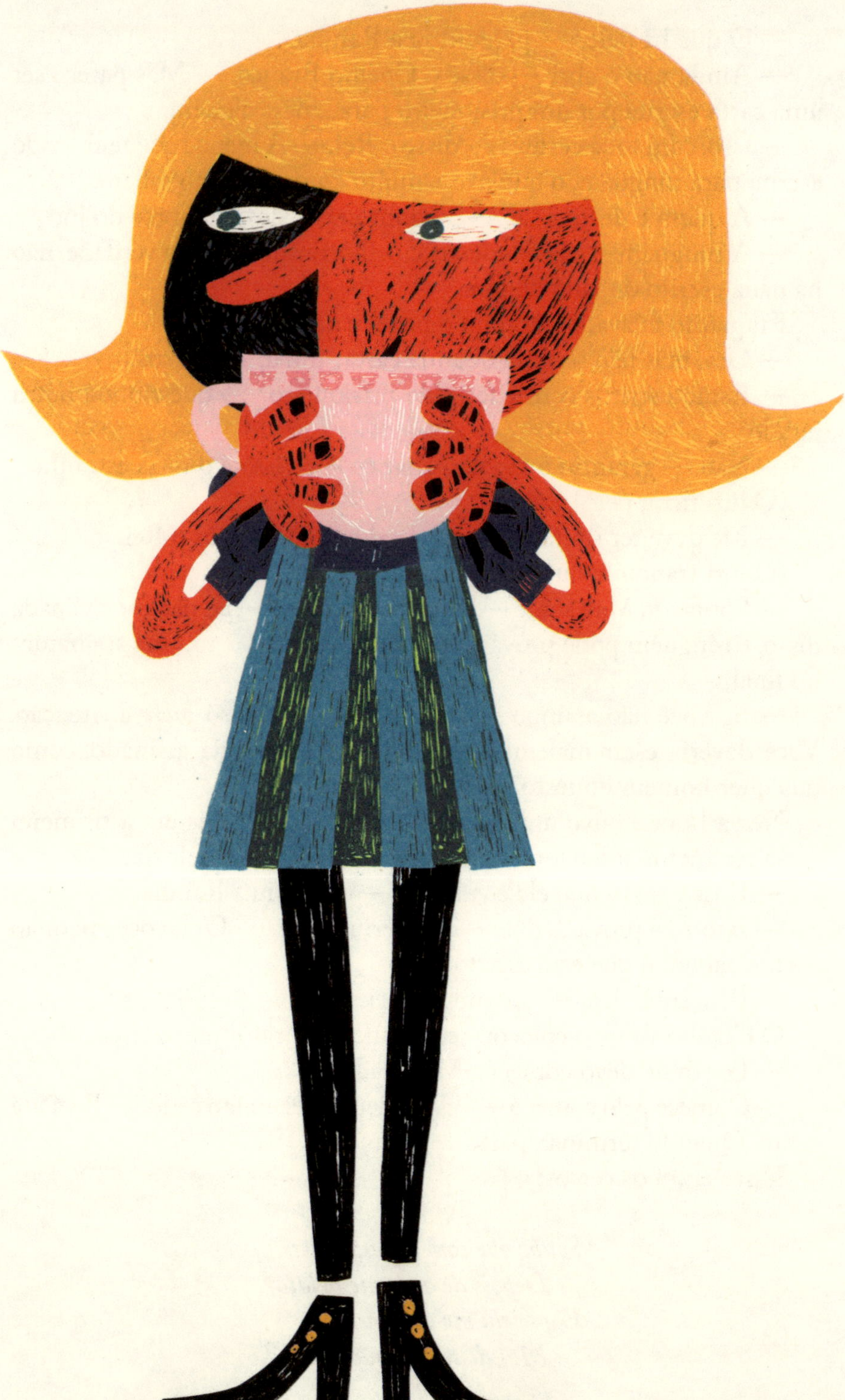

— O que há nele? — perguntou a Rainha.

— Ainda não o abri — disse o Coelho Branco. — Mas parece ser uma carta escrita por um prisioneiro para... para alguém.

— Isso, com toda certeza — disse o Rei. — A menos que tenha sido escrita para ninguém, o que não é muito comum, como sabem.

— A quem é destinada? — perguntou um dos membros do júri.

— A ninguém — respondeu o Coelho Branco. — Na verdade, não há nada escrito do lado de fora.

Enquanto falava, desdobrou o papel e acrescentou:

— Ora, mas não se trata de uma carta, afinal: são versos.

— Estão escritos com a letra do prisioneiro? — questionou outro jurado.

— Não — garantiu o Coelho Branco —, e isso é o mais estranho. (O júri ficou perplexo.)

— Ele deve ter imitado a letra de alguém — supôs o Rei. (O júri tranquilizou-se novamente).

— Por favor, Majestade — suplicou o Valete —, eu não escrevi nada disso, e ninguém pode provar o contrário: não há nenhuma assinatura no final.

— Se você não assinou — disse o Rei —, isso só *piora* a situação. Você deveria estar mal-intencionado, ou então teria assinado, como qualquer homem honesto.

Nessa hora, houve uma explosão de aplausos, pois era a primeira coisa realmente inteligente que o Rei tinha dito naquele dia.

— E isso *prova* que ele é culpado — concluiu a Rainha.

— Isso não prova nada! — interferiu Alice. — Ora, vocês nem ao menos sabem o que está escrito!

— Pois então leia — ordenou o Rei.

O Coelho Branco colocou seus óculos e perguntou:

— Por onde devo começar, Majestade?

— Comece pelo começo — respondeu o Rei, muito sério. — E vá até o fim. Quando terminar, pare.

Esses eram os versos:

Soube que com ela estivestes,
Depois de a ele me delatar,
E que ela me elogiou,
Mas disse que não sei nadar.

Ele disse que eu não mais iria,
(mentira, não pode ser)
Se ela ao menos imaginasse,
O que poderia acontecer?

Dei um a ela e dois a ele.
Tu nos deste três dos seus;
Os dele, a você retornaram,
Mas antes foram meus.

E se envolvidos estivermos,
Nessa grande confusão,
Confiamos em você,
Para nos livrar da prisão.

Para mim, você sempre foi
(mesmo antes do ataque atroz)
Um perigoso obstáculo,
Entre ele, ela e nós.

Que ela gostou mais deles,
Ele não soube, enfim.
Fique isso em segredo
Entre você e mim.

— Esse foi o depoimento mais importante que ouvimos até agora — ponderou o Rei, esfregando as mãos. — Portanto, agora deixemos que o júri...

— Dou um doce para quem conseguir explicar esses versos — prometeu a menina (ela tinha crescido tanto nos últimos minutos que não tinha mais medo de enfrentá-los). — Pois não vejo os versos.

Todos os jurados foram logo anotando nas suas tabuletas: "Ela não vê nenhum sentido neles". Mas ninguém tentou explicar os versos.

— Se eles não fazem nenhum sentido — disse o Rei —, isso nos poupa um trabalho enorme, porque não precisamos encontrar sentido algum. Além do mais, não estou bem certo, mas... — e prosseguiu, abrindo os versos sobre os joelhos e olhando para eles com apenas um dos olhos — parece que vejo algum sentido neles, afinal. Vejamos: *Disse que não sei nadar...* Você não sabe nadar, não é mesmo? — acrescentou, voltando-se para o Valete.

O Valete sacudiu a cabeça, com tristeza, e disse:

— E pareço saber?

(E realmente *não* parecia, pois era todo feito de cartolina).

— Pois bem... Até aqui, faz sentido — observou o Rei. E prosseguiu, repetindo os versos para si mesmo: — *Mentira, não pode ser...* só pode ser o júri, é claro... *Se ela ao menos imaginasse...* deve estar se referindo à Rainha... *O que poderia acontecer?...* posso imaginar o que aconteceria... *Dei um a ela e dois a ele...* bem, isso deve ser o que fizeram com as tortas, é...

— Mas continua assim: *Os dele, a você retornaram* — acrescentou Alice.

— Ora, aqui estão! — apontou o Rei, triunfantemente, para as tortas que estavam sobre a mesa. — Nada pode ser mais evidente do que *isso*. Prosseguindo: *Mesmo antes do ataque atroz...* Você nunca sofreu um ataque *atroz*, não é mesmo, querida? — perguntou à Rainha.

— Nunca! — respondeu ela, furiosa, arremessando um tinteiro no Lagarto enquanto falava.

(O coitado do Bill tinha parado de escrever na tabuleta com o dedo assim que descobriu que dedo não deixa marcas. Mas começara a escrever de novo, muito apressado, para aproveitar a tinta que escorria na cara dele).

— Então, essas palavras é que são um *ataque*! — disse o Rei, olhando em volta, dando um sorriso.

Fez-se um silêncio mortal.

— É um trocadilho! — acrescentou o Rei, irritado.

E todos riram.

— Que o júri apresente seu veredito — repetiu o Rei, provavelmente pela vigésima vez naquele dia.

— Não, não! — interrompeu a Rainha. — A sentença primeiro; depois, o veredito.

— Mas que idiotice! — bradou Alice em voz alta. — A sentença nunca vem antes do veredito!

— Modere sua língua! — ordenou a Rainha, roxa de raiva.

— A boca é minha — retrucou Alice.

— Cortem-lhe a cabeça! — gritou a Rainha o mais alto que podia. Ninguém se moveu.

— Quem se importa com vocês? — disparou Alice (que já tinha voltado ao seu tamanho normal). — Vocês não passam de cartas de baralho!

Ouvindo isso, o baralho todo se levantou no ar e veio voando para cima dela. Alice soltou um gritinho, meio de medo e meio de raiva, e tentou se defender, dando tapinhas nas cartas. Mas descobriu que estava deitada perto da margem do rio, com a cabeça no colo da irmã, que carinhosamente tirava algumas folhas secas que tinham voado das árvores e caído no rosto dela.

— Acorde, Alice querida! — solicitou sua irmã. — Puxa, como você dormiu pesado!

— Nossa, tive um sonho tão esquisito! — contou Alice e relatou à sua irmã tudo o que conseguia lembrar sobre essas aventuras estranhas que você acabou de ler.

E quando ela terminou, sua irmã lhe deu um beijo e observou:

— Foi mesmo um sonho muito interessante, querida. Mas, agora, vá correndo tomar o seu chá, que já está ficando tarde.

Então, Alice se levantou e saiu correndo. E enquanto corria o mais depressa que podia, pensava em como o sonho tinha sido maravilhoso.

Sua irmã permaneceu ali, sentada, com a cabeça apoiada na mão, assistindo ao pôr do sol e pensando sobre a pequena Alice e todas aquelas aventuras maravilhosas. Até que ela também começou a sonhar, e este foi o sonho que ela teve:

Primeiro, sonhou com a própria Alice. Mais uma vez viu a menina sentada com as mãozinhas apertando os joelhos e os olhos brilhantes e impacientes fitando os seus... Podia até ouvir o tom da voz dela e ver aquele jeitinho de jogar a cabeça para afastar as mechas de cabelo que lhe caíam nos olhos. E enquanto ela ouvia, ou imaginava ouvir, toda a paisagem à sua volta parecia ganhar vida com as estranhas criaturas que povoaram o sonho da irmã.

A grama crescida se agitou sob seus pés quando o Coelho Branco passou apressado... O Rato assustado espirrou água para todo lado ao nadar na poça ali perto... Ela pôde ouvir o tinir das xícaras enquanto a Lebre de Março e seus amigos compartilhavam seu chá interminável, e a voz estridente da Rainha condenando seus infelizes convidados à execução. Uma vez mais, o porco-bebê espirrou no colo da Duquesa, enquanto travessas e pratos se espatifavam ao redor... Uma vez mais o guincho do Grifo, o ranger do giz do Lagarto e a sufocação dos porquinhos-da-índia impregnavam o ar, misturados aos soluços longínquos da pobre Tartaruga Falsa.

Então, ficou sentada ali, com os olhos fechados, e quase acreditando estar mesmo no País das Maravilhas. Mas sabia que bastava abrir os olhos para que tudo voltasse à realidade enfadonha: a grama se agitaria somente pelo vento; as águas da poça se ondulariam apenas pelo remexer dos bambus soprados pela brisa; o tinido das xícaras se transformaria no soar dos sinos das ovelhas; e os gritos estridentes da Rainha, na voz do pastorzinho. O espirro do bebê, o guincho do Grifo, todos os outros sons estranhos se transformariam (ela bem sabia) no barulho que vinha da fazenda vizinha... Enquanto os mugidos do gado ao longe tomariam o lugar dos soluços tristes da Tartaruga Falsa.

Finalmente, ficou imaginando como seria aquela mesma irmãzinha no futuro, quando fosse adulta, e como conservaria, em sua idade mais madura, o coração simples e amoroso de sua infância. E como reuniria em sua volta tantas outras crianças, e faria seus olhinhos curiosos brilharem com muitas histórias estranhas, talvez até com a mesma história do País das Maravilhas — um sonho de um tempo tão distante! E como reagiria diante das tristezas mais contidas dessas crianças, e como se sentiria feliz com as alegrias mais singelas de seus coraçõezinhos, lembrando sua própria infância e aqueles dias felizes de verão.

Lewis Carroll

ALICE ATRAVÉS DO ESPELHO

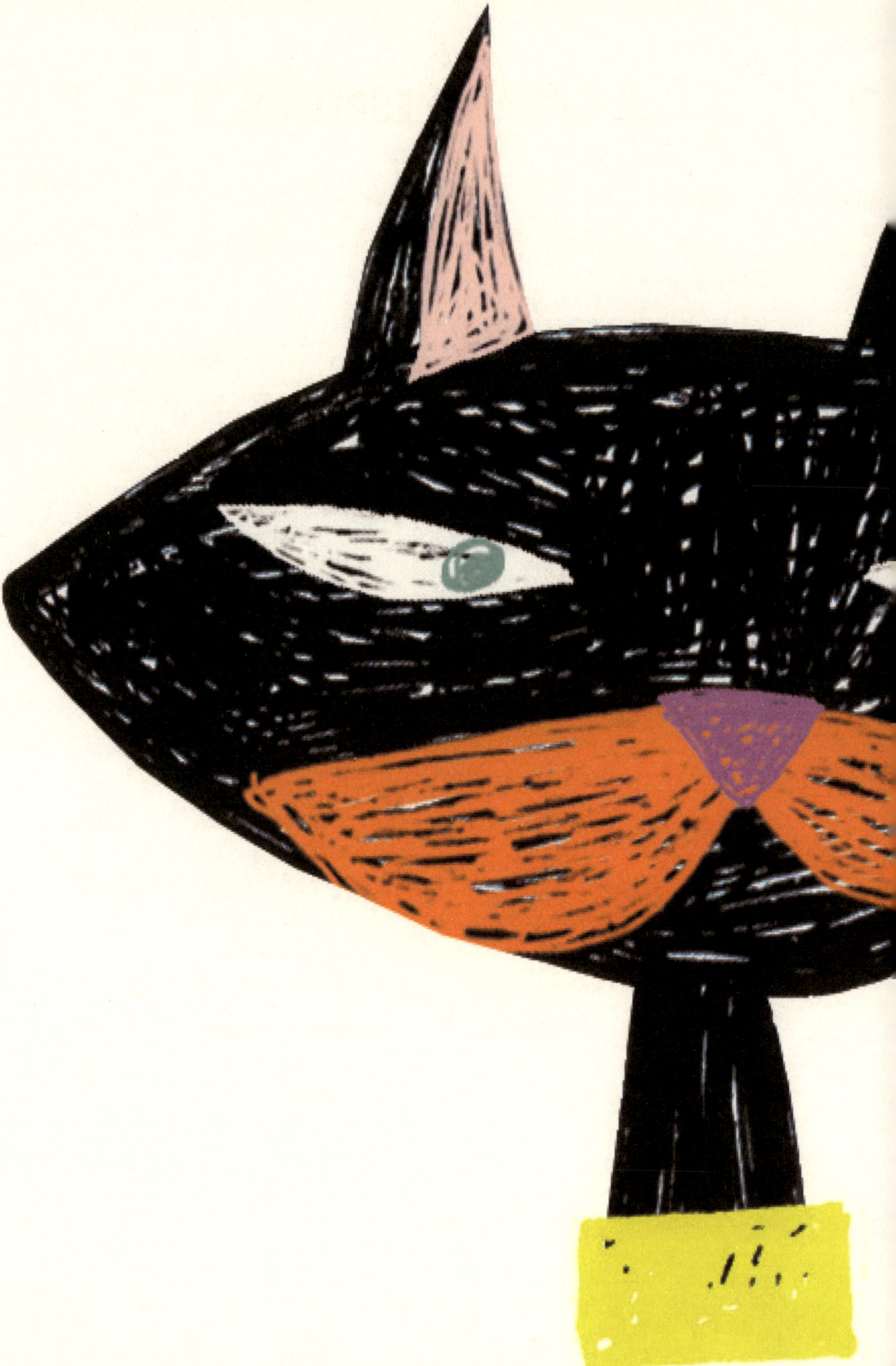

I
A CASA DO ESPELHO

Uma coisa era certa: a culpa não era da gatinha *branca** — fora tudo obra da pretinha. Ora, a branca estava se lavando, isto é, a gata velha havia um quarto de hora que a lambia (muito a contento dela, por sinal); logo, *não podia* ter tomado parte na travessura.

Era engraçada a maneira de Dinah lavar as filhas: primeiro ela segurava a orelha da coitadinha com uma pata e, depois, com a outra, esfregava-lhe todo o rosto, ao arrepio do pelo, começando pelo nariz; e naquele momento preciso ela estava empenhada em lavar assim a gatinha branca, que se sujeitava, e até tentava ronronar — naturalmente compreendendo que tudo aquilo era para o seu bem.

Ora, a gatinha preta já estava lavada desde cedo e, enquanto Alice, enroscada a um canto da grande poltrona, falava sozinha, já meio adormecida, ela aproveitou para brincar um pouco com o novelo que a menina estivera enrolando; e tanto correu, arrastando o novelo para um lado e outro, que o desfez todo outra vez. E lá estava o fio, todo cheio de nós e laçadas, espalhado sobre o tapete da lareira, e no meio da maçaroca a pretinha corria em roda e em roda, tentando agarrar o rabo.

— Oh! Gatinha perversa!... — gritou Alice. — A Dinah devia tê-la educado melhor!

---

* Ao longo do livro, Lewis Carroll emprega com muita frequência o efeito itálico a fim de enfatizar algumas palavras nas orações. A opção da tradução foi pela permanência dessas ênfases mantendo o mesmo recurso. (N. E.)

Pegou a gatinha e beijou-a, para que compreendesse que sua ama não estava contente com ela. E continuou, fingindo-se zangada e dirigindo-se à gata velha:

— Sim, Dinah, *devia* mesmo! Era sua obrigação!

Atirou-se de novo para cima da poltrona, levando de embrulho gatinha e lã, e começou a enrolar o fio outra vez.

A tarefa não progredia muito, porque ela estava sempre falando, ora com a gatinha, ora consigo mesma.

Mimi sentou-se, muito disfarçada, nos joelhos da dona, fingindo que admirava o seu trabalho; e de vez em quando espichava uma patinha, tocava no novelo delicadamente, como quem dissesse:

— Eu ficaria tão contente se pudesse ajudá-la!

— Sabe que dia é amanhã, Mimi? Se tivesse ido comigo para a janela, teria adivinhado... mas a Dinah estava lavando você, não podia ir, não é? Pois eu estava olhando para os meninos que traziam lenha para a fogueira... e olhe que é preciso muita lenha para uma fogueira, Mimi! Mas foi ficando tão frio, e caía tanta neve que eles tiveram de desistir. Mas não faz mal, Mimi, nós iremos ver a fogueira amanhã!

Enquanto falava, Alice foi enrolando duas ou três voltas de fio no pescoço da gatinha, para ver como ela ficava: já dali surgiu uma luta, e lá se foi o novelo rolando pelo chão, e metros e metros de lã se desenrolaram outra vez.

— Oh, Mimi! Eu fiquei tão zangada, quando vi a diabrura que você fez! — continuou Alice, depois de se acomodar de novo na poltrona, com a gatinha no colo. — Até me deu vontade de abrir a janela e atirá-la na neve! E era o que você merecia, traquinas! Vamos, o que está inventando aí para se desculpar? Não, não me interrompa! Escute!

Ergueu o dedinho e continuou:

— Vou lhe dizer todos os crimes que você cometeu. Número um: guinchou duas vezes, enquanto a Dinah estava lavando a sua cara esta manhã. Ah! Não pode negar, Mimi: eu mesma ouvi. Que é que está dizendo?

Fingiu que escutava a gatinha falar, depois tornou:

— A pata dela entrou no seu olho? Mas a culpa é sua, porque estava com os olhos abertos — pois, se os fechasse bem apertados, não lhe aconteceria nada disso. Não, não procure desculpa nenhuma e escute-me. Número dois: puxou a Branquinha pelo rabo, bem no momento em que eu pus o pires de leite diante dela... que diz? Estava com sede? E quem lhe disse que ela também não estava? Vamos ao número três: aproveitou o instante em que eu não olhava para você e embaraçou todo o fio de lã! Sim, são três faltas, Mimi, e você ainda não foi castigada por nenhuma delas. Sabe, estou guardando todos os seus castigos para a quarta-feira da semana que vem...

— Imagine só se guardassem também todos os meus castigos! — continuou ela, falando consigo mesma. — Que fariam no fim de um ano? Oh! Sem dúvida, quando chegasse o dia da punição, eu iria parar na cadeia... ou senão, quem sabe? Se cada castigo fosse, por exemplo... por exemplo... ficar sem jantar... então, quando chegasse o triste dia, eu teria de perder cinquenta jantares de uma assentada! Ora, eu não me importo com isso; antes ficar sem eles do que ter de comê-los todos de uma vez! Está ouvindo, Mimi, como a neve bate na vidraça? Que barulhinho lindo e macio! Parece que alguém está beijando os vidros do lado de fora... eu queria saber se a neve quer tanto bem às árvores e aos campos que os beija com tanto carinho! E depois — sabe? — ela deita por cima deles um acolchoado, e ficam bem abafadinhos. E quem sabe se ela não diz assim: "Durmam, meus filhinhos, até que volte o verão!". E quando eles acordam no verão, Mimi, vestem-se todos de verde e dançam — enquanto o vento zune. Oh! Como é lindo!

Tão enlevada estava que deixou cair o novelo para bater palmas. Depois continuou:

— Que bom se fosse verdade! Mas os bosques parecem mesmo adormecidos no outono, quando as folhas estão ficando pardas... Mimi, sabe jogar xadrez? Não ria, queridinha: estou falando sério. Pergunto isso porque, quando nós estávamos jogando há pouco, você olhava como se compreendesse aquilo; e quando eu disse: "Xeque!", você ronronou. Oh, foi xeque, Mimi! E eu teria certamente ganho, se não fosse aquele aborrecido Cavalo, que vinha se intrometer entre as minhas peças. Veja, Mimi, faz de conta...

Ora, eu quisera na verdade poder contar a você a metade ao menos das coisas que Alice costumava dizer, começando com a sua frase favorita: "Faz de conta...". Ainda na véspera, ela tivera uma longa discussão com a irmã, só porque começara a dizer: "Faz de conta que nós somos os reis e as rainhas...". A irmã, que gosta das palavras bem empregadas, retrucou que não podiam, sendo apenas duas, representar os dois reis e as duas rainhas do jogo, e Alice, vendo-se apertada, acabou por dizer:

— Pois bem, você pode ser um deles, e eu serei os outros três.

Já uma vez ela tinha pregado um grande susto na sua velha aia, gritando-lhe ao ouvido:

— Ama, faz de conta que eu sou uma hiena faminta e que você é um osso!

Mas já vai longe essa digressão. Voltemos ao discurso que Alice recitava para a gatinha:

— Faz de conta que você é a Rainha Vermelha, Mimi! Eu acho que, se você se sentar de braços cruzados, ficará parecida com ela. Vamos, experimente, Mimi!

E Alice tirou de cima da mesa a Rainha Vermelha e colocou-a em frente à gatinha, para que ela imitasse o modelo; isso, contudo, não deu o resultado que ela esperava, porque a gatinha não cruzava os braços direito.

Então Alice ergueu-a em frente ao espelho, para que ela visse bem como é feio ser teimosa.

— E, se não se corrigir já, eu a atiro para dentro da Casa do Espelho. Quer isso? Agora — continuou ela —, se você der atenção e não falar muito, eu lhe direi tudo o que sei da Casa do Espelho. Veja, primeiro é uma sala igual à nossa, só que as coisas estão todas viradas; pode ver pelo espelho. Subindo a uma cadeira, vejo tudo... menos a parte que fica por detrás da lareira. E eu desejava tanto ver esse pedaço! Porque eu queria saber se eles lá têm fogo no inverno. A gente só vê que, quando o nosso fogo aqui fumega, naquela sala também sobe fumaça para o ar; mas isso — ora! —, isso pode ser uma fumaça fingida, para a gente pensar que eles lá têm fogo... vejo também os livros: são bem como os nossos, mas as palavras são viradas: vi isso um dia, porque ergui um livro na frente do espelho, e lá na outra sala também ergueram um. Gostaria de morar na Casa do Espelho, Mimi? E lá lhe dariam seu leite? Quem sabe se o leite do Espelho não é bom para beber... mas veja, Mimi! Veja aqui! Agora vamos poder passar! Veja, deixando a porta da nossa sala aberta, você pode enxergar uma frestinha do corredor da Casa do Espelho: veja, é bem como o nosso, até onde a gente alcança com a vista, mas lá, mais adiante, há de ser muito diferente. Oh, Mimi, que lindo seria, se nós pudéssemos passar para a Casa do Espelho! Eu sei que lá dentro há coisas muito lindas! Mimi, faça de conta que o vidro ficou macio como uma gaze e que nós podemos atravessá-lo... mas repare, Mimi, está ficando tudo numa cerração... é, nós podemos passar agora...

Alice subiu para a lareira, sem saber muito bem o que estava fazendo. Sim, era certo que o vidro do espelho estava se diluindo, como se fosse uma névoa de prata brilhante.

Dali a um momento, Alice estava do outro lado do vidro e saltava ligeira para dentro da Casa do Espelho. A primeira coisa que fez foi examinar a lareira, para ver se havia fogo lá dentro, e ficou muito contente ao ver que havia um fogo de verdade, de chamas tão brilhantes como o que deixara lá do outro lado.

"Assim", pensou ela, "estarei aqui tão quentinha como na sala velha, e até mais quente, porque não está aqui ninguém para ralhar comigo se eu ficar muito perto do fogo. Oh, que divertido vai ser quando me virem aqui do outro lado do espelho e não puderem me agarrar!".

Olhou por toda a sala e viu que tudo o que já tinha visto, quando olhava lá do outro lado, era vulgar e desinteressante; mas o resto, oh, o resto era muito diferente! Por exemplo, os retratos pendurados na parede perto do fogão pareciam todos vivos, e até o relógio da prateleira da lareira — no espelho só se viam as costas dele —, até o relógio tinha virado uma cara de velho, que lhe fazia caretas.

Vendo algumas peças de xadrez caídas na fornalha, entre as cinzas, disse a menina consigo:

— Não cuidam do asseio desta sala como lá na outra!

Mas no mesmo instante, soltando um grito de surpresa, ajoelhou-se no chão, apoiando-se nas mãos, e olhava para as peças do jogo, assombrada. É que elas andavam duas a duas!

— Lá estão o Rei Vermelho e a Rainha Vermelha — disse ela, em um murmúrio, com receio de assustá-los. — E aqueles lá, sentados na beira da pá, são o Rei Branco e a Rainha Branca... e lá vão duas Torres caminhando de braços dados... creio que eles não me ouvem e acho até que não me podem ver. Parece que estou ficando assim... assim como se fosse invisível...

Nisso alguém soltou um guincho lá em cima da mesa, por detrás de Alice. Ela voltou a cabeça e ainda teve tempo de ver um dos Peões

Brancos a dar pontapés em alguma coisa. Ficou a olhar, curiosa, para ver o que aconteceria.

Foi quando a Rainha Branca bradou:

— Mas é a voz da minha filha! É a minha Lili bem-amada! Minha gatinha imperial!

E saiu correndo com tanta precipitação que deu um violento encontrão no Rei, atirando-o para o meio das cinzas. E se pôs a bracejar, desesperada, ao lado do guarda-fogo.

— Ninharia imperial! — disse o Rei, esfregando o nariz, todo esfolado da queda.

Na verdade, ele tinha muita razão para estar ressentido com a Rainha, pois ficara coberto de cinzas, da cabeça aos pés.

Alice, querendo ser útil e vendo que a coitadinha da Lili era capaz de se finar de tanto gritar, ergueu a Rainha e correu a colocá-la sobre a mesa, ao lado da bulhenta filhinha.

A Rainha respirou com força e sentou-se; sem fôlego, depois da rápida viagem pelos ares, o mais que podia fazer era abraçar a Lilizinha: falar era impossível.

Assim que pôde dizer alguma coisa, chamou o Rei Branco, que estava sentado nas cinzas, de muito mau humor:

— Cuidado com o vulcão!

— Que vulcão? — perguntou o Rei, olhando ansiosamente para o fogão, como se só daquele lado pudesse vir o perigo.

— Atirou-me pelos ares — disse a Rainha, arquejante. — Cuidado... veja se consegue subir pelo caminho... não vá o vulcão atirá-lo pelos ares na explosão!

Alice olhou para o Rei Branco e viu-o forcejar para subir vagarosamente, de barra em barra, até que afinal ela resolveu dizer-lhe:

— Desse jeito vai levar horas e horas para chegar à mesa! É melhor que eu o ajude, não é?

Mas o Rei não lhe deu atenção: era evidente que ele não a via nem ouvia.

Então Alice o pegou muito delicadamente e ergueu-o, mais devagar do que fizera com a Rainha, para não deixá-lo sem fôlego; mas, antes de pô-lo sobre a mesa, achou que seria bom limpá-lo da poeira, porque estava todo coberto de cinzas.

Mais tarde contava Alice que nunca tinha visto em ninguém uma cara como a que o Rei fez, quando se viu assim suspenso no ar, seguro por mão invisível, e sentindo que alguém o espanava. De tão espantado, nem podia gritar e escancarou boca e olhos. Revirava estes a tal ponto que ela se pôs a dar risadas e tanto se sacudiu que quase o deixou cair.

— Oh! Não faça essa cara assim! — gritava ela, esquecendo que o Rei não a ouvia. — Você me faz rir tanto que sou capaz de deixá-lo escapar da mão! Feche essa boca, senão as cinzas vão entrar por ela adentro! Ora, vamos! Agora creio que está bem limpinho!

Alisou-lhe o cabelo e sentou-o na mesa, ao lado da Rainha.

Mas o Rei caiu estendido de costas imediatamente e ficou ali quieto. Alice, meio assustada com o que tinha feito, saiu a caminhar pela sala, a ver se achava água, para borrifá-lo. Mas só encontrou uma botija de tinta. Quando voltou com o achado, já o encontrou recobrado, conversando com a Rainha, em voz baixa e muito assustado. E Alice mal podia ouvir o que cochichavam.

— Afirmo-lhe, minha querida — dizia o Rei —: fiquei gelado até as pontas das minhas barbas!

Ao que a Rainha replicou:

— Você não tem barbas...

— Jamais esquecerei o horror daquele momento — continuou o Rei.

— Sim, você o esquecerá, se não fizer uma notinha...

Alice, que olhava para o Rei com grande interesse, viu-o tirar do bolso um enorme caderno e começar a escrever. Veio-lhe uma ideia naquele momento e, pegando na ponta superior do lápis, que estava na altura do ombro do Rei, começou a escrever por ele.

O coitado parecia assombrado e desorientado e por alguns minutos esforçou-se para escrever, sem nada dizer; mas Alice tinha mais força do que ele e de repente o ouviu dizer:

— Oh! Preciso de um lápis mais fino: não posso com este, pois está escrevendo coisas que eu não queria.

— Que espécie de coisas? — perguntou a Rainha, olhando para o caderno. — Isto que aqui está não é ideia *sua*, não!

Ora, o que Alice escrevera no caderno era isto: "O Cavalo Branco está escorregando do atiçador abaixo. Ele não sabe se equilibrar".

Sobre a mesa, ao pé de Alice, estava um livro; e enquanto ela observava o Rei Branco, meio receosa, e com a tinta pronta para atirar em cima dele, no caso de novo desmaio, foi virando as folhas para ver se achava alguma coisa que pudesse ler, porque "era uma língua que ela não conhecia", conforme pensou.

É que o que ela via no livro era assim:

AIVARAGJA

zoɥuᴉloɹ zɐlᴉ̣ṯn̂ɹ sɐ ǝ 'ɹonɹǝɟ o ɐɹƎ
˙ɯɐʌɐoɹnɟɐ oɹᴉǝlnqɐɔ o 'opuɐɹᴉפ
˙sopᴉʇɹǝʌᴉp ɯǝq sǝǫnɹʇ so ɯɐʌɐʇsƎ
˙ɯɐʌɐɯɹᴉɟ ǝs sɐʇǝʇɐd soɹɹǝɔ so Ǝ

A princípio ela olhou, perplexa, sem compreender aquilo.
Mas afinal acudiu-lhe uma ideia:
— Mas isto é um livro do Espelho, sem dúvida! E, se eu o puser na frente dele, as palavras ficarão direitas, porque agora estão viradas.
E ela leu este poema:

ALGARAVIA

Era o fervor, e as rútilas rolinhas,
Girando, o tabuleiro afuroavam.
Estavam os truões bem divertidos,
E os cerros patetas se firmavam.

"Cuidado com o Algaravião, meu filho!
Ele morde, e segura até um homem!
Cuidado com o Pássaro Bisnau,
E foge do terrível Lobisomem!"

Ele pegou a espada bem afiada,
Levou tempo, buscando o inimigo...
Foi descansar ao pé da bananeira,
E ali ficou, pensando lá consigo.

E enquanto ali estava, a matutar,
Lá de dentro do mato vinha chegando
O Algaravião de olhos de fogo,
E de longe ele vinha já bufando!

Um, dois! Um, dois! E assim de lado a lado
A lâmina cortante foi rangendo!
Ele o matou, pegou a cabeça,
E de volta pra casa foi correndo.

"Tu mataste o Algaravião, meu filho?
Dá-me um abraço! Que glorioso dia!
Que dia glorioso! Viva! Vivaaa!..."
Ele também deu vivas de alegria.

Era o fervor, e as rútilas rolinhas,
Girando, o tabuleiro afuroavam.
Estavam os truões bem divertidos,
E os cerros patetas se firmavam.

— Parece bonito, mas *um pouco* difícil de compreender!

Alice não gostava de confessar, nem a si própria, que não compreendia nada, nada daquilo!

— Seja como for — continuou ela —, o que é certo é que isso enche minha cabeça de ideias... só falta agora eu saber exatamente que ideias são essas! Contudo, sei que *alguém* matou *alguma coisa*: isso é claro, seja lá como for...

De repente Alice ergueu-se de um salto:

— Se não me apresso, terei de voltar para o outro lado do espelho sem ver como é o resto da casa! Primeiro vou dar uma olhadela pelo jardim.

Saiu da sala imediatamente e desceu a escada correndo — isto é, aquilo não era mesmo correr, mas "uma nova invenção, para descer escadas depressa e com mais facilidade", como ela dizia consigo. Alice apoiou as pontas dos dedos sobre o corrimão e foi escorregando, sem tocar com os pés nos degraus. Depois lá se foi, atravessando o salão a flutuar, e assim teria passado pela porta, se não esbarrasse no umbral. Já se sentia meio atordoada de tanto andar pelo ar e ficou contente quando se viu caminhando outra vez de maneira natural.

II
O JARDIM DAS FLORES VIVAS

Eu veria melhor o jardim se subisse aquele morro: e ali está um caminho que vai dar lá direitinho... mas não, não vai...
Ela andara alguns metros e dobrara algumas curvas, depois continuou:

— Sem dúvida vai dar lá mesmo. Mas é curioso, como ele se enrosca! Parece mais um saca-rolhas do que um caminho! Bem, esta volta agora vai dar no morro... não, não vai... vai dar mas é direto em casa outra vez! Pois bem, eu experimentarei o outro caminho.

Ela assim fez: errou abaixo e acima, dobrou voltas e mais voltas, mas sempre vinha dar na casa fizesse o que fizesse.

Aconteceu que uma das vezes em que dobrava um canto da casa, como ia muito depressa, bateu-se contra ele.

Olhou então para a casa e fingiu que discutia com ela:

— É inútil falar assim: não vou entrar. Sei que isso só serviria para me fazer atravessar outra vez o espelho... voltar para a sala velha e... adeus minhas aventuras!

E, voltando as costas à casa, resolutamente se pôs a caminho de novo, com a intenção de seguir por ele até chegar ao morro. Por alguns minutos tudo foi bem, e ela já dizia consigo:

— Desta vez, chego mesmo!

Mas, segundo sua descrição, feita mais tarde, o caminho... sacudiu-se, e ela se viu imediatamente caminhando mais uma vez direto para a porta da casa.

— Oh! Que coisa horrível! — exclamou ela. — Nunca vi uma casa assim, que só estorva a gente... Nunca vi!

Entretanto, lá estava, bem à vista, o morro inteiro, e ela nada tinha a fazer senão recomeçar. Dessa vez encontrou um grande canteiro de flores, todo cercado de margaridas, com um salgueiro no meio.

— Ó Lírio-tigre! — disse ela, dirigindo-se a uma flor que ondulava graciosamente ao vento. — Eu queria que você pudesse falar!

— Mas nós podemos falar — disse o Lírio-tigre — e falamos sempre que encontramos alguém que o mereça.

Alice estava tão assombrada que ficou sem fala por alguns momentos: o espanto tirara-lhe até a respiração. Afinal, como o Lírio-tigre continuava a oscilar à brisa, sem nada dizer, ela falou de novo. Mas a voz dela era agora tímida — quase um murmúrio:

— E todas as flores podem falar?

— Sim, podem falar tão bem como você... e muito mais alto.

Então a Rosa interveio, dizendo a Alice:

— Não é desse modo que se começa uma conversa, fique sabendo! E, enquanto você falava, eu dizia a mim mesma: "O rosto dela mostra algum senso, ainda que não pareça muito inteligente...". Contudo, a sua cor é conveniente, e isso já vale alguma coisa.

— Eu não me importo com a cor — observou o Lírio-tigre.

— Se ao menos ela tivesse as pétalas um pouco mais enroladas, acho que seria uma flor direita.

Alice não gostou de se ver assim criticada e começou a fazer perguntas:

— Não têm receio, às vezes, plantadas assim aqui tão longe, sem ninguém para cuidar de vocês?

— Temos a árvore do meio — disse a Rosa. — Que mais é preciso?

— Mas que poderá ela fazer, se sobrevier algum perigo?

— Ela pode ramalhar — disse a Rosa.

— E é por isso que seus galhos se chamam ramos — gritou uma Margarida.

E nisso todas começaram a gritar a um tempo, e dali a pouco parecia que o ar estava cheio de vozinhas agudas.

— Psiu! Silêncio! — gritou o Lírio-tigre, movendo-se, muito agitado, de um lado para o outro, na maior excitação.

E, arquejante, inclinou a cabeça trêmula para o lado de Alice e continuou:

— Elas sabem que eu não posso sair daqui, senão não ousariam fazer isso!

— Não se importe — falou Alice em tom conciliador.

E, voltando-se para as Margaridas, que começavam outra vez o vozerio:

— Se vocês não se calam, eu as colho!

Fez-se silêncio num momento, e algumas das Margaridas vermelhas ficaram brancas.

— Muito bem — disse o Lírio. — As Margaridas são as piores. Quando uma fala, todas querem falar também, e, para a gente se consumir, basta ver como elas tagarelam!

— Como é que vocês podem falar tão bem? — perguntou Alice, na esperança de vê-las melhorarem de modos com esse cumprimento. — Tenho estado em muitos jardins, mas nunca vi as flores falarem.

— Ponha a mão no chão e apalpe-o — disse o Lírio-tigre —; saberá então por que é assim aqui.

Alice obedeceu, depois falou:

— É muito duro; mas não vejo a relação...

— Na maior parte dos jardins — disse o Lírio — fazem canteiros muito fofos; por isso as flores, naquelas camas, estão sempre dormindo.

Pareceu a Alice que a razão era boa e ficou contente de aprender uma coisa nova.

— Nunca tinha pensado nisso!

— E eu penso que você nunca pensou em nada — comentou a Rosa, severa.

— Nunca vi ninguém tão estúpido! — declarou uma Violeta. Alice, que ainda não a ouvira falar, deu um salto, àquela voz repentina.

— Cale a boca! — gritou o Lírio. — Como se você já tivesse visto alguém! Meta a cabeça debaixo das folhas e fique aí ressonando! Que lhe importa o que se passa pelo mundo?

— Há mais alguém no jardim, a não ser eu? — perguntou Alice, que achou melhor fazer que não ouvira a observação da Rosa.

— Há uma outra flor no jardim que pode se mover como você — disse a Rosa. — Eu pergunto a mim mesma como é que você pode fazer isso...

— Também, você está sempre a falar sozinha — interrompeu o Lírio.

— ... mas ela tem mais folhas do que você.

— Ela é parecida comigo? — indagou Alice vivamente.

É que um pensamento lhe atravessara o espírito: "Há outra menina no jardim, seja onde for!".

— Oh! Ela também é assim malfeita — disse a Rosa —; mas é mais encarnada... e as pétalas são mais curtas.

— Elas são unidas, como as de uma Dália — disse o Lírio. — Não caem em roda, como as suas.

— Mas isso não é culpa sua — acrescentou a Rosa, em tom bondoso... — É que você está começando a murchar, sabe? E então a gente não pode impedir as pétalas de descaírem.

Alice não gostou da ideia; para mudar de assunto, perguntou:

— Ela costuma aparecer por aqui?

— Creio que vai vê-la logo — disse a Rosa. — É da espécie que tem nove bicos, sabe?

— E onde os usa ela? — indagou Alice, curiosa.

— Mas, na cabeça... pois onde mais? — replicou a Rosa. — Eu me admiro de que você não tenha alguns também. Pensava que todas tinham.

— Lá vem ela! — gritou uma Espora. — Ouço seus passos... tum, tum, na areia do caminho!

Alice olhou, cheia de curiosidade, e viu que era a Rainha Vermelha.

— Ela cresceu muito! — foi a primeira observação que fez. E era verdade. Quando Alice a encontrou, no meio das cinzas, ela não tinha nem meio palmo de altura; e agora lá estava, mais alta do que ela!

— É o ar fresco — disse a Rosa. — E que fino, que maravilhoso ar, o daqui!

— Estou com vontade de ir ao seu encontro — falou Alice.

Achava que as flores eram muito interessantes, sem dúvida, mas parecia-lhe muito mais importante uma palestra com uma Rainha de verdade.

— Não o conseguirá — disse a Rosa —; eu lhe aconselharia a seguir o outro caminho.

Isso pareceu a Alice uma bobagem, mas ela nada respondeu. Caminhou imediatamente para o lado da Rainha Vermelha. Com a maior surpresa, viu que ela desaparecera e achou-se de novo a caminho da porta da frente.

Um pouco irritada, voltou e, depois de procurar a Rainha por toda parte, avistou-a lá muito longe e resolveu experimentar o conselho, caminhando na direção oposta.

O resultado foi magnífico. Nem tinha andado um minuto e já se encontrava face a face com a Rainha, e avistava ali perto o morro que tanto desejara alcançar.

— De onde você vem? — disse a Rainha Vermelha. — E para onde vai? Levante a cabeça, fale claramente e não fique o dia inteiro a mover os dedos.

Alice obedeceu a todas aquelas ordens e explicou, da melhor maneira que pôde, que "errara o seu caminho".

— Não sei o que chama *seu* caminho; aqui todos os caminhos *me* pertencem. Mas que veio fazer aqui, afinal? — perguntou a Rainha, já mais abrandada. — Faça a reverência, enquanto pensa na resposta: isso poupa tempo.

Alice ficou pasmada, mas tinha muito medo da Rainha para duvidar do que ela dizia.

"Experimentarei agora, quando voltar para casa", pensou ela. "Porque com certeza vou chegar um pouco atrasada para o jantar."

— Agora já é tempo de responder — disse a Rainha, olhando para o seu relógio —; abra mais um pouco a boca quando falar e diga sempre: "Vossa Majestade".

— Eu só queria ver como era o jardim, Majestade...

— Está bem — respondeu a Rainha, dando-lhe uma palmadinha na cabeça (o que não agradou nada a Alice). — Mas, quando você diz "jardim"... eu tenho visto jardins comparado com os quais este seria um deserto.

Alice, sem se dar o trabalho de discutir esse ponto, continuou:

— ... E pensei que poderia achar o caminho para aquele morro...

— Quando você diz "morro" — interrompeu a Rainha —, eu podia lhe mostrar morros em comparação com os quais você chamaria este um vale.

— Não, eu não faria isso — respondeu Alice, surpreendida de contradizê-la —; um morro não pode ser um vale, a senhora sabe. Isso seria uma asneira...

A Rainha Vermelha sacudiu a cabeça.

— Pode chamar a isso uma asneira, se quiser — disse ela —; mas eu tenho ouvido asneiras comparadas às quais esta seria tão sensata como um dicionário!

Alice, receosa, em vista do tom da Rainha, de que ela se tivesse ofendido, tratou de desarmá-la, cortejando-a outra vez.

E seguiram em silêncio até o alto da colina.

Por alguns instantes, Alice contemplou a região, olhando em todas as direções, sem nada dizer. E era bem curiosa, na verdade, aquela região! Avistavam-se vários regatozinhos, correndo em linha reta e cruzando-se de lado a lado. E o terreno que eles limitavam estava todo dividido em quadrados, por uma infinidade de sebes verdes, que iam de um a outro regato.

— Mas isto parece um tabuleiro de xadrez! — disse ela afinal. — Só o que faltava é alguns homens, movendo-se por ali... Mas até isso se vê!

Parecia muito contente com a descoberta e, de tão excitada, sentia o coração bater mais apressado.

— Oh! Mas é uma imensa partida de xadrez que estão jogando... sobre o mundo inteiro... se isto é o mundo todo, afinal. Oh! Que divertido é aquilo! Que bom se eu fosse um deles! Não me importava de ser nem que fosse um Peão, contanto que pudesse tomar parte... mas gostaria mais ainda, é claro, de ser uma Rainha.

Relanceou os olhos, timidamente, para a Rainha verdadeira, ao dizer isso, e viu que ela sorria, divertida, dizendo depois:

— Isso é fácil. Você pode ser um Peão da Rainha Branca, se quiser, porque a Lili ainda é muito pequena para jogar; comece na segunda casa e, quando alcançar a oitava, será Rainha...

E naquele mesmo momento, não sei como, elas começaram a correr.

Alice nunca pôde esclarecer, quando, mais tarde, pensava nisso, de que modo tinham começado: só o que lembrava é que corriam de mãos dadas e que a Rainha ia tão depressa que ela mal podia se manter ao seu lado. E, ainda assim, a Rainha ia sempre gritando: "Mais depressa! Mais depressa!".

E Alice via que não podia correr mais, mas nem fôlego tinha para dizer isso.

Mas o mais curioso era que as árvores, e as outras coisas ao redor delas, não mudavam de lugar: por mais que corressem, parecia que não passavam adiante de coisa alguma.

"Eu queria saber se todas as coisas se movem conosco", pensava, assombrada, a pobre Alice.

E a Rainha parecia adivinhar-lhe os pensamentos, porque gritava:
— Mais ligeiro! Mais ligeiro! Não fale!

Não que Alice tivesse a menor intenção de fazê-lo. Parecia-lhe que nunca mais poderia falar, e cada vez mais lhe faltava a respiração. E ainda assim a Rainha gritava: — Mais ligeiro! Mais ligeiro! — e, puxando, arrastava-a.

Afinal, ela conseguiu dizer, ofegante:
— Estamos perto?
— Perto! — repetiu a Rainha. — Mas nós já passamos há dez minutos! Mais ligeiro!

E elas correram por algum tempo em silêncio; o vento sibilava nos ouvidos de Alice e, segundo ela pensava, quase lhe arrancava os cabelos.
— Vamos! Vamos! — gritou a Rainha. — Mais ligeiro!

E correram tão depressa que afinal pareciam mal resvalar pelo ar, tocando apenas o chão com os pés, até que, de repente, quando Alice já se sentia exausta, pararam, e ela se viu sentada no chão sem fôlego e apatetada.

A Rainha encostou-a em uma árvore e disse com ar bondoso:
— Agora pode descansar um pouco.

A menina olhou em roda, muito surpreendida.
— Mas... creio que estive sempre debaixo desta árvore! Tudo aqui está bem como era!
— Pois sem dúvida que está! Como queria que estivesse?
— É que na minha terra — respondeu Alice, ainda ofegante —, quando a gente corre como nós corremos agora, acha sempre alguma coisa diferente.
— É uma espécie de terra muito vagarosa! — disse a Rainha. — Agora você já viu que, para ficar no mesmo lugar, é preciso correr a bom correr, como você fez. E, se quiser mudar de lugar, é necessário correr duas vezes mais depressa!
— Oh! Prefiro não mudar, obrigada! — falou Alice. — Estou bem satisfeita de ficar por aqui... só o que sinto é muito calor e muita sede.
— Já sei do que você gostaria — disse a bondosa Rainha, tirando uma caixinha do bolso. — Quer um biscoito, não é?

Alice achou que seria indelicadeza recusar, ainda que não fosse isso precisamente o que ela desejava. Por isso, aceitou e fez empenho de comer o biscoito, por mais que lhe custasse: era muito seco, e ela nunca se vira tão engasgada na vida.

— Enquanto está se refrescando — disse a Rainha —, eu vou tomar as medidas.

Tirou do bolso uma fita, fez nela algumas marcas e começou a medir o chão, fincando pequenas estacas de distância em distância.

— Quando chegarmos a dois metros — disse ela, fincando uma estaca —, eu lhe darei as instruções; quer outro biscoito?

— Não, muito obrigada; estou satisfeita.

— Já se apagou sua sede, então?

Alice ficou sem saber que resposta havia de dar; felizmente a Rainha não lhe deu tempo e continuou:

— No fim de três metros, eu as repetirei, para que você não se esqueça. E, no fim de quatro, eu me despedirei de você. E, quando chegarmos aos cinco, irei embora!

A esse tempo ela já tinha fincado todas as estacas, e Alice olhou com grande interesse para o terreno, enquanto a Rainha voltava para junto da árvore e depois ia andando vagarosamente ao longo da fila. Quando chegou à estaca do segundo metro, voltou-se e disse:

— Um Peão, você já sabe, anda duas casas na saída. Assim, você atravessará muito depressa a Terceira Casa... pela estrada de ferro, creio eu... e num instante se achará na Quarta Casa, que pertence a Tweedledum e Tweedledee... a Quinta é quase só água... a Sexta pertence a Humpty Dumpty... mas você não faz nenhuma observação?

— Eu... eu não sabia que tinha de fazer alguma... mas então... — ia gaguejando Alice.

— Você devia ter dito — continuou a Rainha, muito agastada —, devia dizer: "É extrema bondade de Vossa Majestade dar-me todas essas explicações...". Mas que seja: suponhamos que o disse. A Sétima Casa é uma floresta, mas um dos Cavaleiros lhe mostrará o caminho... e, na Oitava, seremos ambas Rainhas juntas, e isso será na verdade muito divertido!

Alice levantou-se, fez uma reverência e tornou a sentar-se.

Quando chegou à estaca seguinte, a Rainha voltou-se outra vez, dizendo:

— Quando você não puder pensar em inglês, para dizer qualquer coisa, fale francês... vire para fora as pontas dos pés quando caminhar... e se lembre de quem é!

Dessa vez, a Rainha não esperou pela reverência da menina, mas foi andando ligeira para a próxima estaca; chegando ali, virou-se para dizer apenas:

— Adeus!

E seguiu, muito depressa, para a última estaca.

Alice nunca soube bem como foi que aconteceu aquilo, mas, quando a Rainha chegou justamente à última, desapareceu, sumiu! Se ela se desvaneceu no ar ou se correu a toda a pressa para o bosque — Alice sabia bem quão ligeiro ela podia correr! —, é coisa que a menina nunca pôde deslindar, mas o fato é que sumiu. E então Alice começou a se recordar de que era um Peão e não demoraria muito a lhe chegar a vez de se mover.

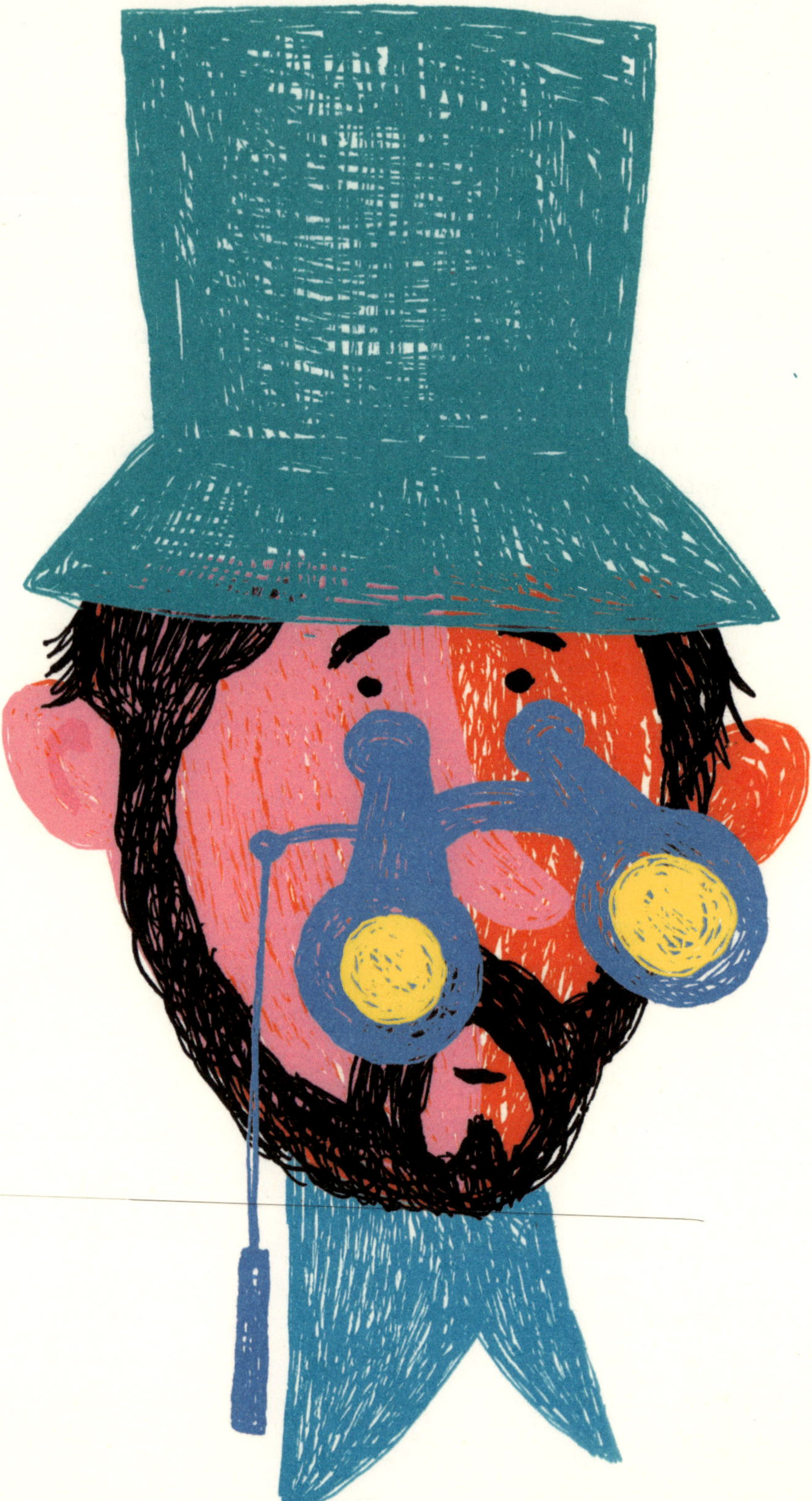

III
INSETOS DO ESPELHO

A primeira coisa a fazer era, naturalmente, dar uma vista de olhos pela região que ia atravessar.

"É o mesmo que aprender Geografia", pensou Alice, erguendo-se na ponta dos pés, na esperança de poder ver um pouco mais longe. "Rios principais... não há nenhum. Montanhas principais... estou mesmo em cima da única montanha que há, mas não creio que tenha algum nome... cidades principais... mas... que criaturas são aquelas que fazem mel ali? Não podem ser abelhas... ninguém jamais viu abelhas a um quilômetro de distância..."

Ficou calada, por algum tempo, olhando para um dos seres que se moviam entre as flores, afadigando-se, metendo a tromba no cálice, "exatamente como faria uma abelha", pensou Alice.

Aquilo seria tudo, menos abelha!

De fato, era um elefante, conforme Alice veio a verificar; por sinal, ao sabê-lo, perdeu a respiração de tão assombrada.

— E que flores enormes não serão aquelas! — foi logo o que lhe veio à ideia. — Hão de ser parecidas com uma cabana sem teto, posta em cima de um poste... e que quantidade de mel eles hão de fazer! Eu vou descer... mas não, não vou já, não quero...

E, detendo-se no momento mesmo em que ia começar a descer a ladeira, tratou de procurar um pretexto para se tornar de repente tão cautelosa.

— Não adianta nada, se for lá, sem um galho comprido para afugentá-los; e que engraçado, quando lá em casa me perguntarem se gostei do passeio... eu direi que sim, que gostei muito... — continuou ela, fazendo aquele seu gesto de cabeça favorito —; gostei, só que estava muito calor, e havia muito pó, e os elefantes me incomodaram muito! Fez uma pausa, depois se decidiu: — Estou querendo descer pelo outro lado; talvez possa ver os elefantes mais tarde... além disso, quero chegar de uma vez à Terceira Casa!

E, com essa desculpa, correu morro abaixo, saltando por cima do primeiro dos seis riachinhos.

* * *

— Os bilhetes, faça o favor! — disse o Guarda, metendo a cabeça pela janela.

Num instante todos empunhavam seus bilhetes de passagem: eram eles mais ou menos do tamanho das pessoas e quase enchiam o carro.

— Então! Ora essa! Mostre seu bilhete, menina! — continuou o Guarda, olhando irritado para Alice.

E muitas vozes disseram ao mesmo tempo, "como o coro de um canto", pensou ela:

— Não o faça esperar, criança! Seu tempo vale mil libras por minuto!

— Parece que não o tenho! — disse ela, assustada. — Não havia estação, lá onde eu estava...

E o coro continuou:

— Não há lugar para alguém lá onde ela estava: a terra vale ali mil libras o palmo!

— Não me venha com desculpas — disse o Guarda. — Devia ter comprado um do maquinista.

E, mais uma vez, o coro interveio:

— Do homem que dirige a locomotiva! Mas só a fumaça vale mil libras uma baforada!

Alice pensava consigo: "Então não vale a pena falar!".

As vozes, dessa vez, como ela não falou, não se ergueram juntas outra vez, mas, com grande surpresa, Alice viu que elas *pensavam* em coro. E espero que você compreenda melhor do que eu isso de *pensar em coro*, pois eu confesso que não sei o que é.

As vozes, como eu dizia, pensaram em coro: "Não vale a pena falar! A linguagem vale mil libras a palavra!".

"Com toda a certeza, vou sonhar com mil libras esta noite!", pensou Alice. "Com toda a certeza!"

Durante tudo isso, o Guarda estava a olhar para ela, primeiro por um telescópio, depois através de um microscópio e finalmente por um binóculo de teatro. Acabou por dizer-lhe:

— Você errou o caminho.

Fechou então a janela e foi embora.

— Uma criança tão nova — disse o cavalheiro que estava sentado defronte dela e cuja roupa era de papel branco — deve saber que caminho segue, ainda que não saiba seu próprio nome!

Uma Cabra, que estava sentada perto do homem de branco, fechou os olhos e disse em voz alta:

— Ela deve saber o caminho da estação, mesmo que não conheça o alfabeto!

Um Besouro, perto da Cabra — porque era um vagão estranho aquele, cheio de passageiros, que pareciam falar todos por turnos —, um Besouro continuou:

— Ela terá de voltar daqui, como bagagem!

Alice não podia ver quem estava sentado atrás do Besouro, mas uma voz rouca falou em seguida:

— Mudar de locomotiva... — disse a voz, mas engasgou-se e não pôde continuar.

"Parece um Cavalo, com essa voz rouca", pensou Alice.

E uma vozinha muito fraquinha, bem pertinho do ouvido dela, disse:

— Você pode fazer um trocadilho com isso... assim como rouco e louco, sabe?

Então uma outra voz, muito delicada, falou lá de longe:

— Ela deve levar um rótulo: "É uma menina, CUIDADO!".

Depois outras vozes continuaram a falar, enquanto Alice pensava: "Quanta gente neste vagão!".

As vozes diziam:

— Ela deve ser remetida pelo correio, porque tem uma cabeça...

— Deve ser mandada como uma mensagem, pelo telégrafo...

— Deve puxar o trem, pelo resto do caminho...

E assim por diante.

Mas o homem vestido de papel branco inclinou-se para adiante e murmurou-lhe ao ouvido:

— Não faça caso do que eles todos dizem, menina, mas compre um bilhete de ida e volta cada vez que o trem parar.

— Não, não farei isso! — disse ela, já impaciente. — Eu não sou desta viagem, não! Eu estava em um bosque ainda há pouco... e espero voltar para lá!

E a vozinha tornou a falar-lhe ao ouvido:

— Você pode fazer um trocadilho com isso... assim como: eu espero, e desespero... você sabe, não é?

— Não me importune assim — falou Alice, olhando ao redor, para ver de onde vinha a voz; mas procurou em vão! — Se gosta tanto de trocadilhos, por que não os faz você mesmo?

A vozinha soltou um profundo suspiro. Era evidentemente muito infeliz, e Alice teria dito alguma coisa que a consolasse, se "aquilo ao menos suspirasse como as outras pessoas!", pensou ela. Mas era um suspiro de tal maneira pequenino que não o teria ouvido, se não lhe soasse bem junto do ouvido. E a consequência dessa proximidade não era agradável: fazia-lhe cócegas na orelha e desviava seus pensamentos da infelicidade da criaturinha, dona da voz.

— Eu sei que você é uma amiga — continuou a vozinha —; uma velha amiga, uma amiga querida. E você não me machuca, apesar de ser eu um inseto!

— Que espécie de inseto? — perguntou Alice, um tanto receosa.

Porque ela queria saber logo, logo, se aquilo dava ferroadas na gente. Mas achou que não seria delicado perguntar.

— Mas então você não... — começou de novo a vozinha, mas foi abafada por um ruído penetrante vindo da locomotiva, e todos, inclusive Alice, saltaram assustados.

O Cavalo, que metera a cabeça para fora da janela, disse tranquilamente:

— Não é nada, é um arroio que vamos saltar.

Todos pareceram satisfeitos com a explicação, menos Alice, que ficou um tanto nervosa com a ideia de o trem dar saltos.

— Mas, como isso nos levará à Quarta Casa, é sempre um consolo!

Naquele instante, sentiu que o trem se erguia no ar e, muito assustada, agarrou-se ao que encontrou mais à mão, e aconteceu que era a barba da Cabra.

* * *

Mas, ao tocar na barba da Cabra, parece que ela se evaporou, e Alice achou-se tranquilamente sentada debaixo de uma árvore, enquanto o Mosquito — porque era ele o inseto que estivera falando com ela — se balançava em um brotinho, justamente por cima da sua cabeça, abanando as asas.

Era na verdade um Mosquito *muito* grande.

"Quase do tamanho de um frango", pensou Alice.

Mas isso não a amedrontava, depois que tinham conversado tanto.

— Então você não gosta de todos os insetos? — continuou o Mosquito, tão serenamente como se nada tivesse acontecido.

— Gosto deles quando podem falar — disse Alice. — No lugar de onde eu venho nenhum deles fala.

— E lá no lugar de onde você vem, de que espécie de insetos gosta mais?

— Eu não gosto mais de nenhum — explicou Alice —, porque eu tenho mais é medo deles... ao menos das espécies grandes. Mas posso lhe dizer o nome de alguns.

— Então eles atendem pelo nome? — disse o Mosquito, com indiferença.

— Não! Eu nunca vi isso!

— De que serve então o nome — observou o Mosquito —, se eles não dão por ele?

— De nada, para eles — respondeu Alice —; mas é útil para a gente nomeá-los, parece. Se não fosse, por que dariam nome às coisas?

— Não sei — replicou o Mosquito. — Além disso, lá no bosque eles não têm nome... mas continue, vamos à lista de insetos: você está perdendo tempo.

— Pois temos o Moscardo, também chamado Mosca do Cavalo — começou ela, contando pelos dedos.

— Pois bem, ali naquele arbusto está um Moscardo do Cavalo de Pau. É todo feito de madeira e anda se balançando de ramo em ramo.

— E de que vive ele? — indagou ela, curiosa.

— De seiva e serragem.

Alice olhou para o Moscardo do Cavalo de Pau com grande interesse, achando que deviam ter acabado de pintá-lo naquele momento, porque parecia tão brilhante e viscoso... Depois continuou:

— E temos a Cigarra...

— Olhe para cima — disse o Mosquito — e verá mesmo acima da sua cabeça uma Cigarra de Chocolate. As asas são folhas de azinheiro, a cabeça é uma passa de uva ardendo na aguardente.

— E de que vive ela? — indagou de novo Alice.

— De manjar de leite e pastel — replicou o Mosquito —; faz o ninho nas caixinhas de Natal.

Alice olhou para o estranho inseto, com sua cabeça de fogo, e pensou consigo que é por isso que alguns insetos gostam tanto de andar voando ao redor dos lampiões — porque querem virar Cigarras de Chocolate... depois continuou:

— Temos o Pão das Galinhas...

— Aí, arrastando-se a seus pés, está o Pão com Manteiga das Galinhas. As asas são duas torradinhas fininhas, o corpo é de côdea, e a cabeça é uma pedra de açúcar.

— E que é que ele come? — perguntou ela, olhando para o chão, assustada.

— Chá fraco com creme dentro.

Mas ocorreu a Alice uma nova dificuldade:

— E se não achar isso?

— Então ele morre, com certeza.

— Mas isso há de acontecer muitas vezes — observou ela, pensativa.

— Isso sempre acontece — respondeu o Mosquito.

Alice calou-se, refletindo. Enquanto isso, o Mosquito divertia-se, zumbindo à roda da cabeça dela; afinal pousou outra vez e disse:

— Penso que não quer perder seu nome?

— Decerto que não — disse ela, aflita.

— E ainda assim... não sei... — continuou o Mosquito, com ar descuidado. — Pense se não seria conveniente dar um jeito de voltar para casa sem ele! Por exemplo, se a governanta quisesse chamá-la para estudar, ela diria: "Vem cá..." e teria de desistir, porque não haveria nome nenhum para chamar, e assim você não teria de ir, não é?

— Isso não, porque ela nunca me dispensaria de estudar por isso. Se ela não pudesse se lembrar do meu nome... diria simplesmente "Menina", como fazem as criadas.

— Se ela dissesse "Menina", sem mais nada, sem dúvida você iria fazê-la dormir, não é? Mas isso é um trocadilho... eu gostaria de ver isso.

— Por que havia de gostar? Não tem graça nenhuma...

O Mosquito tornou a suspirar, e duas lágrimas rolaram-lhe pelas faces abaixo.

— Se você não pode fazer trocadilhos mais espirituosos — falou Alice —, é melhor não fazer nenhum!

O Mosquito suspirou de novo e dessa vez com tanta força que parece que espirrou para fora do corpo, porque, quando Alice olhou outra vez para cima, não o viu mais em parte alguma. E como já estava ficando gelada, de estar tanto tempo parada, levantou-se para caminhar.

Chegou logo a um campo aberto, e para o outro lado havia um bosque. Pareceu-lhe mais escuro do que o bosque de onde saíra, e foi com certo receio que ela se resolveu a entrar ali. Contudo, achou que devia ir, porque pensou consigo:

"Agora não hei de voltar, e só assim poderei chegar à Oitava Casa. Oh! Aquele deve ser o bosque onde as coisas não têm nome. Eu queria saber que será do meu nome, quando eu estiver lá! Não gostaria nada de perdê-lo... porque depois me dariam outro e com certeza seria muito feio. Mas o mais divertido seria procurar a criatura que tivesse ficado com o meu nome velho! Seria como aqueles anúncios, quando alguém perde um cão de estimação: 'Atende pelo nome de Veloz — tem uma coleira de cobre'. E eu iria chamando 'Alice' a todas as coisas que encontrasse, até que uma delas respondesse! Mas se elas fossem espertas não responderiam, é claro!"

Alcançou, enfim, o bosque, que parecia muito sombrio e fresco.

— Afinal — disse ela, parando debaixo de uma árvore —, é agradável, depois de tanto calor, a gente entrar no... no... no *quê*?

E, surpreendida de não poder atinar com a palavra, continuou:

— Eu quero dizer debaixo do... debaixo do... debaixo *disto*, sabe? — acabou, pondo a mão no tronco de uma árvore.

— Como se chama isto, eu queria saber... Creio que isto não tem nome... mas, sim, eu sei que não tem.

Calou-se um momento e ficou pensando, depois de repente começou outra vez:

— Então isso *aconteceu*, afinal! E agora, quem sou eu? Eu me lembrarei, se puder! Estou resolvida a isso!

Mas de nada lhe serviu estar resolvida a isso, e o mais que conseguiu, depois de muito pensar, foi chegar a esta conclusão:

— Eu sei que meu nome tem um L, isso eu sei!

Nesse momento apareceu vagando por ali um Veadinho: olhou para ela com seus grandes e meigos olhos e não parecia assustado.

— Venha cá, venha cá! — disse ela, erguendo a mão para acariciá-lo.

Mas o Veadinho desandou uns passos e depois parou outra vez a olhar para ela.

— Qual é seu nome? — disse, afinal, o Veadinho, com uma voz branda e doce.

"Eu bem queria sabê-lo!", pensou a pobre Alice.

Depois disse tristemente:

— Nenhum, por agora.

— Pense outra vez — disse ele —; isso não é possível.

Alice pensou, mas não adiantou nada.

— E você, pode me dizer como se chama? — disse ela timidamente. — Talvez isso me ajudasse a lembrar o meu nome.

— Eu lhe direi, se você caminhar até mais adiante um pouco. *Aqui* não posso me lembrar.

Caminharam juntos pelo bosque, Alice abraçando carinhosamente o pescoço do Veadinho, até que chegaram a outro campo aberto; ali o Veado deu um salto repentino e soltou-se dos braços de Alice.

— Eu sou um Veadinho! — gritou ele, muito alegre. — E você, meu Deus! Você é uma criança humana!

Seus lindos olhos escuros brilharam de susto, e ele saiu em disparada, como uma flecha.

Alice, humilhada e triste, por ter perdido o lindo companheirinho de viagem assim tão de repente, teve vontade de chorar. Mas conteve-se, e, olhando para o Veadinho, que continuava a correr, disse:

— Mas agora ao menos sei o meu nome, e isso já é um consolo! Alice!... Alice... não quero tornar a esquecê-lo. E, afinal, qual destas indicações devo seguir? É o que eu queria saber!

A resposta não era muito difícil, porque ambos os postes apontavam para a única trilha que atravessava o bosque.

— Resolverei isso quando a estrada se separar e os postes indicarem rumos diferentes.

Mas parece que não havia perigo de que acontecesse isso, porque ela andou e andou, seguindo o caminho, mas onde quer que ele se bifurcasse era certo haver dois postes, apontando para o mesmo lado, cada um com a sua indicação: um dizia "PARA A CASA DE TWEEDLEDUM", e o outro, "PARA A CASA DE TWEEDLEDEE".

— Sabem que mais? — disse ela. — Eles moram na mesma casa. Como é que não me lembrei disso há mais tempo? Mas eu não vou demorar nada lá, não. Chego e digo: "Como vai?". E depois pergunto o caminho para sair do bosque. Se eu pudesse alcançar a Oitava Casa antes de anoitecer!

E lá seguiu ela, falando sozinha enquanto andava, até que, ao fazer uma volta muito brusca, deu um encontrão em dois sujeitinhos gorduchos, e tão repentino foi o empurrão que ela voltou para trás; mas imediatamente se equilibrou, certa de que haviam de ser...

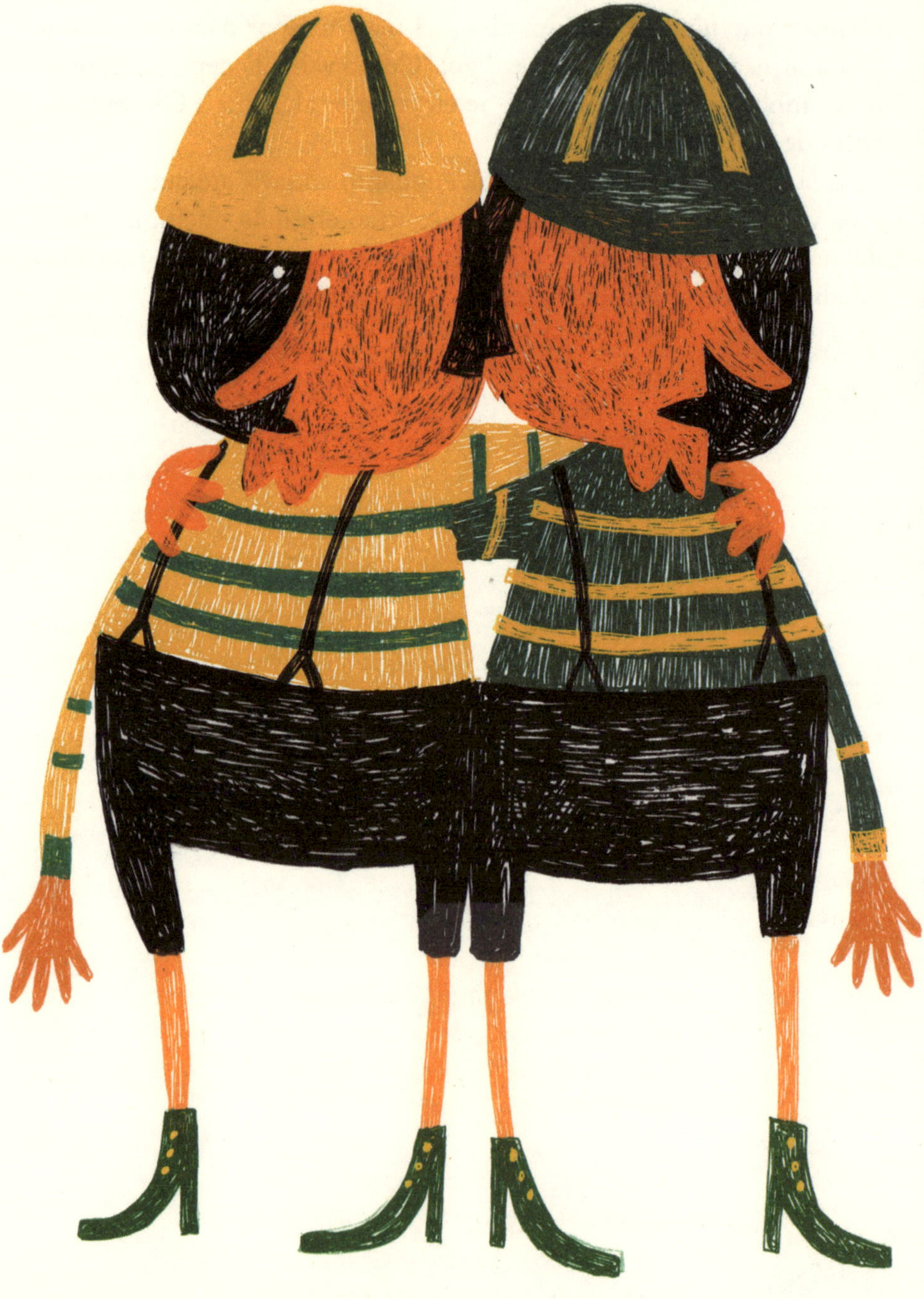

IV
TWEEDLEDUM E TWEEDLEDEE

Estavam debaixo de uma árvore, cada um com o braço passado pelo pescoço do outro, e Alice viu quem eles eram imediatamente, porque na gola de um estava bordada a palavra "DUM" e na do outro se lia: "DEE".

Ela logo imaginou que do lado de trás da gola devia estar escrito "TWEEDLE".

Estavam ambos tão quietos que nem pareciam vivos, e ela ia andando à roda deles, para ver se aquela palavrinha estava mesmo escrita na gola — quando uma voz, saída do que tinha a marca "DUM", veio lhe causar não pequeno sobressalto.

— Se pensa que somos figuras de cera, deve pagar. Bem sabe que as figuras de cera não foram feitas para serem vistas de graça. De jeito nenhum!

— Ao contrário — acrescentou o outro, o que tinha a palavra "DEE" —, se pensa que somos gente viva, deve falar.

— O que eu penso — disse ela — é que estou muito aborrecida...

E não pôde dizer mais nada, porque as palavras da velha canção lhe martelavam a cabeça, como as pancadas de um relógio, e ela a custo se conteve para não dizer em voz alta:

"Combinam Tweedledum e Tweedledee
Um ao outro surrar, diante do povo;
Aquele disse que este lhe estragara
Um chocalho precioso, lindo e novo.

Nisto desce voando enorme corvo;
Como um barril de piche ele era preto!
Tal terror infundiu nos dois heróis,
Que a querela esqueceram por completo!"

— Sei no que está pensando — disse Tweedledum —; mas não é assim, não. De jeito nenhum.

— Ao contrário — continuou Tweedledee —, se fosse assim, podia ser; e, se fosse assim, seria; mas, como não é, não é. É lógico.

— Eu estava pensando — falou Alice com a maior delicadeza — em qual seria o melhor caminho para sair deste bosque: está ficando tão escuro! Podem me dizer, por favor?

Mas os dois gorduchos homúnculos apenas se entreolharam e fizeram uma careta. E se pareciam tanto com dois colegiais que Alice apontou com o dedo para Tweedledum, dizendo:

— Primeiro da Classe!

— De jeito nenhum! — gritou ele vivamente, fechando logo a boca, como quem dá uma dentada.

— Segundo da Classe! — continuou ela, passando a apontar para Tweedledee, certa de que ele diria logo: "Ao contrário!". E foi isso mesmo que aconteceu.

— Começou mal! — disse Tweedledum. — A primeira coisa que uma visita faz é dizer: "Como vai?" e apertar a mão.

Os dois irmãos, nesse momento, abraçaram-se estreitamente e depois lhe estenderam a mão que tinham livre.

Alice não sabia a qual dos dois cumprimentar primeiro, com receio de magoar um ou outro; assim, achou que a melhor maneira de sair da dificuldade era pegar em ambas as mãos ao mesmo tempo. Imediatamente eles começaram a dançar de roda. Isso lhe pareceu natural, segundo depois referiu; nem estranhou ouvir música. Parecia que vinham os sons da árvore debaixo da qual estavam dançando e que provinham dos próprios ramos, que roçavam uns nos outros, como o arco em um violino.

— Aquilo era engraçado — dizia, contando esta história à irmã —; eu ali a cantar:

*"Aqui vamos nós andando,
À roda desta amoreira",*

sem saber quando tinha começado, mas me parecia que estava cantando havia muito, muito tempo...

Os outros dois companheiros de brincadeira eram tão gordos que logo ficaram sem fôlego.

— Quatro vezes chega — disse Tweedledum, arquejante.

E pararam, tão repentinamente como tinham começado; a música também cessou.

Largaram então as mãos de Alice e ficaram olhando para ela um momento. Ela, muito desajeitada, não sabia como começar uma conversa com pessoas com quem tinha acabado de dançar. E pensava consigo: "*Agora* não fica bem dizer: 'Como vai?'. Seria fora de tempo..."

Afinal, disse:

— Não ficaram muito cansados, não?

— Não. E muito obrigado pelo seu interesse — disse Tweedledum.

— Muito obrigado! — acrescentou Tweedledee. — Gosta de poesia?

— S...im... muito... de algumas poesias — respondeu Alice, indecisa. — Poderiam me dizer que caminho devo seguir para sair do bosque?

— Que vou eu recitar para ela ouvir? — disse Tweedledee, olhando para Tweedledum, com ar solene, sem dar a menor atenção à pergunta.

— "A Morsa e o Carpinteiro" é a mais longa — replicou Tweedledum, abraçando o irmão afetuosamente.

E Tweedledee começou imediatamente:

"Brilhava o sol sobre o mar"...

Mas Alice interrompeu-o:

— Se é muito longa — disse com delicadeza —, podia fazer o favor de dizer primeiro que caminho...

Tweedledee sorriu gentilmente e recomeçou:

"Brilhava o sol sobre o mar,
Brilhava o mais que podia:
Queria as vagas brilhantes,
E com vagar as polia...
E isso era muito estranho,
Que era noite, em vez de dia.

Brilhava a lua, raivosa,
Achando que aquele enjoado,
Nada tinha que fazer,
Depois do dia acabado...

E, por ser muito grosseiro,
A festa tinha estragado!

O mar estava tão úmido,
Até mais não poder ser,
E as areias bem secas.
Nuvem, ninguém podia ver,
Nenhum pássaro voava...
Só por nada disso haver.

Vendo toda aquela areia,
A Morsa e o Carpinteiro
Choravam amargamente:
'Se, com um golpe certeiro,
Tirassem isto daqui,
Esta praia era um canteiro!'.

'Se, com suas sete vassouras,
Viessem sete criadas',
Disse a Morsa, 'deixariam
Isto limpo, às vassouradas,
Em seis meses?'. Tendo as faces
De amargo pranto banhadas,

'Eu duvido!', disse o outro,
'Ostras, venham ajudar!
Um passeio, uma conversa,
Na bela praia do mar:
Venham quatro — que uma mão
A cada uma vamos dar!'.

A Ostra mais velha olhou,
Sem nada lhe responder;
Somente um olho piscou,
Como querendo dizer:
'Deixar minha bela ostreira?
Isso nunca hei de fazer!'.

Mas quatro das mais novinhas
Vinham, de casaco escovado,
Ansiosas pelo festim,
O sapato já lustrado.
E, como não tinham pés,
Foi isso o mais engraçado...

Logo vieram mais quatro,
E outras se vieram juntar;
E outras, e outras mais...
Todas queriam folgar,
Saltando por sobre as ondas,
Tentando a praia alcançar.

A Morsa e o Carpinteiro
Descansaram num rochedo:
Andaram mais de uma légua!
Isso não foi um brinquedo!
Todas as Ostras pararam,
À espera, em fila, e sem medo.

'Chegou a hora', disse a Morsa,
'De falar de coisas rasas:
De sapatos... e navios...
E lacre... e couves... e reis...
Porque o mar está fervendo...
Se asas... em porcos vereis!'.

'Ainda não!', gritam as Ostras,
'Umas a voz já perderam,
E todas somos tão gordas...'.
Enquanto as Ostras esperam,
'Não se apressem!', disse a Morsa,
E elas ainda agradeceram!

'Agora nós precisamos
De uma fatia de pão',

LEWIS CARROLL

Disse a Morsa, 'e de pimenta,
E de vinagre, ou limão.
Estão prontas, Ostras queridas?
Vamos comê-las, então!'.

'Não nos comam!', gritam elas.
'Horrível coisa seria,
Depois de tanta bondade,
Fazer essa judiaria!'
'Noite linda!', diz a Morsa.
'Então ninguém a aprecia?

E vocês foram tão boas
Vindo aqui! E que lindas são!'
Nada disse o Carpinteiro,
Senão: 'Eu quero mais pão!
Estão surdas? Já pedi
Duas vezes, e não me dão!'.

'Que vergonha', disse a Morsa,
'Isto é ato de brejeiro!
Trazê-las lá de tão longe,
Caminhando tão ligeiro!'.
'Pus muito pouca manteiga!',
Murmurou o Carpinteiro.

'Eu fico com tanta pena!',
Disse a Morsa soluçando.
Enquanto isso, as maiores
Sem demora foi pegando,
E abrindo com o canivete,
Lágrimas sempre chorando!

'Ostras!', disse o Carpinteiro,
'Não foi divertido, em suma?
Vamos voltar para casa?'.
Não se ouviu resposta alguma...

Mas isso que graça teve?
Pois se eles, uma por uma,
As tinham comido todas,
E não restava nenhuma!".

— Gosto mais da Morsa — falou Alice —, porque ela ficou triste de pena das coitadas das ostras.

— Mas se ela comeu mais do que o Carpinteiro! — disse Tweedledee. — Repare que ela pegou o canivete, e o Carpinteiro nem podia contar quantas ela abria; ao contrário.

— Isso foi uma coisa muito feia! — respondeu Alice, indignada. — Então eu gosto mais do Carpinteiro, visto que ele não comeu tantas ostras como a Morsa.

— Contudo, ele comeu todas que pôde — disse Tweedledum. Alice sentiu-se perturbada, sem saber como resolver o caso. Dali a um momento começou a dizer:

— O que é certo é que ambos tinham péssimo caráter...
Nesse ponto foi interrompida por um ruído que soava ali perto, assim como os bufos de uma grande máquina a vapor. Mas, como o barulho vinha do bosque, ela receava que fosse alguma fera.

— Há leões ou tigres por aqui? — perguntou, apreensiva.

— Não, isso é apenas o Rei Branco que ressona — disse Tweedledee.

— Venha vê-lo! — gritaram ambos, e cada um dos irmãos pegou uma das mãos de Alice, levando-a para o lugar onde o Rei estava dormindo.

— Não é lindo? — disse Tweedledum.

Alice, para ser sincera, não podia dizer que sim. Ele vestia uma grande touca de dormir, vermelha, com uma borla; e ali estava todo encolhido, em desalinho, e roncando alto.

— Ele ronca a valer! — observou Tweedledum.

— Mas ele vai sentir frio, assim parado na grama úmida — falou Alice, que era uma menina muito cuidadosa.

— Está sonhando agora — disse Tweedledee —; e com quem imagina que ele sonha?

— Ninguém pode adivinhar.

— Pois é com você! — exclamou Tweedledee, batendo palmas, alegremente. — E, se ele deixasse de sonhar com você, onde supõe que você estaria?

— Ora, onde estou agora, é claro!

— Não! — retorquiu Tweedledee, desdenhosamente. — Não estaria em parte alguma, porque você é apenas uma coisa que faz parte do sonho dele!

— Se o Rei acordasse — acrescentou Tweedledum —, você se apagaria... puf!... tal e qual uma vela.

— Eu não! — exclamou ela, indignada. — Além disso, se *eu* sou unicamente uma coisa no sonho dele, *vocês* então o que são? Eu gostaria de saber!

— *Idem*! — disse Tweedledum.

— *Idem, idem*! — gritou Tweedledee.

E gritou tão alto que Alice observou:

— Arre! Com esse barulho é capaz de acordá-lo!

— Ora! Não vale a pena falar em acordá-lo — disse Tweedledum —, visto que você é apenas uma das coisas do sonho dele. Você bem sabe que não existe de verdade.

— Eu sou de verdade! — exclamou Alice, chorando.

— Veja, você não vai ficar mais real por chorar — disse Tweedledee —; assim, não vale a pena.

— Se eu não fosse real — respondeu Alice, meio rindo por entre as lágrimas —, tudo isto seria tão ridículo... e eu não seria capaz de chorar.

— Mas você está pensando mesmo que essas lágrimas são reais? — disse Tweedledum com o maior desdém.

"Ora, eu sei que tudo o que eles estão dizendo é pura asneira", pensou ela; "é loucura chorar por causa disso".

E foi tratando de enxugar depressa as lágrimas; depois continuou, como quem não se preocupa com essas coisas:

— Em todo caso, o melhor é eu sair deste bosque, porque está escurecendo. Acham que vai chover?

Tweedledum abriu um enorme guarda-chuva, por cima dele e do irmão, e, olhando para cima, respondeu:

— Não, eu não creio; pelo menos... *aqui* embaixo não. De jeito nenhum!

— Mas pode chover *fora daí*?

— Pode, se quiser — disse Tweedledee —; nós não fazemos objeção. Ao contrário.

"Criaturas egoístas!", pensou Alice.

E ia saindo, mas Tweedledum saiu de baixo do guarda-chuva e segurou-a pelo pulso.

— Está vendo aquilo? — perguntou, muito excitado.

Vibrava-lhe a voz, de tão apaixonado. Os olhos arregalados, o dedo trêmulo apontava para uma coisinha esbranquiçada, que se via debaixo da árvore.

— Isto é um chocalho — respondeu Alice, depois de examinar cuidadosamente a coisinha branca. — Não é uma cobra de chocalho, não é cascavel, não — apressou-se a dizer, pensando que ele estava assustado —; é apenas um chocalho velho... muito velho e todo amassado.

— Eu sabia que era! — gritou Tweedledum, sapateando desesperado e arrancando os cabelos. — E está estragado! Está!

Olhou para Tweedledee, que imediatamente se sentou no chão, procurando esconder-se debaixo do guarda-chuva.

Alice pôs-lhe a mão no braço e falou, para acalmá-lo:

— Não vale a pena ficar zangado por causa de um chocalho velho...

— Mas não é velho! — gritou Tweedledum, mais enfurecido ainda. — É novo, eu lhe digo... comprei-o ontem... meu lindo chocalho novo!

A voz subia, num grito cada vez mais alto.

Enquanto isso, Tweedledee tentava, com o maior empenho, fechar o guarda-chuva, ficando dentro dele; aquilo era uma coisa tão extraordinária que a atenção da menina logo se desviou da fúria do irmão, para se concentrar nele. Tweedledee não conseguiu entrar todo no guarda-chuva, mas acabou por se enrolar nele, ficando só com a cabeça de fora; e ali ficou, abrindo e fechando a boca e os olhos imensos — mais parecendo um peixe do que outra coisa, pensava ela.

Tweedledum, já mais sereno, perguntou daí a um momento:

— Decerto concorda em que devemos combater?

— Creio que sim — replicou o outro, saindo, já enraivecido também, de dentro do guarda-chuva —; mas *ela* deve nos ajudar a nos vestir, não é?

E os dois irmãos foram pelo bosque adentro, de mãos dadas, voltando dali a pouco, com os braços cheios de coisas, almofadas, cobertores, tapetes, panos de mesa, tampas de terrinas, cestas de carvão...

— Com certeza você sabe pregar alfinetes e atar cordões? — perguntou Tweedledum. — Todas estas coisas têm de ser pregadas ou amarradas.

Alice contava depois que nunca tinha ouvido tamanho barulho a propósito de coisa alguma, em toda a vida, como o que faziam aqueles dois ao se moverem; nem vira tamanha quantidade de coisas juntas, como as que eles punham em cima de si; nem tivera tanto trabalho, como o que eles lhe deram para amarrar cordões e abotoar botões.

"Na verdade", ia pensando ela, enquanto arranjava uma almofada no pescoço de Tweedledee, "quando estiverem prontos, mais parecerão trouxas de roupa velha do que outra coisa!"

Mas ele achava que aquilo lhe preservaria a cabeça de ser cortada.

— Sabe — dizia, muito convencido —, isto é uma das coisas mais sérias que podem acontecer à gente... ficar sem cabeça!

Alice riu alto; mas esforçou-se e conseguiu achar um jeito de transformar o riso em tosse, para não o ofender.

— Estou muito pálido? — disse Tweedledum, aproximando-se para ela amarrar o elmo.

Elmo? Aquilo parecia mais uma caçarola, mas ele o chamava "elmo".

— Oh!... sim... *um pouco*... — replicou ela amavelmente.

— Eu sou muito valente, por via de regra — continuou ele em voz alta —; mas hoje tenho uma dor de cabeça!

— E eu — disse Tweedledee, que o ouvira — apanhei uma dor de dentes! Estou ainda muito pior do que você!

— Então seria melhor que não combatessem hoje — falou Alice, achando que seria boa ocasião para obter a paz.

— Nós temos de guerrear um pouco, mas não faz mal que não seja por muito tempo — disse Tweedledum. — Que horas são?

Tweedledee consultou o relógio:

— Quatro e meia.

— Combateremos até as seis e depois iremos jantar.

— Muito bem — disse o outro muito triste —; e ela pode assistir ao combate... — Só acho bom que não chegue muito perto: eu geralmente bato em tudo o que vejo... quando estou realmente excitado.

— E eu bato em todas as coisas que ficam ao meu alcance — gritou Tweedledum —, quer as veja, quer não!

Alice riu e falou:

— Então você deve bater muito nas árvores, não?

Tweedledum olhou em volta, com um sorriso de orgulho:

— Não creio que fique uma só árvore de pé, por mais afastada que esteja, quando nós tivermos acabado!

— E tudo por causa de um chocalho! — falou Alice, pensando que se envergonhariam de brigar por tal bagatela.

— Eu não me importaria tanto — disse Tweedledum —, se não fosse novo.

Enquanto ele falava, Alice ia pensando: "Que bom se aparecesse o corvo monstruoso!".

— Há só uma espada, sabe? — falou Tweedledum para o irmão —; mas você pode ficar com o guarda-chuva. É bem pontudo. Vamos começar de uma vez. Está ficando muito escuro.

— E mais escuro ainda — completou Tweedledee.

Estava escurecendo tanto mesmo, e tão de repente, que Alice pensou que era uma tempestade que vinha.

— Que nuvem grande e preta! — disse ela. — E como anda ligeiro! Mas... parece que ela está criando asas!

— Aquilo é o corvo! — gritou Tweedledum, dando o rebate com voz estridente.

E os dois irmãos saíram em disparada, desaparecendo num momento. Alice correu pelo bosque e parou debaixo de uma grande árvore.

"Aqui ele nunca poderá me pegar", pensou ela; "é muito grande para se meter entre as árvores. Se ao menos ele não batesse assim com as asas... é como um furacão dentro do bosque... mas lá está um xale, que flutua no ar!".

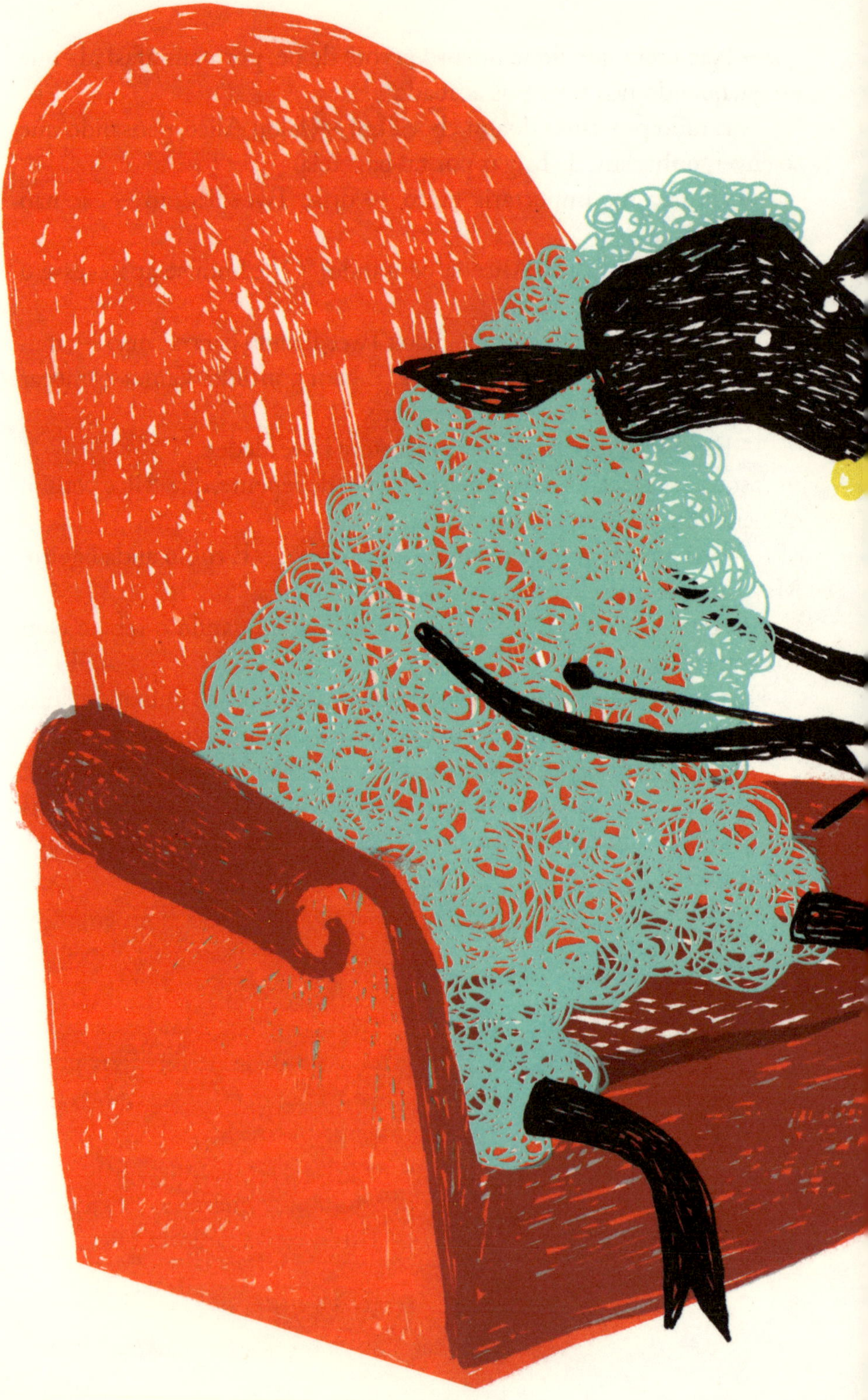

V
LÃ E ÁGUA

Ela segurou o xale e olhou ao redor, procurando a dona; viu a Rainha Branca, que vinha correndo estabanadamente pelo bosque, com os braços abertos, como se voasse; e, muito cortesmente, foi ao seu encontro, levando o xale.

— Foi muito bom que eu me achasse no caminho — disse ela, ajudando a Rainha a pôr o xale.

A Rainha Branca mal olhou para ela, assustada, e ficou murmurando algumas palavras, que pareceram a Alice ser "pão com manteiga, pão com manteiga". E a menina compreendeu logo que, se ela não começasse, nunca chegariam a conversar. Então disse com certa timidez:

— É à Rainha Branca que estou me dirigindo?

— Sim... se você chama a isso dirigir — disse a Rainha Branca. — A mim não me parece que seja.

Alice pensou que não seria bom começar a conversa com uma discussão e disse, sorrindo amavelmente:

— Se Vossa Majestade quiser ter a bondade de me dizer como devo começar, eu o farei da melhor maneira possível.

— Mas eu é que não quero, nem por sombras, que você o faça! — disse, gemendo, a pobre Rainha. — Estou cansada: levei duas horas para me vestir!

Alice não deixou de observar, lá consigo, que seria muito melhor para a Rainha que ela tivesse chamado outra pessoa para esse mister, pois estava de tal modo desalinhada! Tudo fora do lugar, e ela toda pregada de alfinetes...

— Posso arranjar melhor o seu xale? — indagou ela.

— Não sei o que tem ele hoje! — disse a Rainha, muito triste. — Parece que perdeu a paciência. Preguei-o aqui e ali, mas não há meio de contentá-lo!

— Eu não posso arrumar direito, se Vossa Majestade prega tudo de um lado — falou Alice, quando procurava ajeitar melhor o xale da Rainha — e... mas em que estado está o cabelo!

— A escova enredou-se nele — queixou-se a Rainha, suspirando —; e perdi o pente ontem.

Alice soltou a escova e esforçou-se para pôr em ordem o cabelo.

— Veja: está muito melhor agora! — disse ela, depois de mudar de lugar muitos alfinetes. — Mas, na verdade, a senhora precisava de uma camareira!

— Pois eu gostaria de contratar você — disse a Rainha —; dois *pence* por semana e marmelada de dois em dois dias.

Alice não pôde deixar de rir:

— Eu não quero que a senhora me contrate... e não faço caso de marmelada.

— É uma marmelada muito boa.

— Bem, mas hoje eu não queria, de modo nenhum.

— Você não a teria hoje, nem que quisesse — disse a Rainha. — O costume é marmelada amanhã e marmelada ontem... mas nunca marmelada *hoje*.

— Mas alguma vez há de haver marmelada "hoje" — objetou Alice.

— Não, não pode ser — respondeu a Rainha. — É marmelada de dois em dois dias, já disse.

— Não compreendo... que coisa confusa!

— É o resultado de viver para trás — disse a Rainha em tom bondoso —: isso a princípio deixa a gente um pouco tonta...

— Viver para trás! — repetiu Alice, muito admirada. — Nunca ouvi falar de semelhante coisa!

— ...Mas há uma grande vantagem nisso e vem a ser que a memória da gente trabalha em dois sentidos.

— Eu sei bem que a minha só trabalha em um sentido — observou Alice. — Não posso me lembrar das coisas antes que elas aconteçam.

— Pois é uma memória muito mesquinha a que só trabalha para trás!

— Quais são as coisas de que a senhora se lembra melhor?

— Oh! As que acontecerão daqui a duas semanas — replicou a Rainha, negligentemente.

E continuou, adaptando ao dedo um grande pedaço de atadura:

— Por exemplo, agora o Mensageiro do Rei está preso, cumprindo sentença, e o julgamento só vai começar quarta-feira. O crime, sem dúvida, será a última coisa.

— E se ele não cometer o crime?

— Tanto melhor, não é? — disse ela, amarrando a atadura ao dedo com uma fita.

— Tanto melhor, sim — replicou Alice, achando isso inegável. — Mas não se dirá que é melhor ele ser castigado.

— Engana-se redondamente. Você nunca foi castigada?

— Só quando cometia faltas.

— E você se sentia muito melhor, eu bem sei — disse ela, satisfeita.

— Sim, mas então eu tinha cometido a falta pela qual era castigada: é muito diferente.

— Mas, se você não a tivesse cometido, seria ainda melhor, e melhor, e melhor!

E a voz da Rainha ia subindo de tom a cada *melhor* que ela dizia, até acabar em um verdadeiro guincho.

— Deve haver algum engano aí... — ia dizendo Alice.

Mas a Rainha entrou a dar gritos tão altos que ela não pôde acabar a frase.

— Ai! Ai! Ai! — gritava ela, sacudindo a mão, como se quisesse arrancá-la. — Meu dedo está sangrando! Ai! Ai! Ai! Ai!

Era um clamor tão semelhante ao apito de uma máquina a vapor que Alice teve de tapar os ouvidos com as mãos.

— Que aconteceu? — disse ela, quando pôde se fazer ouvir. — A senhora cortou o dedo?

— Ainda não o cortei — disse a Rainha —, mas daqui a pouco o farei... Ai! Ai! Ai!

— E quando espera cortá-lo? — indagou Alice, com vontade de rir.

— Quando eu prender outra vez o meu xale — gemeu a pobre Rainha —; o broche se abrirá imediatamente. Ai, ai!

Assim que ela acabou de dizer essas palavras, abriu-se o pregador, e a Rainha segurou-o energicamente e quis acolchetá-lo.

— Cuidado! — recomendou Alice. — A senhora está pregando isso tudo torto!

E tirou o broche das mãos da Rainha. Mas era muito tarde: o alfinete tinha escorregado, ferindo o dedo dela.

— Isto explica o sangue que saía — disse ela, sorrindo. — Agora você já pode compreender como é que as coisas se passam aqui.

— Mas por que a senhora não grita *agora*? — perguntou Alice, erguendo as mãos, pronta para tapar os ouvidos.

— Porque eu já fiz toda a gritaria necessária: para que repetir?

Já então estava clareando. Alice pensou consigo mesma:

— Sem dúvida o corvo já voou. Fico bem contente com isso. Pensei que estava anoitecendo.

— Eu queria poder ficar contente também! — disse a Rainha. — Mas não consigo me lembrar da regra. Você é que é feliz; vive neste bosque e consegue se alegrar onde quer que viva!

— É, mas aqui é tão solitário! — respondeu ela melancolicamente.

E, lembrando-se da solidão, duas grossas lágrimas rolaram-lhe pelas faces.

— Oh! Não continue! — gritou a pobre Rainha, torcendo as mãos desesperada. — Pense no seu tamanho... é uma menina tão grande! Pense em quanto caminhou hoje! Pense na hora que é! Pense em qualquer coisa, mas não chore!

Alice, ainda lavada em lágrimas, não pôde, contudo, deixar de rir ao ouvir esse disparate.

— A senhora consegue interromper o choro, por pensar em qualquer coisa?

— Pois é assim que se consegue — retrucou a Rainha, muito convencida —; ninguém pode fazer duas coisas ao mesmo tempo. Vamos pensar... por exemplo, na sua idade... Quantos anos você tem?

— Tenho sete e meio, exatamente.

— Não precisa dizer "exatamente" — observou a Rainha. — Eu posso acreditar no que você diz sem isso. Agora, vou lhe dizer uma coisa em que deve acreditar: eu tenho justamente cento e um anos, cinco meses e um dia.

— Oh! Não posso acreditar nisso!

— Não pode? — indagou a Rainha, compadecida. — Experimente outra vez: tome um longo fôlego e feche os olhos.

— Não serve de nada fazer isso — respondeu Alice, rindo —; a gente não pode acreditar em coisas impossíveis.

— É porque você não tem bastante prática. Quando eu tinha a sua idade, fazia isso diariamente, durante meia hora. E muitas vezes cheguei a acreditar em nada menos de seis coisas impossíveis, antes do café da manhã. Oh! Lá se vai meu xale outra vez!

O pregador se abrira de novo, e um golpe repentino de vento arrebatou o xale, levando-o a voar por cima do arroio. A Rainha ergueu os braços, voou atrás dele e dessa vez conseguiu apanhá-lo, gritando orgulhosa:

— Ah! Agarrei-o! Agora vai ver como eu mesma prego nele o alfinete!

— Então é porque seu dedo está melhor, não é? — falou Alice, atravessando também o córrego.

* * *

— Oh! Muito melhor! — gritou a Rainha, num guincho.

E continuou, com a voz cada vez mais esganiçada:

— Muito melhor! Melhor! Me-e-e-lhor! Mééé-éé-éé...

E a última palavra acabou em um longo balido, tão parecido com o de uma ovelha que Alice ficou espantada. Olhou para a Rainha, que parecia ter ficado de repente toda envolvida em lã. Alice esfregou os olhos e tornou a encarar a Rainha. Não podia atinar com aquela história! Estava agora em uma loja? E era aquela, na verdade, era aquilo uma ovelha que estava sentada atrás do balcão? Por mais que a menina esfregasse os olhos, ela não podia mudar as coisas: estava em uma loja, pequena e escura, debruçada sobre o balcão, e em frente dela estava uma velha Ovelha, sentada em uma poltrona, tricotando. De vez em quando deixava o tricô para olhar a menina através dos óculos.

— Que é que você quer comprar? — perguntou a Ovelha, erguendo os olhos do tricô.

— Ainda não sei bem — respondeu Alice, com delicadeza. — Gostaria de olhar ao redor primeiro, se me dá licença...

— Pode olhar para o que está em frente e dos lados, se quiser; mas ao redor de você não pode, a menos que tenham nascido olhos atrás da sua cabeça.

Mas esses olhos não tinham nascido: e Alice teve de se contentar com dar uma volta, olhando, de passagem, para as prateleiras.

A loja parecia completamente cheia de toda sorte de coisas curiosas — mas o mais esquisito era que, quando ela olhava para uma delas, para examinar a mercadoria que continha, a prateleira que ela fitava estava vazia, ainda que todas as outras continuassem tão atulhadas como antes.

— As coisas escapam aqui! — disse ela, depois de perseguir em vão, por um ou dois minutos, uma coisa brilhante, que ora se assemelhava a uma boneca, ora a uma caixa de costura, e que estava sempre na prateleira imediatamente acima da que ela encarava.

— E aquela é a mais irritante de todas... mas veremos — continuou ela, como se lhe acudisse súbita ideia. — Eu a perseguirei até a prateleira mais alta! Hei de atormentá-la mesmo através do teto!

Mas falhou esse plano: a "coisa" atravessou o teto muito tranquilamente, como se estivesse habituada a isso.

— Você é uma criança ou um pião? — disse a Ovelha, pegando outro par de agulhas. — Daqui a pouco fico tonta, se continua a girar assim.

Trabalhava agora com catorze pares, e Alice não podia despregar os olhos do tricô, assombrada.

"Como pode ela tecer com tantas agulhas?", pensava Alice, pasmada. "E está ficando como um porco-espinho!"

— Sabe remar? — perguntou a Ovelha, oferecendo-lhe um par de agulhas.

— Sim... um pouco... mas em terra não... nem com agulhas... — ia dizendo Alice.

Mas de repente as agulhas viraram remos nas suas mãos, e já estavam dentro de um botezinho, deslizando entre bancos de areia: não havia remédio senão remar o melhor que podia.

— Pena! — exclamou a Ovelha, tomando mais um par.

Era uma mera observação, que não carecia de resposta; Alice nada falou, mas continuou remando para adiante. Ia pensando que havia alguma coisa muito estranha naquela água, porque a cada passo os remos se enterravam, e quase não podiam sair.

— Pena! Pena! — tornou a gritar a Ovelha, tomando mais agulhas. — Você vai apanhar já um caranguejo.

"Eu gostaria bem disso!", pensou a menina. "Um belo caranguejinho!"[1]

— Você não me ouviu dizer "Pena!"? — perguntou a Ovelha enfurecida, pegando dessa vez um feixe de agulhas.

— Na verdade, ouvi... A senhora disse isso muitas vezes... e bem alto. Faça o favor de me dizer onde estão os caranguejos.

— Na água, sem dúvida! — disse a Ovelha, espetando algumas agulhas no cabelo, porque as mãos já estavam cheias. — Pena, é o que eu lhe digo!

— Por que é que a senhora diz "pena" tantas vezes? — perguntou Alice, um tanto aborrecida. — Eu não sou ave!

— É, sim: você é uma patinha.

Alice, ofendida, resolveu não falar mais com a Ovelha, e por alguns minutos o bote deslizou suavemente, às vezes por entre tabuleiros de algas, que faziam os remos se enterrarem ainda mais na água, às vezes por baixo de árvores — mas sempre acompanhadas pela alta barranca do rio, que parecia ameaçá-las lá de cima.

— Oh! Por favor! Ali estão juncos cheirosos! — gritou Alice, num transporte de alegria repentina. — Tantos e tão lindos!...

— Não precisa dizer "por favor" por causa deles — disse a Ovelha, sem tirar os olhos do seu tricô —; eu não os pus ali nem vou apanhá-los.

— Não, mas eu queria dizer... por favor, podemos esperar um momento e apanhar alguns? — respondeu Alice, desculpando-se. — Se a senhora não se importa de parar o bote por um minuto...

— Mas como vou eu parar o bote? Se você deixar de remar, ele para por si.

E o bote lá foi flutuando à toa na corrente, deslizando mansamente entre os juncos que ondulavam ao vento. Manguinhas arregaçadas, bracinhos mergulhados até os cotovelos, Alice foi colhendo os juncos o mais abaixo que podia alcançar, para tê-los bem compridos; e, esquecendo tudo — Ovelha e tricô —, lá ia ela, inclinada na borda do bote, cabelos mergulhados na água, olhos brilhantes de prazer, colhendo molhos e mais molhos de junco perfumado.

---

[1] A expressão "apanhar um caranguejo", na gíria inglesa do remo, significa um movimento errado dos remos causando um contragolpe que desequilibra o remador. (N. E.)

"Tomara que o bote não aderne!", pensava ela. "Mas... que lindo este! Pena que não posso apanhá-lo...".

Aquilo parecia já irritante, "quase como se fosse de propósito", pensava ela: sempre que alcançava, à custa de muito esforço, uma moita de juncos cobiçada, aparecia outra mais linda, e mais afastada, que ela não podia alcançar.

— Os mais bonitos estão sempre mais longe! — disse ela, suspirando, ao ver a obstinação dos juncos em ir para tão longe...

Afinal, com as faces vermelhas, o cabelo e as mãos escorrendo água, sentou-se quieta e começou a pôr em ordem seus tesouros recém-descobertos.

Que lhe importava, então, que os juncos começassem a murchar, a perder o perfume e a beleza, no mesmo instante em que ela os colhia? O junco verdadeiro, a gente sabe, dura muito pouco tempo — e aqueles, que eram juncos de sonho, aqueles então derretiam como a neve, enquanto jaziam ali aos montões, a seus pés. Mas o fato é que Alice pouca atenção deu a isso — no meio de tanta coisa curiosa que lhe despertava o interesse.

Logo adiante, aconteceu que a pá de um dos remos enterrou na água, e "não quis mais sair", dizia depois Alice; a haste foi bater-lhe debaixo do queixo, fazendo-a soltar muitos ais de dor. Mas, a despeito de todos os "ai, ai, ai!", ela saltou do assento e foi cair sentada entre os feixes de junco no fundo do bote.

Não se machucou e levantou-se o mais depressa que pôde; e diante de tudo isso a Ovelha tecia o seu tricô, como se nada tivesse acontecido.

— Que lindo caranguejo você pegou! — observou ela, quando a menina voltou a sentar-se no banco, dando graças por se achar ainda dentro do bote.

— Foi? — perguntou Alice, espiando cautelosa a água escura. — Não o vi... tomara que não escape! Gostaria tanto de levar um caranguejinho para casa, quando voltar!

A Ovelha riu, escarninha, sem responder, e continuou o seu tricô.

— Há muitos caranguejos por aqui? — perguntou Alice.

— Caranguejos, e toda espécie de coisas — disse a Ovelha; muita coisa para escolher, é só você decidir. Que quer comprar?

— Comprar! — repetiu Alice, como um eco.

E a voz revelava o seu espanto — e seu tanto de susto também —, porque bote, remos, rio, tudo desaparecera; e ela estava de novo na lojinha escura.

— Gostaria de ficar com um ovo, tenha a bondade. Quanto custam?

— Cinco *pence* cada um... e dois por dois *pence*.

— Então dois custam menos que um? — disse a menina, assombrada, puxando pela bolsinha.

— Mas, se você comprar dois, tem de comê-los ambos.

— Então faça o favor de me dar um só — disse ela, depondo o dinheiro sobre o balcão.

E lá no seu íntimo dizia: "Não se sabe se serão todos frescos...".

A Ovelha pegou o dinheiro e guardou-o na caixa; depois disse:

— Eu nunca entrego as compras na mão dos fregueses... isso não é conveniente. Você mesma deve tirá-lo daqui.

E foi andando para o outro lado da loja, tendo deixado o ovo em pé numa prateleira.

— Eu só queria saber por que isso não é conveniente?, pensava Alice, enquanto ia pela loja às apalpadelas, por entre mesas e cadeiras, porque estava muito escuro. "Quanto mais me aproximo dos ovos, mais longe eles me parecem. Que será isto? Será uma cadeira? Mas são galhos! Que coisa esquisita, árvores crescendo aqui dentro! E agora um arroiozinho! Oh! Esta é a loja mais estranha que já vi na minha vida!"

* * *

E assim foi andando, cada vez mais surpreendida do que via, porque todas as coisas, no momento em que ela chegava perto, viravam árvores instantaneamente, e ela esperava a cada instante ver o ovo fazer a mesma coisa.

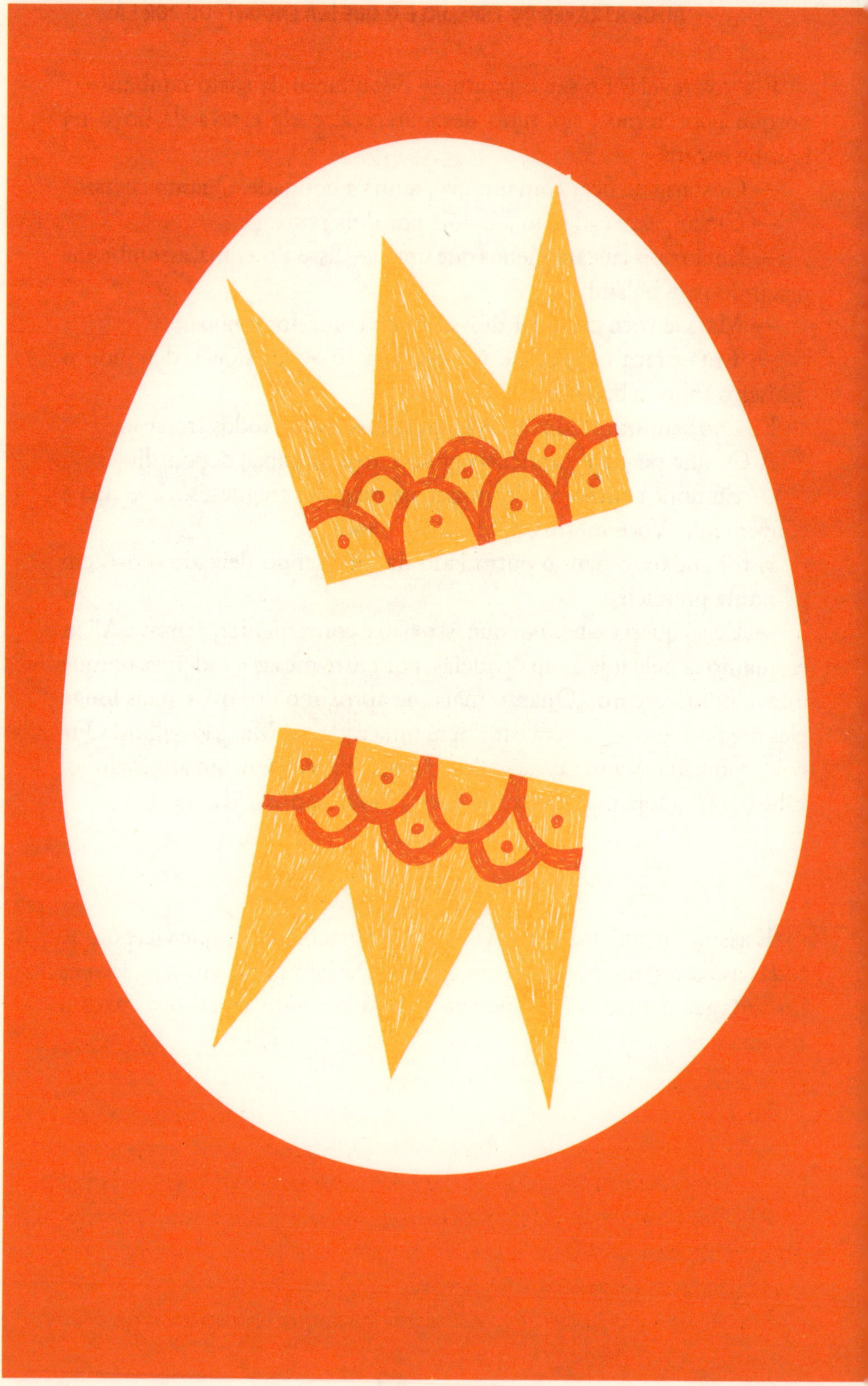

VI
HUMPTY DUMPTY

Entretanto, o ovo não virou árvore; cada vez ia ficando maior e com mais aparência humana; chegando a poucos passos de distância, ela viu que aquilo tinha nariz e boca e, afinal, reconheceu que era o próprio HUMPTY DUMPTY.

— Não pode ser outro — dizia ela consigo —; tenho tanta certeza de que é ele, como se trouxesse o nome escrito no rosto!

E na verdade podia estar escrito, até cem vezes, naquela face enorme. Humpty Dumpty estava sentado, de pernas cruzadas, como um turco, em cima de um alto muro — e Alice perguntava a si mesma como é que ele não perdia o equilíbrio, sentado naquele muro tão estreitinho.

Olhava fixamente para o lado oposto e nem tomou conhecimento da chegada dela, que já o supunha um boneco empalhado.

— Parece mesmo um ovo! — disse ela em voz alta, estendendo as mãos para apará-lo, porque esperava vê-lo despenhar-se dali a cada instante.

— É uma coisa muito irritante — disse Humpty Dumpty, após um longo silêncio, olhando para longe — ser chamado de ovo... muito, muito irritante!

— Eu disse — explicou a menina delicadamente — que o senhor *parecia* um ovo... e há ovos muito lindos, sabe?

Dizia isso esperando que essa observação parecesse um cumprimento.

— Algumas pessoas — disse Humpty Dumpty, olhando sempre para longe, como era seu costume — não têm mais senso do que um bebê!

Alice não sabia o que dizer: não era o que se pode chamar uma conversa, porque ele não se dirigia a ela. E, de fato, sua última observação era evidentemente dirigida a uma árvore.

Por isso ela parou e começou a dizer baixinho, mais para si mesma:

"Humpty Dumpty sentou-se no muro,
Humpty Dumpty caiu no chão duro.
E todos os homens do Rei, e talvez
Todos os cavalos, não podem repô-lo ali outra vez".

— O último verso está muito mais comprido do que o resto — disse ela, em voz alta, esquecendo que Humpty Dumpty poderia ouvi-la.

— Não fique aí, falando sozinha desse jeito — disse ele, olhando para Alice pela primeira vez —; diga o seu nome e o que anda fazendo.

— Meu nome é Alice, mas...

— Que nome estúpido! — interrompeu Humpty Dumpty impacientemente. — Que quer dizer?

— Os nomes têm de dizer alguma coisa?

— Sem dúvida — disse Humpty Dumpty, dando uma risadinha —; meu nome diz a forma que eu represento... e é uma bela forma, decerto.[1] Com um nome como o seu, você pode ser de qualquer forma.

— Mas o senhor fica aqui assim sozinho? — perguntou Alice, para evitar uma discussão.

— Mas... visto que não há ninguém comigo! — gritou Humpty Dumpty. — Você pensa que não sei a resposta disso? Pergunte outra coisa.

— Pensa que está livre de cair no chão? — continuou Alice. — O muro é tão estreito!

Ela não tinha ideia alguma de fazer enigmas, mas estava naturalmente inquieta com a posição daquela criatura esquisita.

— Mas que adivinhações fáceis de resolver! — grunhiu Humpty Dumpty. — É claro que não penso que estou! Mas, mesmo que eu caísse, o que não é provável... mas mesmo que eu caísse...

Franziu os lábios, empertigou-se todo e parecia tão solene e importante que Alice mal podia conter o riso.

— ... Se eu caísse — continuou ele —, *o Rei me prometeu...* ah, pode empalidecer, se quiser! Mas o certo é que não esperava ouvir estas palavras, não é? *O Rei me prometeu...* de sua própria boca... que... que...

— Mandaria toda a sua cavalaria — interrompeu Alice, estouvadamente.

---

[1] Humpty Dumpty é uma expressão pejorativa, que em inglês significa "pessoa baixinha e gorda". (N. E.)

— Oh! Isso é muito malfeito! — gritou Humpty Dumpty, subitamente enfurecido. — Você andou escutando atrás das portas... e atrás das árvores... e dentro das chaminés... senão não podia saber isso!

— Eu não, não andei! — disse a menina com muita amabilidade. — Isso está escrito em um livro.

— Ah! Bem! Deviam mesmo escrever essas coisas nos livros — disse ele, já mais calmo. — Isso é o que você chama História Pátria, sim, é isso. Agora, olhe bem para mim! Eu sou uma pessoa que falou com o Rei, eu! Pode ser que você nunca possa ver outro assim; e para lhe mostrar que não sou orgulhoso, venha apertar minha mão!

Fazia uma careta amável, que lhe abria a boca de orelha a orelha, e inclinava-se para a frente — tanto que parecia que já ia cair —, oferecendo-lhe a mão, que ela tocou com algum receio.

"Se ele sorrir mais um pouquinho", pensava ela, "os cantos da boca vão se encontrar atrás, e então que será da cabeça dele? Tenho medo que saia do corpo!"

— Sim, todos os seus cavaleiros — continuou Humpty Dumpty. — Eles me levantavam outra vez num instante, eles podem fazê-lo! Mas já saímos do assunto: vamos voltar à penúltima observação.

— Não sei se me lembrarei bem — falou Alice, sempre muito cortês.

— Nesse caso recomeçaremos, e será a minha vez de escolher o assunto...

"Parece que ele pensa que isso é um jogo!" pensava ela.

— ... Assim, vou lhe fazer uma pergunta: que idade você disse que tinha?

Depois de calcular rapidamente, Alice falou:

— Sete anos e seis meses.

— É falso! — exclamou ele, com ar de triunfo. — Você nunca disse semelhante palavra!

— Pensei que o senhor queria dizer: "Que idade você tem?" — explicou ela.

— Se eu quisesse dizer isso, eu o teria dito — disse Humpty Dumpty. Alice, que não queria de modo algum discutir, nada respondeu.

— Sete anos e seis meses! — repetiu ele pensativo. — Uma espécie de idade muito incômoda. Se você tivesse pedido um conselho, eu lhe diria: "Pare nos sete!" Mas agora é muito tarde...

— Nunca peço conselho para crescer — respondeu Alice, indignada.
— Você é muito orgulhosa?
Mais indignada ainda, ela retrucou:
— Eu quero dizer que uma pessoa não pode deixar de ficar mais velha.
— *Uma* não pode, mas *duas* podem. Com o devido auxílio, você devia ter parado nos sete.
— Que lindo cinturão o senhor tem! — observou repentinamente Alice.

Já tinham falado muito de idades, pensou ela; e, se na verdade iam escolher assunto por turnos, era a sua vez agora.
— Isto é — corrigiu ela logo —, que linda gravata, é o que eu ia dizer... não, quero dizer cinto... perdão! — acrescentou imediatamente, aterrada, porque Humpty Dumpty parecia muito ofendido.

Arrependeu-se de ter escolhido semelhante assunto, dizendo consigo:
"Se eu pudesse saber o que é pescoço e o que é cintura!".
Era claro que Humpty Dumpty estava furioso, pois ficou calado um ou dois minutos. Quando tornou a falar, foi resmungando:
— É uma coisa... muito... muito irritante, quando... uma pessoa não distingue uma gravata de um cinto!
— Sei que é muita ignorância minha — desculpou-se Alice, com tanta humildade que ele abrandou.
— É uma gravata, criança, e é uma gravata linda, como você vê. É um presente do Rei Branco e da Rainha Branca. Isso sim!
— Sim? — falou Alice, muito satisfeita ao ver que afinal tinha encontrado um assunto tão bom.
Humpty Dumpty cruzou as pernas e começou a bater com as mãos ao redor do joelho. Depois continuou, com ar pensativo:
— Eles me deram isto... como um presente de desaniversário.
— Perdão... — ia dizendo Alice com ar espantado.
— Não, eu não estou ofendido.
— Eu quero dizer... o que vem a ser um presente de desaniversário?
— Um presente dado quando não é o nosso aniversário, ora essa!
Alice refletiu um momento, depois continuou:
— Gosto mais dos presentes de aniversário.

— Você não sabe o que diz! — gritou Humpty Dumpty. — Quantos dias tem um ano?

— Trezentos e sessenta e cinco.

— E quantos aniversários você tem?

— Um.

— E, se você tira um de trezentos e sessenta e cinco, quantos ficam?

— Trezentos e sessenta e quatro, sem dúvida...

Humpty Dumpty não parecia muito certo disso.

— Prefiro ver a conta feita num papel.

Alice, sorrindo, pegou seu caderninho de notas e fez o cálculo para ele:

$$\begin{array}{r} 365 \\ -1 \\ \hline 364 \end{array}$$

Humpty Dumpty pegou, por sua vez, o livrinho e examinou cuidadosamente a conta.

— Parece que está direito... — começou ele.

— Mas o senhor está com o livro de cabeça para baixo! — interrompeu-o Alice.

— Com certeza estava! — disse ele alegremente, quando ela virou o livro e o entregou a ele direito. — Eu achei aquilo meio estranho. Quando eu dizia "*parece* que está direito...", ainda não tinha tido tempo de olhar bem para a conta, como estou olhando agora... isto mostra que há trezentos e sessenta e quatro dias em que você pode receber presentes de desaniversário...

— É mesmo!

— E apenas um para presentes de aniversário... isso é a glória para você!

— Não sei o que o senhor entende por "glória"...

Humpty Dumpty sorriu desdenhosamente:

— Pois claro que não sabe... enquanto eu não lhe disser... Quero dizer que um de seus argumentos está destruído!

— Mas "glória" não quer dizer "argumento destruído" — objetou Alice.

— Quando eu emprego uma palavra — replicou Humpty Dumpty insolentemente —, ela quer dizer exatamente o que eu quero que ela diga; nem mais nem menos.

— A questão é se o senhor *pode* fazer as palavras dizerem tantas coisas tão diferentes.
— A questão é qual delas é a principal; isso é tudo!
Alice, assombrada, nem podia falar; dali a um momento ele continuou:
— As palavras têm um caráter; algumas... principalmente os verbos... são muito orgulhosas. Dos adjetivos você pode fazer qualquer coisa, mas não é assim com os verbos. Entretanto, eu posso fazer delas o que quero! Impenetrabilidade! É o que *eu* digo!
— Quer o senhor ter a bondade de me dizer o que isso significa?
— Ah! Agora você fala como uma criança de juízo! — disse Humpty Dumpty, muito satisfeito. — Eu quero dizer... com a palavra "impenetrabilidade"... que já chega deste assunto e que seria justo que você dissesse também o que vai fazer agora, porque não creio que pretenda passar aqui o resto da vida.
— Isso é muita coisa para uma palavra dizer — replicou Alice, pensativa.
— Quando eu faço uma palavra executar um trabalho extraordinário como esse, sempre pago à parte.
— Oh! — disse a menina, que, de tão espantada, nem pôde fazer nenhuma observação.
— Você devia ver quando elas vêm me procurar, aos sábados à noite, para receber seus ordenados — continuou Humpty Dumpty, meneando gravemente a cabeça.
Mas, como Alice não lhe perguntou com que ele as pagava, também não posso explicar isso a você.
— O senhor parece muito habilitado para explicar palavras; teria a bondade de me dizer o significado do poema chamado "Algaravia"?
— Se eu o ouvir... eu posso explicar todos os poemas que já foram escritos... e uma grande parte dos que ainda não foram inventados.
Isso pareceu a Alice muito promissor, e ela recitou logo a primeira estrofe:

"Era o fervor, e as rútilas rolinhas,
Girando, o tabuleiro afuroavam.
Estavam os truões bem divertidos,
E os cerros patetas se firmavam".

— Basta, por enquanto — interrompeu Humpty Dumpty. — Há aí muita palavra difícil. "Fervor" quer dizer as quatro horas da tarde... a hora em que você começa a ferver as coisas para o jantar.

— Bem, e "rútilas"?

— "Rútilas" quer dizer "rótulo" e "tília". Já vê que é como um guarda-louça: são duas significações encerradas em uma só palavra.

— É, vejo isso agora — observou Alice, pensativa —; e que vem a ser "rolinhas"?

— "Rolinhas" são umas coisas assim como texugos... parecidos com lagartos... e com saca-rolhas.

— Devem ser criaturas muito interessantes!

— São, sim; também fazem o ninho debaixo dos relógios de sol... e vivem também no queijo.

— E que vem a ser "girando" e "afuroavam"?

— "Girando" é andando à roda, como um giroscópio. E "afuroavam" quer dizer furavam, como uma verruma.

— Ah! E "tabuleiro" é o canteiro de grama ao redor do relógio de sol, não é? — completou Alice, surpreendida com a própria agudeza.

— É, sim, é isso mesmo. E chama-se "tabuleiro" porque tem um bom pedaço para a frente e um bom pedaço para trás...

— E um bom pedaço acima, de cada lado — acrescentou Alice.

— Isso mesmo! Bem, agora, "divertidos" significa "dever" e "vertido"... você tem aqui outro guarda-louça. E "truão", isso é uma ave franzina e mesquinha, com as penas espetadas ao redor de todo o corpo... uma coisa assim como uma escova viva.

— E agora "cerros patetas" — continuou Alice. — Mas receio dar-lhe um grande incômodo...

— Oh! "Cerro" é uma espécie de porco verde; mas "pateta" não sei muito bem o que é. Penso que seja abreviatura de "patarata", significando que eles têm asas e roem.

— E que quer dizer "firmavam"?

— "Firmar" é uma coisa assim entre "bramir" e "assobiar", com uma espécie de espirro no meio; entretanto, pode ser que você ouça o barulho mesmo... lá no bosque... e, quando o tiver ouvido uma vez, ficará satisfeita. Quem foi que recitou para você essa difícil composição?

— Li isso num livro. Mas ouvi uma poesia recitada para mim mesma, muito mais fácil do que essa... por Tweedledee, creio que foi Tweedledee.

— Por falar em poesia, sabe? — disse Humpty Dumpty, erguendo a mão enorme — eu posso recitar poesias tão bem como qualquer outra pessoa, se for preciso.

— Oh! Não é preciso — respondeu Alice muito depressa, querendo impedi-lo de começar.

— O trecho que vou recitar — continuou ele, sem notar a observação — foi escrito somente para divertir você.

Alice viu que, nesse caso, tinha obrigação de ouvi-lo: sentou-se e disse, muito triste:

— Obrigada...

*"No inverno, quando os campos estão brancos,
Canto este canto, para te alegrar..."*

— Mas eu não o canto — explicou ele.
— Eu vejo que o senhor não canta.
— Se você pode *ver* se estou cantando ou não, tem olhos mais penetrantes que a maior parte das pessoas.

*"Na primavera, vendo os bosques verdes,
O que pretendo quero te explicar."*

— Agradeço-lhe muito — falou Alice.

*"Talvez tu compreendas este canto,
Quando os dias são longos, no verão;
No outono, quando as folhas ficam pardas.
Pega na pena e escreve esta canção."*

— Eu a escreverei, se ainda me lembrar...
— Não precisa ficar fazendo observações assim — retrucou Humpty Dumpty —; elas não são sensatas e me perturbam.

*"Aos peixes enviei uma mensagem,
Dizendo-lhes o que eu desejava.
E logo, sem demora, uma resposta,
Uma resposta às minhas mãos chegava.*

> *Era assim a resposta dos peixinhos:*
> *'Isso, senhor, não podemos fazer...'."*

— Não entendi muito bem — respondeu Alice.
— Lá mais para diante fica mais fácil:

> *"Mandei dizer, pela segunda vez,*
> *Que seria melhor obedecer.*
>
> *Os peixes responderam, num sorriso:*
> *'Em que disposição está, meu velho!'.*
> *Disse-lhes uma vez, e mais de uma,*
> *Porém, não escutaram meu conselho.*
>
> *Peguei uma chaleira grande, e nova,*
> *E própria para o que eu ia fazer;*
> *Com o coração aos saltos, aos pinotes,*
> *A chaleira na bomba fui encher.*
>
> *Chegou então alguém e me avisou:*
> *'Os peixinhos estão dormindo agora'.*
> *E eu lhe disse, eu disse claramente:*
> *'Então vai acordá-los, sem demora!'.*
>
> *Eu disse isso, em voz alta e bem clara.*
> *Eu cheguei e gritei no seu ouvido".*

Humpty Dumpty, ao chegar a essa estrofe, ergueu tanto a voz, que chegou a berrar, e Alice, estremecendo, disse consigo:
— Eu não queria ser esse Mensageiro do Rei, por nada neste mundo!

> *"E ele, muito altivo e obstinado:*
> *'Não precisa fazer tanto ruído!'.*
>
> *E disse, muito obstinado e altivo:*
> *'Eu iria acordá-los, [se...]'.*
> *Tirei da prateleira um saca-rolhas:*
> *'Vou eu mesmo acordá-los, já se vê!'.*

> *Vendo a porta fechada, eu empurrei,*
> *Puxei, bati com as mãos, e pés também.*
> *Vendo que a porta estava assim fechada,*
> *Quis a volta no trinco dar, porém..."*

Humpty Dumpty calou-se. Depois de uma longa espera, Alice perguntou, timidamente:

— É só isso?

— É só. Passe bem!

Isso era meio brusco, pelo menos ela o achou; mas, depois de uma insinuação tão clara, indicando-lhe que devia sair, compreendeu que seria indelicado ficar.

Levantou-se, ergueu a mão e disse alegremente:

— Adeus! Até outra vez!

— Eu não a reconheceria se tornasse a encontrá-la — disse Humpty Dumpty com ar descontente e dando-lhe um dedo a apertar. — Você é tão igual às outras pessoas...

— O rosto é o que a gente nota logo, geralmente — observou Alice, pensativa.

— É justamente o que eu lamento. Seu rosto é igual ao que todos têm; dois olhos, assim... — e assinalava o lugar deles no ar, com o dedo — o nariz no meio, a boca mais abaixo... é sempre a mesma coisa. Agora, se você tivesse os dois olhos do mesmo lado do nariz, por exemplo... ou a boca acima deles... isso serviria para a reconhecer.

— Não seria bonito um rosto assim — objetou Alice.

Humpty Dumpty fechou os olhos e disse:

— Espere até que tenha experimentado.

Alice esperou um minuto, para ver se ele tornaria a falar, mas, como não tornou a abrir os olhos nem lhe deu mais atenção, ela disse pela segunda vez:

— Adeus!

E, como ainda não obteve resposta, foi saindo, não sem dizer lá consigo:

— De todas as pessoas indesejáveis... — e repetia isso alto, como se achasse grande consolo ter uma palavra importante para dizer — de todas as pessoas indesejáveis que já encontrei...

Nunca acabou a frase, porém, porque naquele instante um grande estrondo sacudiu o bosque, de ponta a ponta.

VII
O LEÃO E O UNICÓRNIO

Imediatamente apareceram, vindos do bosque a correr, muitos soldados — a princípio aos dois e aos três; depois em grupos de dez ou vinte e, afinal, em tal multidão que enchiam toda a floresta. Alice, para não ser obrigada a correr também, escondeu-se por trás de uma árvore e dali os via passar.

Certamente nunca tinha visto soldados de pernas tão sem firmeza: estavam sempre a tropeçar, e assim que caía um logo outros vinham se amontoar em cima dele, de sorte que em pouco tempo todo o chão estava coberto de homens caídos.

Vieram depois os cavalos. Como tinham quatro patas, se equilibravam melhor do que os soldados de infantaria, mas mesmo assim tropeçavam de vez em quando. E parece que era uma regra, que, quando um cavalo resvalava, o cavaleiro caía imediatamente. A confusão aumentava a cada instante; Alice ficou muito contente quando pôde sair daquele bosque cerrado. Achou-se logo em um descampado, onde encontrou, sentado no chão, muito ocupado em rabiscar no seu livro de notas, o Rei Branco.

— Mandei todos! — gritou ele, muito satisfeito, ao ver Alice. — Você não encontrou, por acaso, quando vinha pelo bosque, os meus soldados?

— Sim, encontrei; muitos milhares, pareceu-me.

— Quatro mil duzentos e sete é o número exato — disse o Rei, olhando para o seu caderninho. — Não podia mandar todos os cavalos, porque dois deles são necessários no jogo. Também não mandei os dois Mensageiros. Foram ambos à cidade. Olhe para a estrada e veja se pode avistar algum deles.

— Ninguém aparece na estrada — disse ela.

— Oh! Quem me dera ter tais olhos! — observou o Rei em tom impertinente. — Poder ver Ninguém! E a essa distância! Porque eu o mais que posso fazer, com estes olhos, é ver as pessoas de verdade.

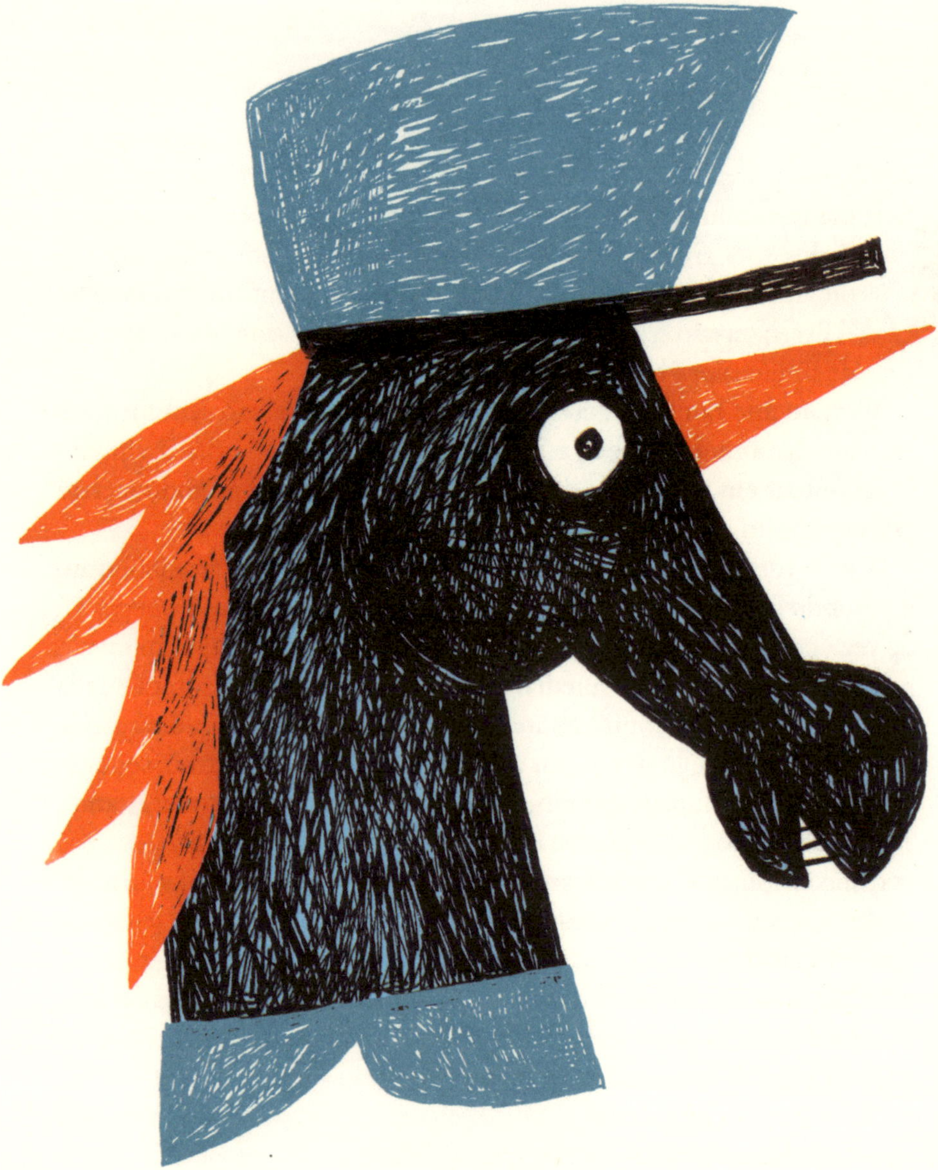

Todo esse discurso, porém, foi perdido para Alice, que, com a mão sobre os olhos, examinava atentamente a estrada. Afinal, anunciou:

— Vejo alguém agora! Mas vem muito devagar... e que gestos esquisitos os dele!

É que o Mensageiro vinha aos saltos abaixo e acima e enrodilhava-se como uma enguia, quando caminhava. E trazia as grandes mãos abertas para os lados, feito leques.

— Não — disse o Rei —, é que ele é um Mensageiro anglo-saxão... aquilo são gestos anglo-saxões. Ele faz assim só quando se sente feliz. Seu nome é Lebrão.

Alice, ouvindo isso, começou a dizer a parlenda do jogo:

— Eu gosto do meu amado com L, porque ele é lindo; e eu o odeio com L, porque ele é louco; dou-lhe para comer... dou-lhe... dou-lhe linguiça e lentilhas. Seu nome é Lebrão, e ele mora... mora...

— Mora na Lomba — completou o Rei, muito simplório, sem notar que entrava assim no jogo.

Alice, que procurava na memória uma cidade cujo nome começasse por L, aceitou a observação, mas ele continuou:

— O outro Mensageiro chama-se Chapelão. Eu preciso de dois, sabe... para ir e vir. Um vem, outro vai.

— Perdão... — ia dizendo Alice.

— Não há crime nisso, não é preciso pedir perdão.

— Não, eu só queria dizer... que não compreendi: por que um vem e outro vai?

— Já não lhe disse? — replicou o Rei, impaciente. — Preciso de dois... para levar e trazer. Um para levar, outro para trazer.

Nesse instante chegava o Mensageiro. Vinha ofegante, não podia falar, só acenava com as mãos, mostrando ao Rei o rosto mais assustado que era possível.

Com a intenção de desviar a atenção de si próprio, o Rei foi logo apresentando Alice:

— Esta menina gosta de você com um L...

Mas isso de nada serviu — os gestos anglo-saxões tornavam-se cada vez mais extraordinários, e os grandes olhos do Mensageiro rolavam nas órbitas, sem cessar.

— Você me assusta! — disse por fim o Rei. — Sinto-me fraco. Dê-me um sanduíche!

E Alice, muito divertida, viu o Mensageiro abrir um saco que lhe pendia do pescoço, tirar dele um sanduíche e apresentá-lo ao Rei, que o devorou vorazmente.

— Outro! — disse, quando acabou de engolir.

— Agora só tenho feno — disse o Mensageiro, espiando para dentro do saco.

— Então, dê-me feno — murmurou o Rei, desanimado.

Alice ficou contente de ver que aquilo o reanimou bastante.

— Não há nada tão bom como comer feno, quando se está desfalecido — disse o Rei, enquanto ia devorando.

— Eu pensava que seria melhor jogar-lhe água fria em cima... ou sais.

— Eu não disse que não havia nada *melhor*, eu disse que não havia nada *tão bom* como isso.

E Alice não podia negar que ele dissera assim mesmo.

— Quem você encontrou na estrada? — continuou o Rei, erguendo a mão para o Mensageiro lhe dar mais feno.

— Ninguém.

— Muito bem: esta menina também o avistou. Assim, é claro que Ninguém caminha mais devagar do que você.

— Eu faço o máximo que posso — disse o Mensageiro, com raiva. — Estou certo de que ninguém caminha muito mais ligeiro do que eu!

— Não é possível — disse o Rei —; senão ele teria chegado aqui primeiro... Mas, visto que você já tomou fôlego, pode contar-nos o que aconteceu na cidade.

— Vou dizer em segredo — disse o Mensageiro.

E, pondo a mão na boca, encurvada em forma de trombeta, inclinou-se bem para chegar perto da orelha do Rei. Alice, que também queria ouvir as notícias, ficou triste ao ver esses preparativos. Mas, em vez de cochichar, ele o que fez foi berrar, no mais alto tom que pôde alcançar:

— Eles estão lá outra vez!

— E é a isto que você chama segredo? — perguntou o pobre Rei, dando um salto e sacudindo-se todo. — Se voltar a fazer isso, mandarei engordurá-lo! Entrou na minha cabeça como um terremoto!

"Seria um terremoto muito fraco!", pensou Alice. — E quem é que está lá? — perguntou em voz alta.

— Mas o Leão e o Unicórnio! — disse o Rei.

— Brigando por causa da coroa?
— Sem nenhuma dúvida! E o melhor da história é que enquanto isso a coroa é minha! Vamos vê-los.

E saíram a correr. E, enquanto corriam, Alice repetia consigo as palavras da velha canção:

> *"Leão e Unicórnio brigam pela coroa:*
> *O Leão dá no outro, da cidade ao redor*
> *Alguns dão-lhes pão branco, outros, preto, e ainda*
> *Pudim — e os expulsam a rufos de tambor".*

— E o que... o que ganhar... fica com a coroa? — perguntou ela, quase sem fôlego, de tanto correr.
— Oh! Não! Que ideia! — disse o Rei.
— Se o senhor quisesse... se o senhor fosse tão bom... que parasse um minuto... só para tomar... fôlego outra vez.
— Bom eu sou, e bastante, mas não sou bastante forte. Um minuto passa tão espantosamente veloz! Era o mesmo que tentar fazer parar um foguete!

Ela já não podia falar, de tão ofegante; continuaram, pois, a correr em silêncio, até que avistaram uma grande multidão, no meio da qual o Leão e o Unicórnio lutavam. Era tão densa a nuvem de pó que os envolvia, que a princípio Alice não compreendia o que se passava. Por fim, percebeu no meio do torvelinho a ponta do chifre do Unicórnio.

Estavam perto do outro Mensageiro; Chapelão apreciava o combate, tendo uma taça de chá numa mão e um pedaço de pão com manteiga na outra.

— Acaba de sair da prisão e não tinha ainda tomado todo o chá, quando o mandaram para aqui — falou Lebrão ao ouvido de Alice. — Lá só lhe davam cascas de ostras, de modo que está com muita fome e sede.

Depois continuou, passando o braço afetuosamente ao redor do pescoço de Chapelão:

— E como vai, meu filho?

O Mensageiro olhou em roda e cumprimentou com a cabeça, continuando a roer sua fatia de pão.

— Foi feliz na prisão, meu filho? — indagou Lebrão.

Chapelão tornou a olhar ao redor: duas lágrimas correram-lhe pelas faces, mas nada quis dizer.

— Fale! Não pode falar? — gritou o outro, impaciente.

Mas Chapelão só o que fez foi devorar seu pão e beber mais chá.

— Fale! Não quer falar? — gritou o Rei. — Como vão eles com o combate?

Chapelão fez um esforço desesperado, tragou um grande naco de pão com manteiga e disse, meio engasgado:

— Vão indo muito bem: cada um já foi vencido mais ou menos oitenta e sete vezes.

— Então não demorarão a trazer o pão branco e o preto? — indagou Alice.

— Estão esperando por eles agora — disse Chapelão —; é disso que eu estou comendo.

Nesse instante o Leão e o Unicórnio interromperam o combate e sentaram-se, resfolegando, enquanto o Rei bradava:

— Dez minutos para tomar refrescos!

Chapelão e Lebrão imediatamente puseram mãos à obra, fazendo circular bandejas com pão branco e preto. Alice serviu-se de uma fatia para provar, mas achou que era muito seco.

— Creio que hoje eles não continuarão a combater — disse o Rei a Lebrão —; vá ordenar aos tambores que comecem.

E Lebrão saiu, saltando como um gafanhoto.

Alice ficou olhando para ele, sem falar. De repente as faces se lhe animaram, e ela gritou, apontando ao longe:

— Veja! Veja! Lá vai a Rainha Branca correndo pelo campo! Ela veio voando dali do bosque. Como é que estas Rainhas podem correr tão ligeiro?

— É que algum inimigo vem correndo no seu encalço — disse o Rei, sem nem sequer olhar para aquele lado. — O bosque está cheio deles.

— Mas o senhor não corre em seu auxílio? — perguntou Alice, muito admirada de ver com que tranquilidade ele falava.

— É inútil! Ela corre tão velozmente! É o mesmo que querer alcançar um foguete! Mas, se você quiser, tomarei nota. Ela é uma criatura tão boa e tão querida!

Essas palavras repetiu-as o Rei baixinho, para si mesmo, quando abria o caderninho. Depois perguntou:

— *Criatura* escreve-se com dois *tt*, não é?

Nisso viram o Unicórnio, que vinha todo saracoteando para o lado deles, de mãos nos bolsos.

— Desta vez saí-me melhor — disse ele, olhando para o Rei.

— Um pouco, um pouco — replicou o Rei, muito nervoso.

— Não devia tê-lo atravessado com o chifre, você bem o sabia!

— Eu não o feri — retrucou o Unicórnio, despreocupado.

Ia andando, quando avistou Alice. Voltou-se imediatamente e parou a olhá-la por algum tempo, com ar aborrecido.

— Que é... que é... isto? — perguntou afinal.

— Isso é uma criança! — replicou vivamente Lebrão.

E, para apresentar Alice, adiantou-se, espalhando ambas as mãos para o lado dela, em uma de suas atitudes anglo-saxãs.

— Foi só hoje que a encontramos — continuou. — Ela é tão grande como atilada e duas vezes mais natural!

— E eu que sempre pensei que crianças eram monstros fabulosos! — disse o Unicórnio. — Isso está vivo?

— Isso sabe falar! — disse Lebrão solenemente.

O Unicórnio olhou encantado para Alice, dizendo-lhe:

— Fale, criança!

Alice, com os lábios trêmulos de vontade de rir, foi dizendo:

— E eu que também pensei que os unicórnios eram monstros fabulosos! Nunca tinha visto nenhum vivo!

— Pois agora que já nos conhecemos — disse ele —, se você quiser acreditar na minha existência, também acreditarei na sua. Combinado?

— Sim, se você quer assim.

— Vamos, meu velho! Dê-nos bolo de passas! — continuou o Unicórnio, voltando-se para o Rei. — Não quero saber do seu pão preto!

— Certamente... certamente! — murmurou o Rei, acenando para Lebrão.

— Depressa! Abra o saco! Esse não... o do feno!

Lebrão tirou do saco um grande bolo e deu-o a Alice para segurá-lo, enquanto ele tirava um prato e uma faca de trinchar.

Como tudo aquilo saiu do saco, Alice não pôde adivinhar; era tal e qual uma mágica, pensava ela.

O Leão tinha-se aproximado também; parecia muito cansado e tinha tanto sono que os olhos já estavam meio fechados.

— Que é isto? — indagou ele, pestanejando, quando viu Alice. Sua voz era cava e profunda, como o tanger de um grande sino.

— Ah! Isto agora! Que é isto? — gritou vivamente o Unicórnio. — Você nunca adivinhará! Nem eu pude adivinhá-lo!

O Leão olhou para a menina, com um olhar fatigado.

— Você é animal ou vegetal... ou mineral? — disse ele, com um bocejo a cada palavra.

— Isto é um monstro fabuloso! — gritou o Unicórnio antes que Alice pudesse falar.

— Então sirva o bolo, Monstro! — disse o Leão, deitando-se e descansando o queixo nas patas.

Depois, dirigindo-se ao Rei e ao Unicórnio, continuou:

— Sentem-se! E jogo limpo com o bolo, hein?

O Rei estava evidentemente em uma posição muito incômoda, sentado entre aquelas duas criaturas; mas não havia outro lugar.

— Que combate tivemos pela coroa! — disse o Unicórnio, olhando sorrateiramente para a coroa, que o pobre Rei quase sacudia fora, de tanto que lhe tremia a cabeça.

— Eu teria ganhado facilmente — disse o Leão.

— Não creio — retrucou o Unicórnio.

— Mas eu o surrei por toda a cidade, frangote! — replicou o Leão, erguendo-se enraivecido.

O Rei interveio, para impedir que a disputa continuasse, dizendo, com voz trêmula:

— Por toda a cidade? É muito caminhar! Foram pela Ponte Velha ou pela Praça do Mercado? A vista melhor é a da Ponte Velha.

— Não vi nada — disse o Leão, deitando-se de novo —; havia tanto pó que não se via nada. Quanto tempo o Monstro leva para cortar aquele bolo!

Alice tinha-se sentado à beira de um córrego, com o enorme prato sobre os joelhos, e estava serrando diligentemente com a faca.

Já habituada ao tratamento de "Monstro", Alice respondeu:

— Que coisa irritante! Já cortei tantas fatias; mas elas tornam a se ligar outra vez!

— É que você não sabe lidar com bolos do Espelho — observou o Unicórnio. — Primeiro se oferece, depois é que se corta.

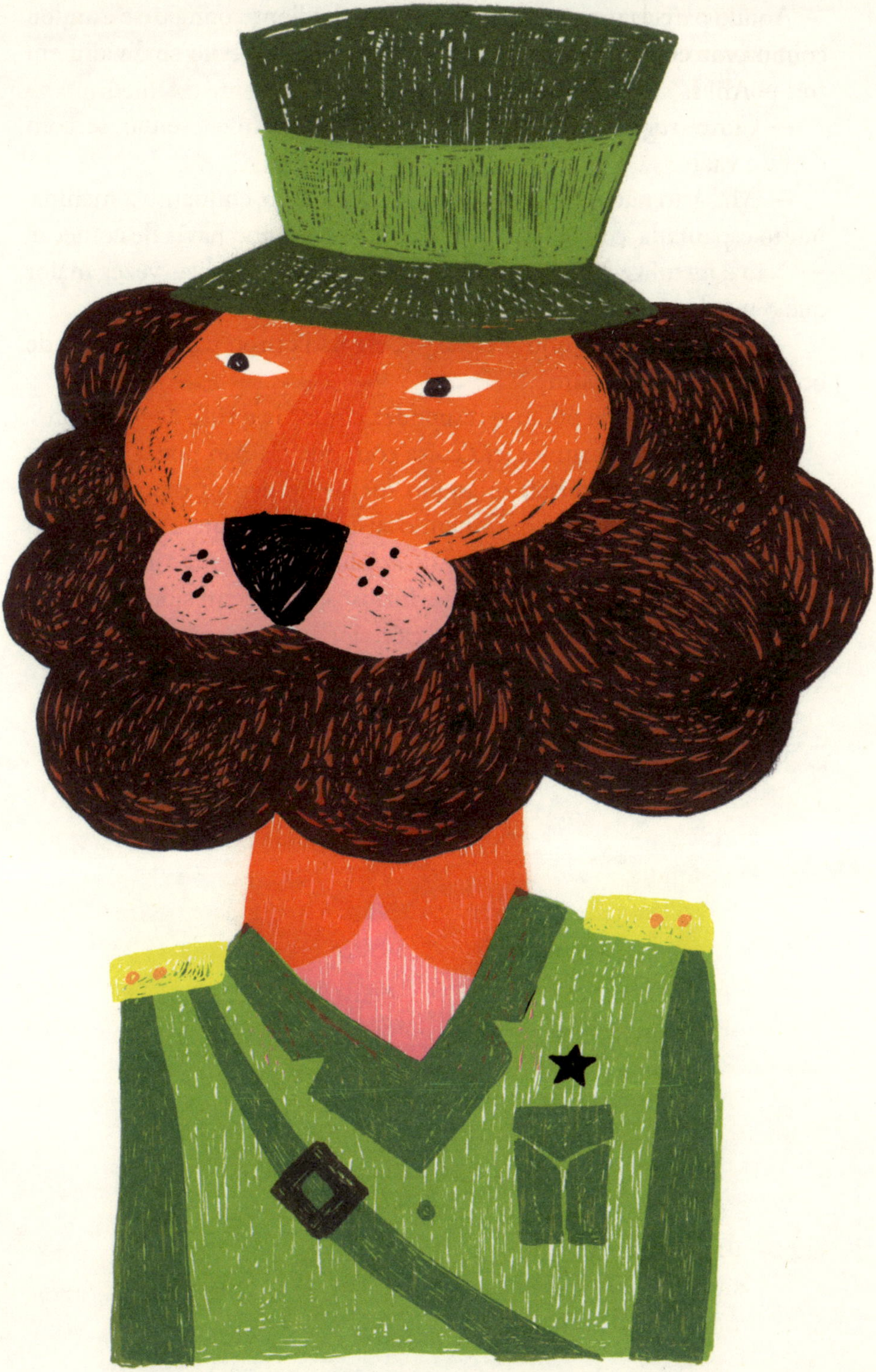

Aquilo parecia uma asneira, mas Alice, obediente, ergueu-se e andou com o prato em círculo, pela frente deles, e logo o bolo se dividiu em três porções.

— Corte-o *agora* — disse o Leão, quando ela voltou a sentar-se, com o prato vazio.

— Mas isto não é justo! — gritou o Unicórnio, enquanto a menina, muito espantada, com a faca na mão, não sabia como havia de começar. — Não é justo! O Monstro deu ao Leão um pedaço duas vezes maior que o meu!

— Contudo — tornou o Leão —, ela nada tirou para si. Gosta de bolo de passas, Monstro?

Mas, antes que ela pudesse responder, começou o rufo dos tambores.

De onde vinha o rumor, era coisa com que ela não podia atinar. O ar parecia todo cheio dele, e aquilo soava-lhe dentro da cabeça, até ensurdecê-la por completo. Tamanho susto a tomou que Alice deu um grande salto, atirando-se por cima do arroio... e teve tempo ainda de ver o Leão e o Unicórnio erguerem-se, furiosos, por terem sido interrompidos no meio do festim, antes de cair ajoelhada, tapando os ouvidos com as mãos, para não ouvir o espantoso fragor.

— Se não é isto que se chama "correr da cidade a toque de tambor" — pensou ela —, então não sei o que será!

VIII
"ISTO É UMA INVENÇÃO MINHA"

Pouco a pouco o ruído foi diminuindo, até voltar tudo ao silêncio anterior, e então Alice ergueu a cabeça, assustada. Não viu ninguém, e sua primeira ideia foi que teria sonhado com o Leão e o Unicórnio e com aqueles esquisitos Mensageiros anglo-saxões. Contudo, lá estava, a seus pés, o grande prato, em que tentara cortar o bolo de passas!

— Então eu não sonhei, a menos que tudo isso faça parte do meu sonho. Só o que espero é que este seja meu sonho, e não o do Rei Vermelho! Não me agrada fazer parte do sonho de quem quer que seja... estou com vontade de ir acordá-lo para ver o que acontece!

Nisso seus pensamentos foram interrompidos por um brado:

— Olá! Olá! Xeque!

E um Cavaleiro, vestido de armadura vermelha, veio a galope para o seu lado, brandindo uma grande vara. Parou repentinamente o cavalo ao alcançá-la, gritando:

— Você é minha prisioneira!

E caiu do cavalo abaixo no momento em que gritava. Alice assustou-se, mais por ele do que por si mesma, apesar do seu grande medo; e não foi sem algum temor que o encarou, até vê-lo tornar a montar. Mal se viu bem acomodado na sela recomeçou ele:

— Você é minha pri...

Mas outra voz interrompeu-o:

— Olá! Olá! Xeque!

Ela olhou em volta, com alguma surpresa, para ver quem era o novo inimigo. Dessa vez era um Cavaleiro Branco. Chegando junto dela, caiu do cavalo, como o Cavaleiro Vermelho; depois tornou a montar, e então ambos os Cavaleiros ficaram a se encarar mutuamente, sem nada dizer.

Alice, meio desorientada, encarava também ora um, ora outro...

— Ela é *minha* prisioneira, fique sabendo! — disse por fim o Cavaleiro Vermelho.

— Sim, mas depois *eu* vim libertá-la! — replicou o Cavaleiro Branco.

— Nesse caso, temos de combater por ela — disse o Cavaleiro Vermelho, pegando o elmo e pondo-o na cabeça.

O elmo, que ele trazia preso ao arção da sela, era uma coisa semelhante a uma cabeça de cavalo.

— Você respeitará as Regras de Combate, naturalmente — observou o Cavaleiro Branco, pondo também o seu elmo.

— Nunca deixo de fazê-lo!

E começaram a dar um no outro, com tal fúria que Alice foi se abrigar atrás de uma árvore, para escapar às pancadas.

E lá do seu esconderijo, espiando o combate, pensava consigo:

— Bem quisera eu saber quais serão essas Regras de Combate... uma delas parece que é... quando um Cavaleiro acerta no outro, derruba-o do cavalo; e, se lhe falha o golpe, ele mesmo é quem cai... outra parece ser que eles agarram nos paus com os braços cruzados, como se fossem dois polichinelos... e que barulho fazem ao cair! Parece que é o jogo inteiro de atiçadores caindo no guarda-fogo! E os cavalos, como são mansos! Deixam os Cavaleiros levá-los para frente e para trás, como se... fossem mesas!

Escapara a Alice outra Regra de Combate — e é que eles sempre caíam de cabeça.

Acabou o combate quando ambos caíram, lado a lado, no caminho. Então, ergueram-se, apertaram-se as mãos, e o Cavaleiro Vermelho tornou a montar e partiu a galope.

— Foi uma vitória gloriosa, não foi? — disse o Cavaleiro Branco, ao erguer-se, ofegante.

— Não sei — respondeu Alice, indecisa. — Eu não quero ser prisioneira de ninguém. Eu quero ser uma Rainha.

— Você será, quando atravessar o próximo córrego — disse o Cavaleiro Branco. — Quando você estiver a salvo, no fim do bosque, eu voltarei. Este é o fim de meus movimentos.

— Agradeço-lhe muito. Quer que o ajude a tirar o elmo?

Era evidente que ele não poderia fazê-lo sozinho; ela o auxiliou a livrar-se do elmo.

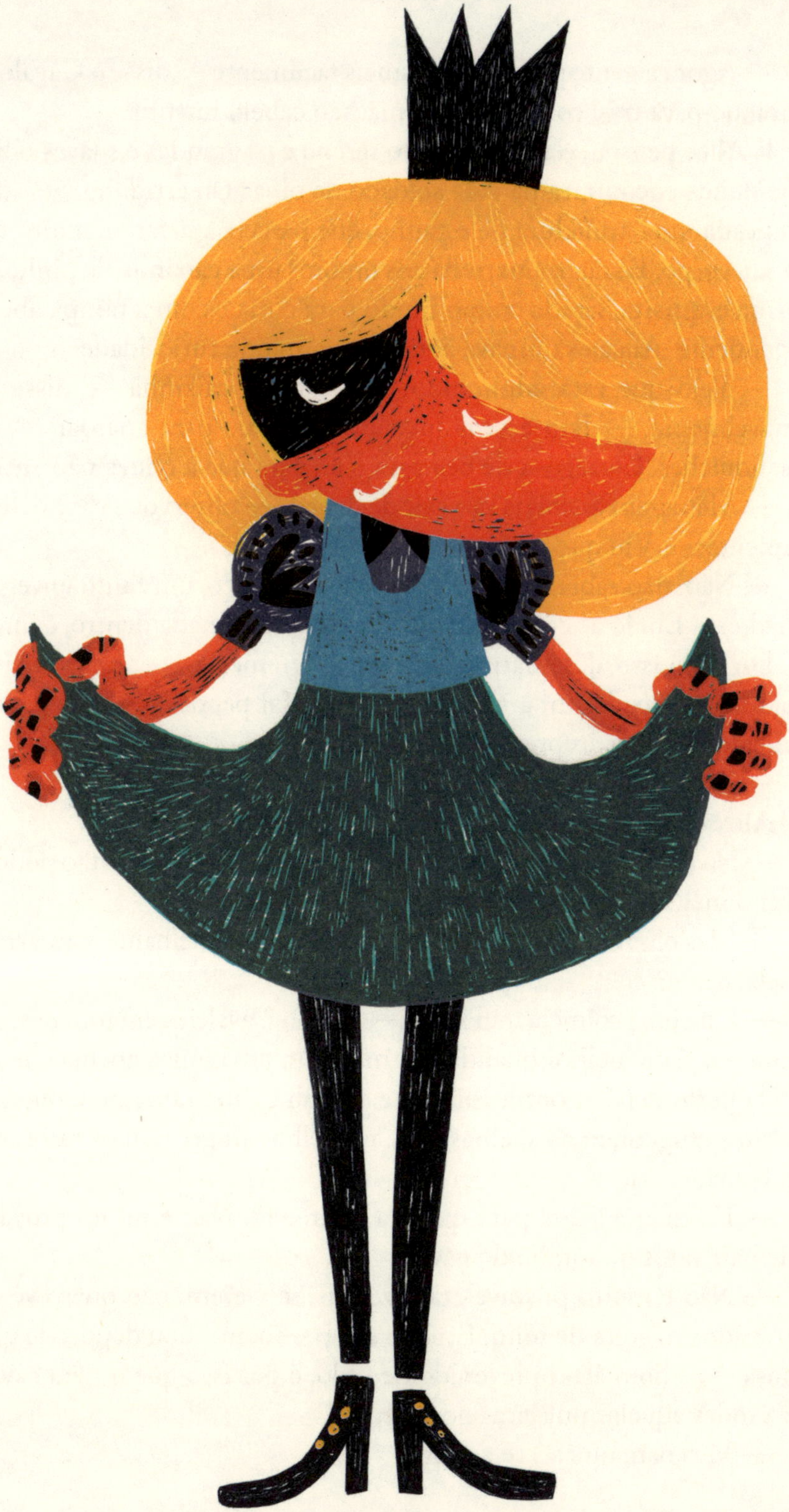

— Agora a gente pode respirar mais facilmente — disse o Cavaleiro, atirando para trás, com ambas as mãos, o cabelo hirsuto.

E Alice pensou, vendo seu rosto sereno e os grandes e suaves olhos, que nunca encontrara na vida soldado de olhar tão estranho.

Vestia uma armadura de estanho, que parecia ajustar-se muito mal ao seu corpo. E trazia amarrada aos ombros uma caixinha de pinho, de forma esquisita, virada com o fundo para cima e com a tampa aberta e pendente. Alice examinava aquilo com grande curiosidade.

— Vejo que está admirando minha linda caixinha — disse ele amavelmente. — Isto é uma invenção minha... para guardar roupas e sanduíches. Carrego-a de pés para o ar, para que a chuva não entre.

— Mas assim as coisas vão cair de dentro — observou Alice delicadamente. — Viu que a tampa está aberta?

— Não, não sabia — disse o Cavaleiro Branco, um tanto envergonhado. — Então as coisas caíram! E a caixa, sem nada dentro, é inútil!

Dizendo isso, desamarrou a caixa e ia arremessá-la entre as moitas, quando lhe acudiu uma ideia repentina e foi pendurá-la com todo o cuidado em uma árvore.

— Adivinha por que fiz isso?

Alice sacudiu a cabeça que não.

— Na esperança de que as abelhas façam ninho nela... então poderei tirar o mel.

— Mas o senhor traz uma colmeia... ou coisa semelhante... amarrada à sela, não é?

— Sim, uma colmeia muito boa — disse o Cavaleiro em tom descontente —; é da melhor qualidade... mas nem uma única abelha chegou ainda perto dela! A outra coisa que está ali é uma ratoeira. Creio que os ratos afugentam as abelhas... ou as abelhas afugentam os ratos, não sei bem...

— Eu queria saber para que era a ratoeira. Não é muito provável que haja ratos no lombo do cavalo.

— Não é muito provável, talvez; mas, se vierem, não quero vê-los correndo em volta de mim. E, além disso — continuou depois de uma pausa —, é bom estar prevenido de tudo; é por isso que o meu cavalo traz todas aquelas pulseiras nos pés.

— Mas para que serve aquilo?

— Para preservá-lo das dentadas dos tubarões. É uma invenção minha... e agora ajude-me a montar. Irei com você até a orla do bosque. Para que é aquele prato?

— Era para o bolo de passas.

— É melhor levá-lo. Servirá se acharmos algum bolo. Ajude-me a metê-lo no saco.

Isso levou muito tempo, apesar de ela manter o saco aberto com todo o cuidado, porque o Cavaleiro era tão desajeitado que, das duas primeiras vezes em que tentou introduzir nele o prato, ele mesmo caía dentro, em vez do prato.

— Está muito apertado — explicou ele, quando afinal conseguiram o que pretendiam — porque há muitos castiçais lá dentro.

E pendurou o saco na sela, onde já havia molhos de cenouras, atiçadores e muitas outras coisas.

— Amarrou bem seu cabelo? — indagou ele, quando se puseram a caminho.

— Como costumo fazer — respondeu Alice, sorrindo da pergunta.

— Não basta — disse ele, aflito —; o vento é muito forte aqui... veja, é tão forte como café.

— E o senhor inventou um meio de impedir os cabelos de voarem com o vento?

— Ainda não; mas descobri um para preservá-los de cair.

— Gostaria de saber isso...

— Primeiramente, deve pegar uma varinha reta. Depois, fazer seu cabelo trepar por ela, como se faz a uma árvore frutífera. Pois os cabelos caem porque estão sempre pendurados *para baixo*... as coisas nunca caem *para cima*, você sabe. Isso é uma invenção minha. Pode experimentar, se quiser.

Aquilo não parecia muito prático, e por alguns instantes Alice caminhou em silêncio, perturbada por aquela ideia.

A cada passo ela tinha de parar, para auxiliar o pobre do Cavaleiro, que certamente não era lá muito bom ginete.

Cada vez que o cavalo parava (o que acontecia muitas vezes), ele caía para a frente; e cada vez que o cavalo recomeçava a andar (o que fazia sempre inesperadamente), ele caía para trás. A não ser nesses momentos, iria muito bem, se não fosse o hábito que tinha de pender para os lados. E, como geralmente caía sempre para o lado de Alice, ela achou de bom aviso não andar muito rente do cavalo.

— Quer-me parecer que o senhor não tem muita prática de equitação — disse ela, ajudando-o a montar depois do quinto tombo.

Isso pareceu surpreendê-lo e, ainda mais, ofendê-lo.

— Por que pensa isso?

E segurava-se ao arção, enquanto com a outra mão agarrava-se ao cabelo dela, para não cair.

— Porque quem tem muita prática não cai tantas vezes.

— Eu tenho prática que chegue — disse ele muito gravemente —; prática que chegue!

Alice apenas respondeu:

— É mesmo?

Mas disse essas palavras de maneira cordial. Continuaram a andar em silêncio: o Cavaleiro resmungando consigo, de olhos fechados, e Alice vigilante, para acudir à primeira rodada.

— A grande arte de montar — começou o Cavaleiro de repente, em voz alta, acenando com o braço direito — é conservar...

Mas a frase acabou tão de supetão como tinha começado, porque o Cavaleiro caiu pesadamente, de cabeça para baixo, bem na frente de Alice. Ela se afligiu e assustou-se muito:

— Não quebrou os ossos?

— Nem se fale nisso — disse o Cavaleiro, como se não lhe importasse quebrar dois ou três. — A grande arte de montar, como eu ia dizendo, é... conservar o equilíbrio. Assim, olhe aqui...

Abandonou as rédeas, endireitou-se e ergueu ambos os braços, para mostrar a Alice o que queria explicar, e dessa vez caiu estendido de costas, bem debaixo das patas do cavalo.

— Muita prática! — continuou ele a repetir, enquanto Alice o erguia de novo. — Muita prática!

— Mas que coisa ridícula! — gritou Alice, perdendo dessa vez a paciência. — O senhor precisa é de um cavalo de pau, com rodinhas! É isso!

— Essa espécie de cavalos tem bom andar? — perguntou ele muito interessado, abraçando-se ao pescoço da montaria, a tempo ainda de escapar de outro tombo.

— Muito melhor do que um cavalo vivo — respondeu Alice, dando uma risadinha que não conseguiu abafar.

— Hei de arranjar um — disse ele pensativo para si mesmo. — Um ou dois... alguns.

Depois de uma pausa continuou:

— Eu tenho um grande talento para inventar coisas. Decerto você notou ainda agora, da última vez que me ergueu, que eu estava pensativo?

— O senhor estava um pouco sério...

— Pois eu estava naquele momento inventando uma maneira nova de passar por cima de um portão... gostaria de ouvir isso?

— Muito, sem dúvida — falou Alice delicadamente.

— Vou lhe contar como foi que cheguei a pensar nisso. Eu dizia comigo: "A única dificuldade são os pés, porque a cabeça já está num lugar alto". Então, primeiro eu ponho minha cabeça em cima do portão... agora a cabeça está bastante alta... agora eu me mantenho em cima da cabeça... com os pés para cima... agora os pés estão bem altos... você vê, então, agora, que estou em cima do portão.

— Sim, eu suponho que o senhor estará em cima, quando tiver feito tudo isso — falou Alice, pensativa —; mas não acha que seria um tanto difícil?

— Ainda não experimentei — respondeu o Cavaleiro gravemente —; assim, não posso dizer com certeza... mas tenho medo de que seja muito difícil...

Parecia tão preocupado com essa ideia que Alice se apressou a mudar de assunto.

— Que elmo curioso o senhor tem! — disse ela alegremente. — Também é invenção sua?

O Cavaleiro olhou com orgulho para baixo, para ver o elmo, que pendia da sela.

— Sim... mas eu inventei outro, melhor do que este... como um pão de açúcar. No tempo em que eu o usava, quando eu levava uma rodada, ele sempre tocava o chão primeiro. De modo que eu tinha poucas ocasiões de cair... mas havia também o perigo, de cair *dentro* dele. Aconteceu-me isso uma vez... e o pior foi que, antes que eu pudesse me levantar, o outro Cavaleiro Branco veio e enfiou-o na cabeça. Pensou que era o dele.

Parecia tão solene ao dizer isso que Alice não se animou a rir.

— E o senhor não o machucou, ficando assim em cima da sua cabeça?

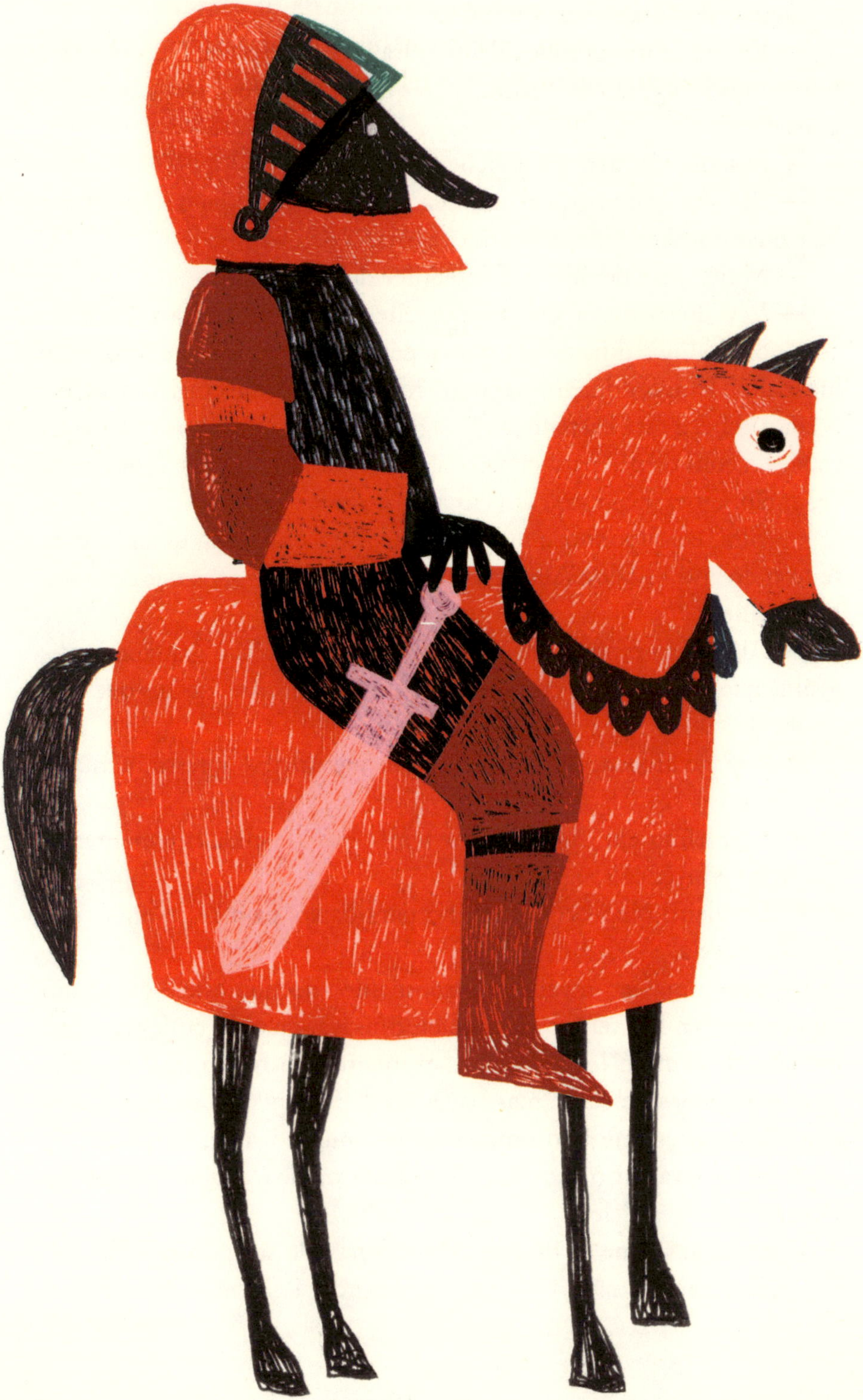

— Dei-lhe pontapés, naturalmente — disse o Cavaleiro, muito sério.
— E então ele tirou o elmo... mas levou horas e horas para me tirar de lá. Eu fui tão ligeiro como... como o relâmpago, sabe?

— Mas isso é uma espécie diferente de ligeireza — comentou Alice.

— Eu conheço toda espécie de ligeireza, afirmo-lhe — disse ele, sacudindo a cabeça.

Na excitação que falou, ergueu as mãos, indignado, e rolou da sela, caindo de cabeça para baixo em uma vala profunda.

Alice correu a auxiliá-lo, sobressaltada; ele cavalgava direito já havia alguns minutos, e agora ela estava com receio de que dessa vez se tivesse ferido. Entretanto, ainda que não visse senão as solas dos seus sapatos, tranquilizou-se ao ouvi-lo falar no tom do costume.

— Toda espécie de ligeireza — repetia ele —; mas era falta de cuidado dele pôr na cabeça um elmo que pertencia a outro homem... com o homem dentro, ainda por cima.

— Como é que o senhor pode falar tão serenamente, de cabeça para baixo? — perguntou Alice.

Ela o puxara pelos pés e o deixara amontoado sobre a areia. E ele se mostrava muito surpreendido com a pergunta.

— Que importa onde está meu corpo? Meu espírito continua a trabalhar da mesma maneira. E a verdade é que quanto mais para baixo está minha cabeça, mais coisas novas eu invento.

Dali a pouco ele continuou:

— A coisa mais sábia que já fiz na vida foi inventar um pudim, enquanto a carne estava sendo servida.

— A tempo de cozinhá-lo para ser servido em seguida? Oh! Isso foi trabalhar muito, não há dúvida!

— Oh, não, para o próximo serviço, não — disse o Cavaleiro, falando baixo e um tanto preocupado. — Não, para o próximo serviço, não!

— Então seria para o dia seguinte... suponho que o senhor não teria dois pudins no mesmo jantar?

— Oh! Não foi para o dia seguinte; não foi para o dia seguinte... na verdade... — continuou ele, baixando a cabeça e o tom da voz — não creio que tivesse ficado cozido! Não, na verdade, não creio... acho até que nem ficou mesmo cozido! E, ainda assim, era um pudim muito delicado...

— De que imaginou que seria feito? — perguntou Alice, querendo animá-lo, porque o coitado parecia muito abatido!

— Começava com mata-borrão — respondeu ele, num gemido.

— Isso não ficaria talvez muito bom...

— Não seria muito bom, sim, *sozinho* — atalhou ele vivamente —; mas não imagina que diferença faz, misturado com outras coisas... assim como pólvora, lacre... e é aqui que a devo deixar.

Tinham chegado à orla do bosque. Alice olhou, espantada; pensava no pudim.

— Está triste — disse o Cavaleiro, solícito... — Vou lhe cantar uma canção para consolá-la.

— É muito comprida? — indagou Alice, porque já tinha ouvido muita poesia naquele dia...

— É, mas é muito bonita, muito! E todos que me ouvem cantar essa canção ou ficam com os olhos cheios d'água, ou então...

— Ou então... o quê? — perguntou Alice, porque ele fez uma pausa repentina.

— Ou então... não ficam, é claro! A canção se chama "Olhos de bacalhau".

— Ah! É esse o nome da canção? — perguntou Alice, querendo parecer interessada.

— Não, você não entendeu — disse o Cavaleiro, meio aborrecido. — Este é o nome por que é chamada. O nome mesmo é "O velho bem velho".

— Então eu não devia dizer: "É esse o nome da canção?".

— Não, não devia. Isso é outra coisa muito diferente! A canção se chama "Meios e modos"; mas isso é unicamente como se chama.

— Bem, qual é a canção, então? — perguntou Alice, já completamente desorientada.

— É o que eu ia dizer... a canção é "Sentado sobre um portão"; e a melodia é uma invenção minha.

Detêve o cavalo, deixou as rédeas sobre o pescoço dele e, marcando vagarosamente o compasso com a mão, um sorriso a iluminar-lhe a face amável e tola, como se o alegrasse ouvir o próprio canto, o Cavaleiro começou.

E, de todas as estranhas coisas que Alice viu na sua viagem através do Espelho, esta foi a que mais claramente se gravou em sua memória. Anos depois, ela recordava toda a cena, como se fosse de ontem — os suaves olhos azuis e o bondoso sorriso do Cavaleiro... a luz do sol poente, iluminando-lhe os cabelos, refletindo na armadura, em uma chama que a deslumbrou... o cavalo movendo-se pacatamente, com as rédeas caídas no pescoço, pastando a erva a seus pés... as negras sombras da floresta ao fundo... tudo isso ela apanhou, como um quadro, quando, com a mão sobre os olhos, encostada a uma árvore, olhava para o estranho par, ouvindo, em uma espécie de sonho, a melancólica melodia do canto.

"Mas a melodia não é invenção dele", dizia ela consigo —; "é a música de: 'Eu te dei tudo, não posso mais...'"

Ela escutou com a maior atenção, mas seus olhos não se encheram de lágrimas:

"Eu vou te dizer o que sei:
Não é muita coisa, não.
Eu vi um velho, bem velho,
Sentado sobre um portão.

Perguntei-lhe: 'Quem és tu?
E vives... de que maneira?'.
Entrou pelo meu miolo,
Como água em uma peneira,

A resposta: 'Ando catando
Borboletas entre o trigo;
Faço pastéis de... carneiro,
E vendo-os! Ouça o que digo:

Vendo aos homens que navegam
Por esse mundo, no mar;
E assim ganho meu pão...
Nem vale a pena contar'.

Mas eu estava pensando
Numa tinta, pra tingir
As nossas barbas de verde,
Depois, podia encobrir

As barbas, com um grande leque.
E eu lhe disse: 'Vai contando
De que vives!'. E uma tapona
Na cabeça fui-lhe dando...

Com voz branda, contou a história:
'Às estradas vou correndo,
E, se encontro algum arroio,
Nele o fogo logo prendo;

Fazem dali uma gordura
— É o Óleo de Macassar —
Mas só cinquenta centavos
É que eu consigo ganhar...'.

E eu pensava na maneira
De a gente se alimentar
De fritada, e desse modo
Um pouco mais engordar.

Sacudi-o com tanta força
Que o rosto azular eu vi!
'Conta já de que é que vives
E que fazes por aqui!'

'Procuro pela charneca
Os olhos de bacalhau;
Faço botões de colete,
Que vou enfiando num pau.

Não me dão ouro por eles,
Nem prata, pelos botões!
Mas um centavo... e depois
Os vendem por dois tostões!

Às vezes cavo torradas,
Ou apanho um caranguejo

ALICE ATRAVÉS DO ESPELHO E O QUE ELA ENCONTROU POR LÁ

Com visco. Vou juntar rodas
Se nos caminhos as vejo.

É assim que arranjo dinheiro...
E agora, com certeza,
Beberei, alegre, à nobre
Saúde de Vossa Alteza.'

Pude ouvi-lo, então, porque
Acabava de inventar
Um meio de velhas pontes
Da ferrugem preservar:

A ponte do rio Meno,
Por onde eu sempre caminho,
Para não se enferrujar
Será fervida no vinho.

Sua franca narração
Agradeci como pude;
E mais ainda o desejo
De beber à minha saúde.

E agora, se por acaso,
Meto no grude meu dedo;
Ou aperto o pé direito
No sapato do esquerdo;

Ou deixo cair um peso
Sobre os dedos do meu pé
— Eu choro, porque me lembro
Daquele velho... pois é!

Daquele velho que tinha
Suave olhar, fala franca,
Rosto como uma coroa,
Cabelos de neve branca;

Olhos nimbados de mágoa...
Que baixinho resmungava,
— Como se a boca tivesse
Cheia de massa e bufava

Como um búfalo... naquela
Quente tarde de verão,
Há muito tempo, sentado
Lá em cima do portão".

Quando o Cavaleiro acabou de cantar as últimas palavras da balada, pegou as rédeas e deu volta ao cavalo, para o lado por onde tinha vindo.

— Faltam poucos metros agora — disse ele. — Desça o morro, passe aquele arroiozinho e será então uma Rainha. Mas você ficará aqui até eu sair, não é?

Ele viu Alice voltar-se com vivacidade para o lugar que apontara. Continuou:

— Não demorarei nada... espere e agite seu lenço quando eu chegar àquela curva da estrada... isso me dará coragem, sim?

— Espero, sim — falou Alice. — E lhe agradeço muito por ter vindo comigo tão longe... e pelo seu canto... gostei muito dele.

— Eu acredito — respondeu o Cavaleiro, não com muita certeza —; mas você não chorou tanto como eu esperava.

Despediram-se com um aperto de mão, e o Cavaleiro foi indo devagarzinho pelo bosque adentro.

— Não demora a desaparecer — dizia Alice consigo, olhando para ele. — Lá se vai ele! Caindo de cabeça, como sempre! Entretanto, monta outra vez muito facilmente... é porque traz tantas coisas penduradas no cavalo...

E continuou falando sozinha, enquanto via o cavalo ir a passo pela estrada, e o Cavaleiro a cair, ora para a direita, ora para a esquerda. Depois do quarto ou quinto tombo, chegou à curva; então a menina agitou o lenço, e ele desapareceu.

— Tomara que isso o anime! — disse ela, quando se voltou para descer o morro. — E agora, ao último arroio, e serei Rainha! Que coisa magnífica!

Poucos passos adiante estava o arroio.

— A Oitava Casa, afinal! — gritou ela, atravessando-o, e deitou-se para descansar na relva, macia como musgo. Cercavam-na canteirinhos de flores semeados aqui e acolá.

— Como estou contente de chegar até aqui! Mas... que é isto na minha cabeça?

E ergueu as mãos, espantada. Alguma coisa muito pesada ajustava-se-lhe ao redor da testa, cingindo-a estreitamente.

— Mas como veio isto parar aqui sem eu ver?

E tirou o que lhe pesava na cabeça e pôs no colo, para ver o que podia ser.

E era uma coroa de ouro.

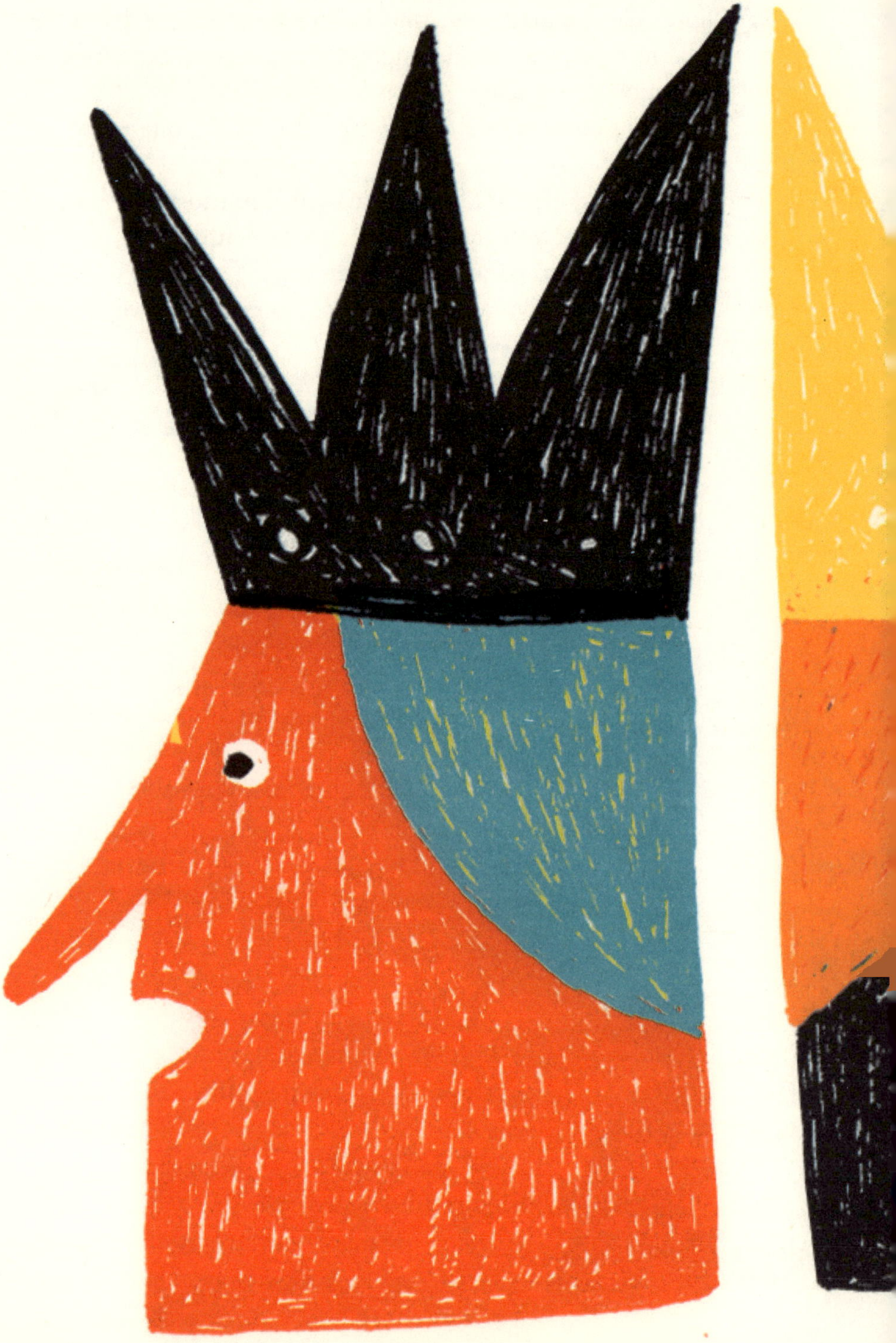

IX
A RAINHA ALICE

Magnífico! — exclamou Alice. — Nunca pensei ser Rainha tão depressa! E vou dizer a Vossa Majestade o que isso significa! — Você já sabe que Alice gostava de ralhar consigo própria; continuou, pois, severamente:

— Não fica bem para você estar assim estendida na grama! As Rainhas devem dar-se importância!

Ergueu-se do chão e andou por ali muito tesa a princípio, com receio de que a coroa caísse; felizmente não havia ali ninguém para ver isso, caso acontecesse.

Depois, sentou-se outra vez, dizendo:

— Mas, se eu sou realmente uma Rainha, com o tempo aprenderei a usá-la perfeitamente.

Era tudo tão estranho agora que ela nem sentiu surpresa alguma ao ver, sentadas ao seu lado, a Rainha Branca e a Rainha Vermelha; quisera perguntar-lhes, na verdade, como tinham vindo, mas, não sabendo se seria conveniente tal pergunta, preferiu calar-se. Contudo, parecia-lhe que não haveria mal em indagar se o jogo tinha acabado.

— A senhora quer ter a bondade de me dizer... — começou ela, olhando acanhada para a Rainha Vermelha.

— Fale somente quando falarem com você! — interrompeu-a a outra asperamente.

— Mas, se todos obedecerem a essa regra — retrucou Alice, pronta já a discutir —, se a senhora só fala quando lhe falam e se todas as outras pessoas esperam sempre que a senhora comece, ninguém pode nunca dizer coisa alguma; e assim...

— Que coisa ridícula! — gritou a Rainha. — Mas, você não vê, criança...

Interrompeu-se de repente, fez uma carranca e, depois de refletir um momento, mudou de assunto:

— Que quer dizer com: "Se eu sou realmente uma Rainha"? Com que direito se chama assim? Não pode ser Rainha, sem ter primeiro prestado o exame necessário. E quanto mais cedo começar, melhor!

— Eu só disse "se..." — retrucou a coitada, como a se desculpar, em tom humilde...

As duas Rainhas se entreolharam, e a Rainha Vermelha, estremecendo, observou:

— Ela diz que só disse "se"...

— Mas não! Ela disse muitas coisas, não foi só isso! — respondeu a Rainha Branca, torcendo as mãos e se lastimando. — Oh! Foi muito, muito mais do que isso!

— Então você disse! — completou a Rainha Vermelha. — Fale sempre a verdade... pense antes de falar... e escreva tudo depois.

— Mas eu lhe afirmo que não tinha a intenção...

— Pois é isso justamente o que eu censuro — interrompeu-a impacientemente a Rainha Vermelha. — Devia ter intenção. Para que pensa você que serve uma criança sem intenção? Até um gracejo deve ter uma intenção... e uma criança é mais importante do que um gracejo, eu acho, pelo menos! Não pode negar isso, nem se tentasse com ambas as mãos.

— Eu não nego com as *mãos* — respondeu Alice.

— Ninguém disse que você o faz; eu disse que não podia negar, se tentasse.

— Ela está num estado de espírito — interveio a Rainha Branca — em que quer negar alguma coisa... mas não sabe o que há de negar!

— Um temperamento baixo, e vicioso — observou a Rainha Vermelha.

Seguiu-se um silêncio incômodo. Quebrou-o a Rainha Vermelha, dizendo à Rainha Branca:

— Convido-a para o jantar de Alice, hoje.

A Rainha Branca sorriu e respondeu:

— E eu a convido também.

— Eu ignorava que tinha de dar um jantar — falou Alice —; mas, neste caso, é preciso convidar alguém.

— Nós lhe demos tempo para isso — observou a Rainha Vermelha —; mas o que parece é que ainda não teve muitas aulas de civilidade.

— As aulas não ensinam civilidade: ensinam a somar e coisas assim.

— Sabe somar? — perguntou-lhe a Rainha Branca. — Quanto é um e um e um e um e um e um?

— Não sei. Perdi a conta.

— Ela não sabe somar — disse a Rainha Vermelha. — Sabe subtrair? Quanto é oito menos nove?

— Não se pode tirar nove de oito, sabe? — replicou Alice prontamente. — Mas...

— Ela não sabe subtrair — interrompeu a Rainha Branca. — Sabe dividir? Divida um pão com uma faca... qual é o resultado?

— Eu creio... — ia dizendo a menina, mas a Rainha Vermelha respondeu:

— Pão com manteiga, naturalmente! Experimente outra subtração: tire um osso de um cão; que é que fica?

Alice refletia.

— O osso não fica, decerto, se eu o tiro... e o cão também não vai ficar: vem me morder. E eu... eu com certeza também não ficaria!

— Então acha que não ficaria nada? — perguntou a Rainha Vermelha.

— Creio que não...

— Está muito enganada: fica a paciência do cão.

— Não entendo...

— Pois olhe aqui! — gritou a Rainha Vermelha. — O cão perderia a paciência, não acha?

— Talvez... — respondeu Alice, cautelosa.

— Então, indo ele embora, a paciência ficava! — exclamou, satisfeita, a Rainha.

Alice, muito séria, atalhou:

— Também podia ser que fosse cada um para seu lado.

Mas lá consigo mesma não pôde deixar de pensar:

— Quanta asneira tem saído aqui hoje!

— Ela não sabe somar! — disseram ao mesmo tempo as duas Rainhas, com grande espanto.

— E a senhora, sabe? — perguntou Alice, voltando-se repentinamente para a Rainha Branca, porque não gostara de ser apanhada em tantas faltas.

A Rainha abriu a boca e fechou os olhos.

— Posso somar, se me der tempo... mas não posso subtrair, de maneira nenhuma!

— Com certeza sabe o ABC? — perguntou a Rainha Vermelha.

— Sem dúvida!

— Eu também sei — murmurou a Rainha Branca —; havemos de recordá-lo juntas... e vou lhe confiar um segredo: sei ler as palavras de uma letra! Não acha admirável? Mas não desanime, você também chegará a ler assim, com o tempo!

E a Rainha Vermelha recomeçou:

— Pode responder a perguntas úteis? Como se faz o pão?

— Ah! — retrucou vivamente Alice. — Isso eu sei; a gente toma a flor da farinha...

— E onde é que se apanha essa flor — indagou a Rainha Branca —, nos jardins ou nas sebes?

— Oh! A farinha não se apanha — respondeu Alice —; mói-se no moinho.

— Você é que é um moinho de palavras! — disse a Rainha Branca. — E nem assim diz tudo!

— Abane-lhe o rosto! — interrompeu a Rainha Vermelha, muito aflita. — Está com febre, de pensar em tanta coisa!

E começaram a abaná-la com galhos de árvores, até que ela não pôde mais e pediu que parassem, porque seu cabelo podia se embaraçar com aquela ventania.

— Já sarou — disse a Rainha Vermelha. — Sabe línguas? Como é *fiddle-de-dee* em francês?

— Isso não é da nossa língua — respondeu ela gravemente.

— E quem disse que era?

Dessa vez ela achou que podia sair bem da dificuldade:

— Se a senhora me disser em que língua é este *fiddle-de-dee*, eu lhe direi como é em francês! — exclamou triunfante.

Mas a Rainha Vermelha ergueu-se e disse, toda enfunada:

— As Rainhas nunca fazem pactos.

Alice pensou para si que seria muito bom que também não fizessem perguntas...

— Não vale a pena brigar — disse a Rainha Branca, aflita. — Que é que produz o relâmpago?

— O que produz o relâmpago — apressou-se Alice a explicar, porque estava certa de sabê-lo — é o trovão... Não, não! — corrigiu imediatamente. — Eu queria dizer o contrário!

— É muito tarde para emendar — disse a Rainha Vermelha —; quando a gente diz uma coisa, está dita, e temos de sofrer as consequências.

— Por falar nisso — disse a Rainha Branca, torcendo as mãos, nervosa, e olhando para o chão —, lembrei-me agora da trovoada da terça-feira passada... quero dizer, uma terça-feira da última série de terças, não é?

— Na minha terra — retrucou Alice, assombrada — há unicamente um dia de cada vez!

Ao que a Rainha Vermelha retrucou:

— Coisas feitas com mesquinharia! Nós aqui, as mais das vezes, temos dois ou três dias e noites ao mesmo tempo e algumas vezes, no inverno, chegamos a tomar até cinco noites juntas... para ter mais calor.

— Então cinco noites são mais quentes do que uma? — replicou Alice.

— Cinco vezes mais quentes, naturalmente!

— Mas deviam ser, pela mesma regra, cinco vezes mais frias...

— Exatamente! — gritou a Rainha Vermelha. — Cinco vezes mais quentes e cinco vezes mais frias... exatamente como eu sou cinco vezes mais rica do que você e cinco vezes mais sábia!

Alice suspirou, renunciando a compreender aquilo e pensando:

— É um enigma sem solução!

— Humpty Dumpty também viu isso — continuou a Rainha Branca em voz baixa, como se falasse mais para si mesma. — Ele chegou à porta, com um saca-rolhas na mão...

— Que queria ele? — perguntou a Rainha Vermelha.

— Queria entrar, porque andava à procura de um hipopótamo. Mas, naquela ocasião, não havia nenhum em casa.

— Costuma haver? — indagou Alice, admirada.

— Sim, mas só nas quintas-feiras.

— Sei o que ele vinha buscar — falou Alice —; queria castigar o peixe, porque...

Mas a Rainha Branca recomeçou:

— Houve naquela noite uma tempestade como você não pode imaginar...

— Não pode! — interrompeu a Rainha Vermelha.

— Parte do teto desabou — continuou a outra —, e entrava tanto raio... e eles iam rolando pelo quarto em grandes massas... e batiam nas mesas e cadeiras... e eu fiquei tão assustada que não pude me lembrar mais do meu próprio nome!

"Aí está uma coisa", pensou Alice, "que nunca me passaria pela cabeça: ver se me lembrava de meu nome, no meio de um acidente desses!"

Mas guardou-se bem de dizê-lo alto, para não ofender a Rainha.

— Vossa Majestade deve desculpá-la — disse a Rainha Vermelha, dirigindo-se a Alice e segurando uma das mãos da Rainha Branca —; ela tem boas ideias, mas não pode deixar de dizer loucuras, geralmente.

A Rainha Branca olhou timidamente para Alice, que queria dizer alguma palavra bondosa, mas não achou nenhuma na cabeça.

— Ela nunca foi mesmo bem-educada — continuou a Rainha Vermelha —; mas tem tão bom gênio que é coisa admirável! Bata-lhe na cabeça, e a senhora verá como ela fica satisfeita!

Mas Alice jamais teria coragem de fazer semelhante coisa.

— Usando um pouco de bondade com ela... e pondo-lhe papelotes... o resultado seria maravilhoso...

A Rainha Branca deu um suspiro e deitou a cabeça no ombro de Alice, murmurando:

— Tenho tanto sono!

— Coitada! — disse a Rainha Vermelha. — Está cansada. Alise-lhe o cabelo... empreste-lhe sua touca de dormir... e cante-lhe uma cantiga de ninar.

"Não trouxe minha touca de dormir", pensou Alice, obedecendo à primeira prescrição — e não sei cantar nenhuma cantiga de ninar.

— Então eu mesma tenho de cantar — disse a Rainha Vermelha. E começou:

> "Nana, nenê, no colo de Alice!
> Dorme a soneca, que o bicho aí vem!
> Acabada a festa, iremos ao baile,
> Nós duas, Rainhas, e Alice também!".

— Agora a senhora já sabe as palavras — acrescentou ela, deitando também a cabeça no outro ombro da menina —; cante para mim também... estou ficando com tanto sono...

Dali a um momento ambas as Rainhas estavam profundamente adormecidas e roncavam alto.

— E agora, que vou fazer? — exclamava Alice, olhando para todos os lados, perplexa.

E as duas cabeças redondinhas, uma depois da outra, rolando-lhe dos ombros, caíram, como pesada massa, no seu colo.

— Não, creio que isto ainda não tinha acontecido a ninguém neste mundo! Ter de cuidar de duas Rainhas adormecidas ao mesmo tempo! Não, em toda a História da Inglaterra isto não pode ter acontecido, porque nunca houve mais de uma Rainha ao mesmo tempo. Acordem, acordem! Que coisas pesadas!

Ela se impacientava, mas ninguém respondia senão com roncos. Aquele ressonar foi ficando a cada instante mais distinto e já parecia uma melodia; afinal, ela chegou a apanhar palavras e escutou com a atenção tão presa que, quando as duas grandes cabeças, dali a pouco, desapareceram de repente do seu regaço, nem deu falta delas.

Estava ela parada diante de uma porta de arcada, sobre a qual se liam as palavras "RAINHA ALICE" em grandes letras. De cada lado da arcada, havia um botão de campainha: um trazia a inscrição "Campainha das Visitas" e outro, "Campainha dos Criados".

"Vou esperar que o canto acabe", pensou Alice. "Depois tocarei a... a... que campainha devo tocar?"

E, muito atrapalhada, continuou:

"Eu não sou uma visita e também não sou criada. Devia haver outra, com a inscrição 'Rainha...'"

Nesse momento abriu-se uma fresta da porta, e uma criatura de bico comprido meteu a cabeça e disse:

— Não se pode entrar, até a outra semana depois da que vem!

E tornou a fechar a porta, com um encontrão.

Alice bateu e tocou em vão por muito tempo; afinal, uma Rã muito velha, que estava sentada debaixo de uma árvore, levantou-se e foi coxeando, muito devagar, para o seu lado. Trazia uma roupa amarela, e enormes sapatos.

— Mas que é isso? — disse a Rã, e sua voz era um murmúrio áspero e profundo.

Alice virou-se, pronta a deitar culpas a quem quer que fosse.

— Onde está o criado que tem de atender à porta? — começou, já zangada.

— Que porta?

Alice quase sapateou de tão irritada da lentidão com que a Rã falava.

— Mas *esta*, naturalmente!

A Rã olhou para a porta com seus grandes olhos embotados; depois chegou mais perto e esfregou nela o polegar, como se quisesse ver se a pintura sairia. Depois então olhou para Alice, dizendo:

— Atender a esta porta? Mas ela lhe pediu alguma coisa? — disse a Rã, com uma voz tão rouca que mal se ouvia.

— Não sei o que quer dizer — respondeu Alice.

— Mas eu falo inglês, não é? — continuou a Rã. — Ou você é surda? Que foi que ela lhe pediu?

— Nada! — falou Alice, impaciente. — Eu é que estive batendo nela.

— Não devia ter feito isso... não devia! — murmurou a Rã.

Depois subiu os degraus da porta e deu nela um pontapé, com aqueles enormes pés.

— Deixe-a em paz — disse a Rã, voltando, a coxear e arquejante, para a sua árvore. — Deixe-a em paz, que ela também não a incomodará, sabe?

Nesse instante, abriu-se violentamente a porta, e ouviu-se uma voz áspera a cantar:

*"Foi Alice quem disse ao povo do Espelho:
'Tenho o cetro na mão, coroa na cabeça.
Que toda criatura que no Espelho vive
Venha jantar aqui sem que ninguém impeça:
Comigo, e a Rainha Branca, e a Vermelha'".*

Então centenas de vozes cantaram em coro:

*"Vamos encher os copos, depressa! E pela mesa
Espalhar o farelo, e os botões, duma vez;
Deitar ratos no chá, e gatos no café...
E saudar a Rainha — por trinta vezes três!".*

Seguiu-se um confuso rumor de vozes que aplaudiam, enquanto Alice pensava:
"Trinta vezes três são noventa..."
Dali a um momento, feito silêncio, a mesma voz áspera cantou outra estrofe:

*"'Criaturas do Espelho!', disse Alice, 'acercai-vos!
É uma honra me ver e ouvir-me falar;
E alto Privilégio, em minha companhia,
E das duas Rainhas, tomar chá e jantar!'".*

E o coro outra vez:

*"Vamos encher os copos, de melado e de tinta,
Ou de alguma bebida composta de pimenta;
Misturar lã no vinho, areia na gasosa,
E saudar a Rainha nove vezes noventa!".*

"Nove vezes noventa!", repetiu Alice, desesperada. "Oh! Isso nunca acabará! É melhor eu ir de uma vez..."
Entrou, e, à sua aparição, seguiu-se um silêncio de morte.
Ela examinava a mesa, entrando no grande pórtico, e calculou que havia pelo menos cinquenta convivas, de todas as espécies: uns eram animais mamíferos, outros aves, e até flores havia.

"Que bom que vieram sem esperar convites!", pensou ela. "Eu nunca ia saber a quem devia enviá-los!"

À cabeceira da mesa, havia três cadeiras. A Rainha Vermelha e a Rainha Branca ocupavam duas, mas a do meio estava vazia. Alice sentou-se, descontente com o silêncio e muito desejosa de que alguém falasse.

Afinal, a Rainha Vermelha começou:

— Você perdeu a sopa e o peixe...

E, dando uma ordem:

— Tragam o assado!

E o criado colocou uma perna de carneiro diante de Alice, que olhava para aquilo muito aflita, porque nunca tinha trinchado uma perna de carneiro na vida.

— Parece desconfiada... quero apresentá-la a essa perna de carneiro — disse a Rainha Vermelha. — Alice... Carneiro; Carneiro... Alice!

A perna de carneiro ergueu-se no prato e fez uma pequena reverência, que Alice retribuiu, sem saber se havia de se assustar ou rir daquilo.

— Posso servir-lhes uma fatia? — perguntou a ambas as Rainhas, pegando o garfo e a faca.

— Certamente não! — retrucou a Rainha Vermelha com decisão. — Não é delicado cortar uma pessoa a quem somos apresentadas!

E, voltando-se para o criado:

— Retire a perna de carneiro!

Os criados levaram o assado e trouxeram um grande pudim.

— Eu agradeço, mas não quero ser apresentada ao pudim — foi logo dizendo Alice —; senão não teremos nada para jantar. Quer servir-se?

Mas a Rainha Vermelha parecia enfadada e resmungou:

— Pudim... Alice; Alice... Pudim.

E depois, para os criados:

— Levem o pudim!

E eles o retiraram tão depressa que Alice nem teve tempo de lhe retribuir o cumprimento.

Durante tudo isso, ela pensava consigo que não via por que havia de ser a Rainha Vermelha a única a dar ordens; assim, querendo fazer uma experiência, ordenou:

— Tragam outra vez o pudim! — E no mesmo instante, como por artes de magia, ele ali estava! Era tão grande que Alice não pôde deixar de se sentir um *pouco* intimidada diante dele, como acontecera já com o carneiro; contudo, dominou a timidez, com grande esforço, e cortou uma fatia, que ofereceu à Rainha Vermelha.

— Que impertinência! — disse o Pudim. — Eu queria saber se você gostaria que eu também lhe cortasse uma fatia, criatura!

Falava com uma voz grossa, sebácea, e Alice nada pôde responder; só o que fez foi sentar-se, de boca aberta.

— Diga alguma coisa — falou a Rainha Vermelha —; é ridículo deixar todo o peso da conversa para o Pudim!

— A senhora sabe, eu hoje ouvi tal quantidade de poesias, recitadas em minha intenção...

Assustou-se ao notar que, mal abrira os lábios, reinou logo um silêncio sepulcral na sala, e todos os olhos se fixaram nela.

— E é curioso — continuou ela —; todos os poemas falavam em peixes, de um modo ou de outro. Sabe por que todos aqui gostam tanto de peixes?

Ela se dirigia à Rainha Vermelha, cuja resposta foi fora de propósito.

— Por falar em peixes — disse ela baixinho, encostando a boca ao ouvido de Alice —, Sua Majestade Branca sabe uma linda adivinhação... toda em versos... a respeito de peixes. Pode recitá-la?

— Sua Majestade Vermelha é muito bondosa — murmurou a Rainha Branca, no outro ouvido de Alice.

Sua voz era como um arrulho de pomba, e ela continuou:

— Para mim seria uma festa! Posso recitar?

— Faça o obséquio — replicou Alice, delicadamente.

A Rainha Branca riu de satisfação e acariciou a face de Alice. Depois começou:

"'Primeiro o peixe tem de ser pescado.'
É fácil: até um bebê pode apanhá-lo.
'Depois ainda tem de ser comprado.'
Com um centavo só, pode pagá-lo.

'Traga-o aqui, e deixe-me comê-lo!'
Pôr um prato na mesa! Quem não faz?
'Tire a tampa!' Oh, mas isso é tão difícil,
Que, creio bem, eu não serei capaz!

Porque aquilo segura, como grude...
Prende a tampa no prato, e dentro, a pasta;
Não sei o que é mais fácil de fazer:
Se descobrir o peixe, se a resposta...".

— A senhora tem um minuto para pensar e adivinhar — disse a Rainha Vermelha. — Enquanto isso, nós beberemos à sua saúde.

E soltou um brado:

— À saúde da Rainha Alice!

A Rainha Vermelha gritou o mais alto que pôde, e todos os convivas imediatamente começaram a beber. Bebiam da maneira mais esquisita, na verdade: alguns punham o copo na cabeça, como se fosse um apagador de velas, e bebiam tudo o que lhes escorria pelas faces abaixo. Outros entornavam as garrafas e bebiam o vinho que escorria pela beira da mesa — e três deles (que pareciam cangurus) atiraram-se ao prato de carneiro assado e começaram a lamber avidamente o suco. Alice pensava:

— Bem como os porcos em um cocho!

— Deve fazer agora um bonito discurso, para agradecer — disse a Rainha Vermelha, de testa franzida.

— Nós a ampararemos — disse-lhe a Rainha Branca ao ouvido, quando Alice se resolveu a obedecer, meio receosa embora.

— Agradeço-lhe muito, mas eu posso falar sem isso.

— Isso não seria possível — disse a Rainha Vermelha com tal decisão que Alice resolveu submeter-se de bom grado.

— E elas me empurravam tanto! — dizia ela, depois, quando contava à irmã a história da festa. — Parecia que queriam me achatar!

De fato, foi-lhe difícil manter-se no mesmo lugar enquanto fazia o discurso — as duas Rainhas empurravam tanto, uma de cada lado, que quase a erguiam no ar.

— Levanto-me, para agradecer... — começou Alice.

E de fato levantou-se, porque subiu alguns palmos; mas tratou de se segurar à beira da mesa e conseguiu puxar o corpo para baixo outra vez.

— Cuidado! — bradou a Rainha Branca, apoderando-se do cabelo dela com ambas as mãos. — Vai acontecer alguma coisa!

E de fato — como Alice descreveu mais tarde — toda sorte

de coisas aconteceu num momento. Todas as velas subiram para o forro da sala, e aquilo parecia um canteiro de arbustos, com fogos de artifício nas pontas. Quanto às garrafas, cada uma pegou um par de pratos, e às pressas os ajustaram ao corpo, como se fossem asas, e assim, com os garfos como pernas, saíram esvoaçando em todas as direções, "parecendo-se muito com pássaros, na verdade", pensava Alice, no meio daquela espantosa confusão.

Nesse momento ouviu ao seu lado um riso rouco e voltou-se para ver o que acontecera à Rainha Branca; mas, em vez dela, quem estava sentada na cadeira era uma perna de carneiro.

Já outra voz gritava:

— Veja onde eu estou!

Alice voltou-se para o outro lado, ainda a tempo de ver a Rainha à beira da sopeira. Sorriu-lhe, e o seu rosto bondoso e vasto desapareceu dentro da sopa.

Não havia um instante a perder. Já alguns dos convivas jaziam dentro dos próprios pratos, e a concha da sopa vinha caminhando por cima da mesa, em direção à cadeira de Alice, e acenava-lhe, impaciente, para que lhe deixasse livre o caminho.

— Mas eu não posso ficar aqui mais tempo! — gritou a menina, saltando e segurando a toalha da mesa com ambas as mãos.

Uma boa puxada, e pratos, travessas, convivas e velas... tudo veio abaixo, indo cair em um montão sobre o soalho.

— Quanto a você — continuou ela, voltando-se altivamente para a Rainha Vermelha, a quem atribuía todos aqueles malefícios —, quanto a *você*...

Mas a Rainha já não estava a seu lado — tinha começado a diminuir de repente e, agora do tamanho de uma bonequinha, numa alegria doida, corria por cima da mesa, em roda, em roda, perseguindo o seu xale, que ia de rastos atrás dela.

Em outra ocasião isso certamente teria enchido Alice de estupefação, mas naquele momento ela já não se assombrava de mais nada.

— Quanto a *você* — repetiu ela, segurando a criaturinha, no instante mesmo em que ela ia saltar sobre uma garrafa caída na mesa —, eu a sacudirei até transformá-la em uma gatinha! É isso que eu vou fazer!

X
SACUDINDO

Tirou-a de cima da mesa enquanto falava e sacudiu-a com quanta força tinha.

A Rainha Vermelha não opôs resistência alguma; apenas seu rosto foi ficando pequenino, pequenino, e seus olhos foram ficando grandes e verdes; e, enquanto Alice continuava a sacudi-la, ela foi ficando cada vez mais curta... e mais gorda... e mais macia... e mais redonda... e...

XI
ACORDANDO

E no fim das contas *era* uma gatinha mesmo.

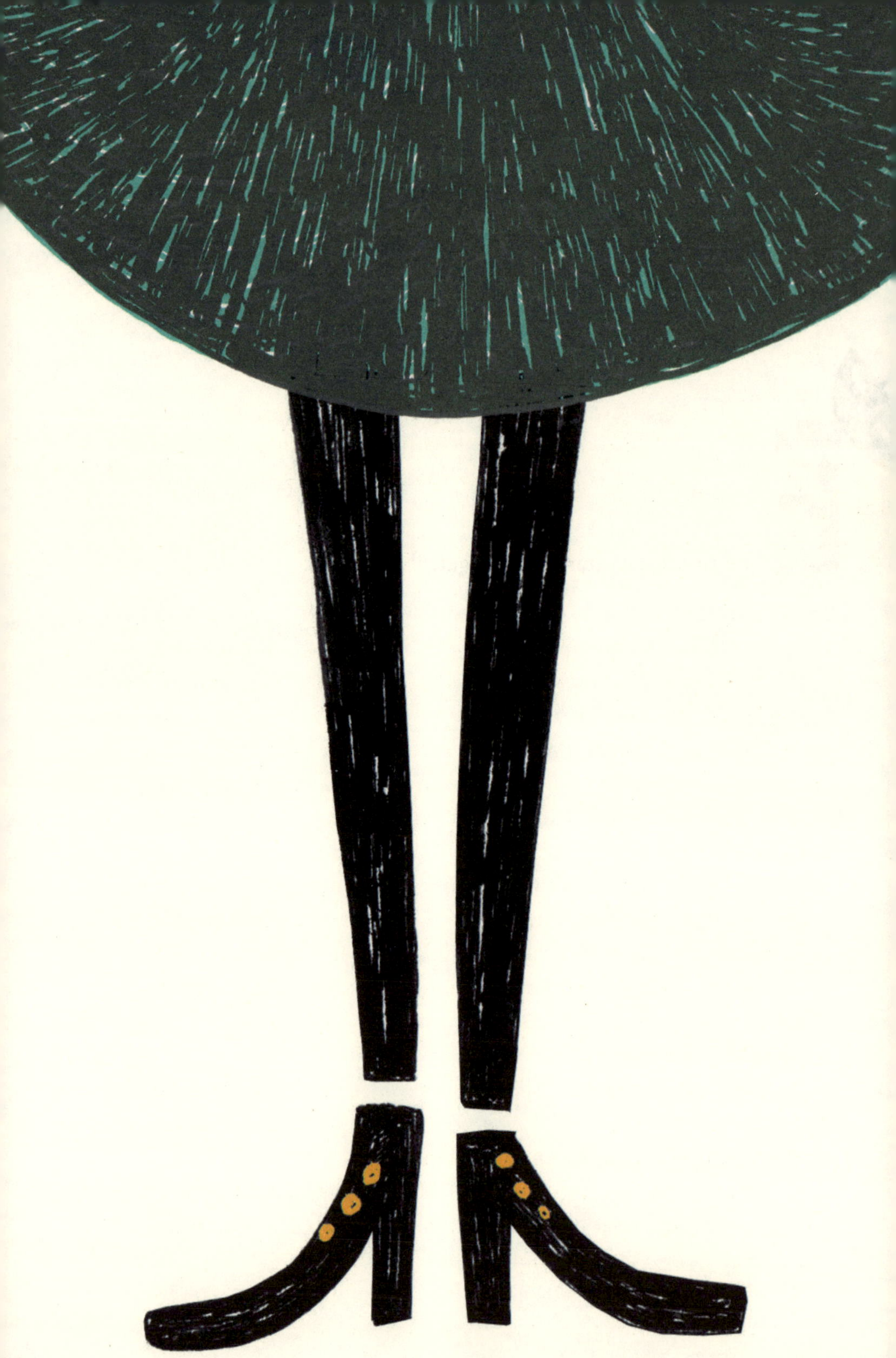

XII
QUEM TEVE ESTE SONHO?

Vossa Majestade Vermelha não deve ronronar tão alto — falou Alice, esfregando os olhos e dirigindo-se à gatinha com voz respeitosa, ainda que severa. — Oh! Você me acordou de um sonho tão lindo... oh, tão lindo! E você andou comigo, Mimi, através do mundo do Espelho. Sabe, mimosa?

Os gatinhos têm um mau costume — e Alice já tinha reparado nisso —, e vem a ser que, quando a gente fala com eles, sempre ronronam.

— Se ao menos ronronassem para dizer "sim" e miassem quando quisessem dizer "não", ou vice-versa — dizia ela —, a gente podia sustentar uma conversa com eles! Mas como vai a gente conversar com uma pessoa que diz sempre a mesma coisa?

Ora, naquela ocasião a gatinha só ronronou, e era impossível adivinhar se isso queria então dizer "sim" ou "não".

Assim, Alice deu uma busca entre as peças de xadrez que estavam em cima da mesa, até encontrar a Rainha Vermelha; ajoelhou-se então no tapete da lareira, e pôs a gatinha e a Rainha em frente uma da outra.

— Agora, Mimi! — gritou ela, batendo palmas, alegremente. — Confesse no que foi que você se transformou!

Quando, mais tarde, ela explicou a cena à irmã, dizia:

— Mas a gatinha não olhava para ela; virava sempre a cabeça, fingindo não a ver; e parecia um pouco envergonhada, de modo que eu penso que ela era a Rainha Vermelha mesmo.

— Sente-se direito, querida! — falou Alice, dando uma alegre risada. — E faça uma reverência, enquanto está pensando o que... o que ronronar. Isso poupa tempo, lembre-se!

Depois agarrou a gatinha e deu-lhe um beijo.

— Em honra de ter sido uma Rainha Vermelha.

— Branquinha, minha mimosa — continuou ela, olhando por cima do ombro para a Gatinha Branca, que estava ainda pacientemente sofrendo uma limpeza geral. — Quando acabará a Dinah com o asseio de Sua Majestade Branca? Eu queria saber! Sem dúvida por isso é que você aparecia sempre tão mal alinhada no meu sonho... Dinah! Sabe que está esfregando uma Rainha Branca? Realmente, Dinah, é muita falta de respeito!

— E a Dinah, no que foi que se transformou? Eu bem queria saber... — continuou ela a papaguear. — Diga-me, foi em Humpty Dumpty? Eu acho que foi. Contudo, é melhor que não conte isso aos seus amigos por enquanto, porque não tenho muita certeza.

Sentou-se comodamente na poltrona, de mão no queixo, a olhar para os bichanos.

— E fique sabendo, Mimi, se você tivesse andado mesmo comigo no meu sonho, poderia ter gozado uma coisa boa... tal foi a quantidade de poesias que me ofereceram, sempre falando em peixes! Amanhã, você terá um verdadeiro banquete. Todo o tempo em que você estiver devorando seu almoço, eu recitarei para você "A Morsa e o Carpinteiro". E você poderá fazer de conta que são ostras, sabe? E agora, Mimi, vamos ver quem foi que sonhou tudo isso... é uma questão séria, minha querida, e você não pode continuar a lamber assim a pata... como se a Dinah não a tivesse lavado tanto hoje de manhã! Veja, Mimi, ou fui eu, ou foi o Rei Vermelho. Ele fazia parte do meu sonho, não há dúvida... mas então eu também fazia parte do sonho dele! Foi o Rei Vermelho, Mimi? Você era sua mulher, minha querida, e deve saber disso. Oh, Mimi, ajude-me a descobrir isso! A sua pata pode esperar...

Mas a implicante gatinha só o que fez foi começar a lavar a outra pata, fingindo não ter ouvido a pergunta.

E você, que é que pensa? Quem foi que sonhou?

O céu azul. Um bote sonhador
Deslizando na límpida corrente,
Da tarde branda no estival calor...

Ouvido atento, olhar vivo e ardente,
Felizes, só de ouvir simples história,
Três crianças escutam, docemente...

ALICE ATRAVÉS DO ESPELHO E O QUE ELA ENCONTROU POR LÁ

Há muito que a geada merencória
O azul do céu velou. Os apagados
Ecos se foram, sem deixar memória;

Mas vejo-a sempre, alegre e sem cuidados,
Visão querida, sob um firmamento
Que jamais viram olhos acordados.

E as crianças reterão o alento,
E a história de Alice escutarão,
Olhar vivo e ardente, ouvido atento.

Maravilhosa Terra elas verão:
E enquanto os dias passam, vão sonhando,
Sonhando, quando morre já o verão:

E na corrente sempre derivando...
Na luz de ouro luzente entretecida...
Céu azul... bote esguio deslizando...
Que mais, senão um sonho, és tu, ó Vida?

SUMÁRIO

ALICE ATRAVÉS DO ESPELHO
E O QUE ELA ENCONTROU POR LÁ

I	A casa do espelho	13
II	O jardim das flores vivas	23
III	Insetos do espelho	33
IV	Tweedledum e Tweedledee	43
V	Lã e água	55
VI	Humpty Dumpty	65
VII	O Leão e o Unicórnio	75
VIII	"Isto é uma invenção minha"	85
IX	A Rainha Alice	101
X	Sacudindo	114
XI	Acordando	115
XII	Quem teve este sonho?	117

© *Copyright* desta tradução: Editora Martin Claret Ltda., 2007.
Título original em inglês: *Through the looking-glass and what Alice found there* (1871)

Direção	Martin Claret
Produção editorial	Carolina Marani Lima
	Mayara Zucheli
Diagramação	Giovana Quadrotti
Projeto gráfico e direção de arte	José Duarte T. de Castro
Capa e ilustrações de miolo	Sérgio Magno
Revisão	Débora Tamayose Lopes
Impressão e acabamento	Lis Gráfica

Este livro segue o novo Acordo Ortográfico da Língua Portuguesa.

Dados Internacionais de Catalogação na Publicação (CIP)
(Câmara Brasileira do Livro, SP, Brasil)

Carroll, Lewis, 1832-1898.
    Alice através do espelho e o que ela encontrou por lá / Lewis Carroll; tradução: Pepita de Leão; ilustrações: Sérgio Magno. — São Paulo: Martin Claret, 2014. (Edição especial)

    Título original: *Through the looking-glass and what Alice found there.*

    ISBN 978-85-440-0024-3

    1. Literatura infantojuvenil I. Magno, Sérgio. II. Título. III. Série.

14-04904   CDD-028.5

Índices para catálogo sistemático:

1. Literatura infantil 028.5
2. Literatura infantojuvenil 028.5

EDITORA MARTIN CLARET LTDA.
Rua Alegrete, 62 — Bairro Sumaré — CEP: 01254-010 — São Paulo — SP
Tel.: (11) 3672-8144
5ª reimpressão – 2024

Lewis Carroll

ALICE ATRAVÉS DO ESPELHO

Tradução
Pepita de Leão

Ilustrações
Sérgio Magno

MARTIN CLARET

ALICE
ATRAVÉS do
ESPELHO